Für Herr Mohr

Viel Spaß beim Lesen!

Ronja S...

Bibliografische Information der Deutschen Bibliothek:
Die Deutsche Nationalbibliothek verzeichnet diese Publikation in der Deutschen Nationalbibliografie; detaillierte bibliografische Daten sind im Internet über dnb.d-nb.de abrufbar.

1. Auflage 2013

Umschlaggestaltung: Klaudia Staufer
Herstellung: Patricia Knorr-Triebe
Printed in Germany

© Best-off-Verlag. Alle Rechte vorbehalten.
Postfach 12 03 47
D-93025 Regensburg
Tel. +0049 (0)9404 / 96 14 84
Fax. +0049 (0)9404 / 96 14 85
e-Mail info@best-off-verlag.de
Homepage: www.bestoffverlag.de

ISBN 978-3-942427-15-9

Ronja Staufer

Lizzie Brooks

Lautlos

Stammbaum der Familie Brooks

- William Brooks ⚭ Beatrix Brooks
  - Francis Brooks
  - Mary Brooks
  - Zacharias Brooks ⚭ Ellen Brooks
    - Jenny Brooks
    - Christopher Brooks
    - Richard Brooks
  - Phillip Brooks
  - Theodor Brooks ⚭ Gina Brooks
    - Aiden Brooks ⚭ Carl Brooks
      - Elizabeth Brooks
  - Geoffrey Brooks

Die Liebe gleicht einem Ring,

und der Ring hat kein Ende

Russisches Sprichwort

Für eine Ansammlung wunderbarer (wunderlicher?) Menschen

Für meine Familie

Inhaltsverzeichnis

Rueckblick 11
Kleine Familienkunde 16
Verfolgungsjagd 29
Und wieder dieses Ecuador 39
Ellen Brooks 49
Verhandlungen 52
Schlechte Neuigkeiten 58
Ausgerechnet er 71
Herrenlose Nebelgestalten 82
Ein verlockendes Angebot 92
Mieser Betrug 104
Leise Hoffnung 112
„Nur" beste Freunde 128
Im Versteck 139
Nebelgestalten in Aktion 154
Abschied 166
Die erste Spur 175
Leichenfledderei (klingt viel zu brutal!) 188
Maskenball 199
Leute, die man nicht treffen wollte 211
Rettung in letzter Sekunde 221

Rueckblick

Ich schnürte die Schuhbänder enger.
Meine Haare hatte ich mit einem Haarband gebändigt und in dieser Hitze reichten mir Shorts und ein Top. Ich würde sowieso ins Schwitzen kommen.
Hinter Geoffreys Anwesen führte eine Straße zirka fünfhundert Meter bis in ein Waldstückchen. Was dahinter war, wusste ich noch nicht genau. Aber das würde ich bald rausfinden. Es hatte 28°C im Schatten, für diesen Teil Englands rekordverdächtig.
Aber weil der Regen ja ganz sicher nicht auf sich warten lassen würde, wollte ich möglichst bald aufbrechen. Joggen gehörte eigentlich nicht gerade zu meinen Hobbies, aber ich hatte hier ja zurzeit nicht viel zu tun und angeblich sollte man beim Joggen ganz gut „runterkommen" können.
Was an diesen Gerüchten dran war, würde ich jetzt schon noch merken.
Auf der Straße kam mir kein Auto entgegen. Sie endete vor dem Wald, von hier aus führte nur ein schmaler Weg überstreut von Tannennadeln und Laub weiter hinein in das Dickicht. Die einzigen Geräusche um mich herum waren das Rauschen der Blätter, das feine Tappen meiner Schuhe und hin und wieder ein Vogel.
Ansonsten war ich hier allein.
Nach zwanzig Minuten führte der Weg wieder auf eine Straße, die aber genauso wenig befahren war, wie der Wald. Ich joggte unter einer Brücke durch, die von Graffiti beschmiert war. Etwas raschelte in den Büschen.
Ein Tier?
Vielleicht ein Vogel?
Dann – urplötzlich – fiel ein Schuss.
Er zerriss die Stille, ließ mich zusammenfahren.
Es dauerte eine ganze Weile, bis ich bemerkte, dass ich verfehlt worden war.
Bevor der Schütze erneut anlegen konnte, sprang ich in den Straßengraben zu meiner Rechten und legte mich flach auf den

Boden. Mein Herz schlug wie verrückt, als ich krampfhaft versuchte meinen Atem zu beruhigen.
Dann lauschte ich.
Er musste in den Büschen auf der linken Seite des Weges lauern.
Verdammt, wieso hatte ich ihn nicht früher gehört?
Eine weitere Nebelgestalt?
Ich tastete nach meinem Handy. Dass ich es heute dabei hatte, war purer Zufall.
„Scheiße", fluchte ich, als ich am Display „Kein Empfang" las.
Wen hätte ich jetzt auch anrufen sollen? Die Seelsorge? „Hilfe, ich werde beschossen!"
Wer würde mir schon so etwas glauben?
Da hörte ich einen dumpfen Schlag. Er kam aus den Gebüschen auf der anderen Seite der Straße. Fast zeitgleich stöhnte jemand und sank dann ohnmächtig ins Gras.
Oh mein Gott! Da war ja noch einer.
John hatte recht, ich war eine jämmerliche Nebelgestalt!
Ich spähte aus dem Straßengraben hervor, doch im Gebüsch war nichts mehr zu hören. Nur ein Motorrad heulte in unmittelbarer Nähe auf.
Hatte mir da gerade jemand das Leben gerettet?
„Patrick?", krächzte ich, aber es kam keine Antwort.
Was um alles in der Welt war hier los?

Prolog

Na toll. Ich hatte es mal wieder geschafft. Meine einzige Hose war hinüber.
Hoffentlich würde ich Geoffrey davon überzeugen können, dass ich jetzt ganz dringend eine neue brauchte. Immerhin hatte er gestern noch versucht, mir eine Mischung aus antikem Vorhang und Rock anzudrehen.
Also, für den Fall, dass jemand nicht weiß, wer dieser Geoffrey ist, oder wer ich bin: Jetzt kommt meine Geschichte.
Ich heiße Elizabeth Brooks, werde hauptsächlich Lizzie genannt, bin sechzehn Jahre alt und leicht erkennbar an den feuerroten Haaren und dem meist etwas genervten Gesichtsausdruck.
Wer sich jetzt wundert, wieso ich im ersten Satz meiner Geschichte gleich darauf hinweise, dass ich meistens nicht wirklich glücklich aussehe, der hat echt einiges verschlafen.
Seit gut vier Monaten gehörte ich nämlich zu den berüchtigten *Fantômes de la nébuleuse* (Nie gehört?!), zu den Nebelgestalten, eine Art Superman (Gravierendster Unterschied: Ich trug kein hässliches, blaues Kostüm!). Damit meine ich, dass ich schnell genug war, um bei den Olympischen Spielen alle Läufer überrunden zu können und zwischendrin noch meine Schnürsenkel zu binden. Dass ich besser hören konnte, als ein ... als ein ... Welches Tier hört gut? Hund? Hase? Keine Ahnung. Also meine Ohren waren so gut, dass ich mir mal keine Gedanken um ein Hörgerät machen musste. Außerdem nahm ich den Schallbereich über und unter dem menschlichen Gehör wahr, während ich für alle anderen vollkommen *lautlos* war. Und selbstverständlich gehörte übernatürliche Stärke noch zu meinen Fähigkeiten, aber das ist bei den meisten Superhelden ja sowieso Grundausstattung.
Soweit zu dem, was ich an meinem neuen Leben als Nebelgestalt mochte. Weniger cool fand ich, die „Bestimmung", die jeder meiner Art so mit sich rumschleppt. Darunter versteht man im Großen und Ganzen folgendes: Die *Fantômes de la nébuleuse* benutzen ihre Fähigkeiten, um die Welt ein klein wenig zu verändern, indem sie sich

meist sehr bedeutenden Menschen anschließen und sie tatkräftig unterstützen. Nur jeder hat irgendwie seine eigene Ansicht von „einer perfekten Welt". Und so bekriegen sich Nebelgestalten untereinander, sabotieren ihre Arbeiten und bringen sich gegenseitig (ich weiß, dass das krass klingt) eiskalt um.

Das ist einer der Gründe, weshalb Nebelgestalten sehr vorsichtig leben, warum sie in sämtlichen Einwohnermeldeämtern, Versicherungsdateien und ähnlichen offiziellen Datenbanken nicht erfasst sind.

Und das war vermutlich auch der Grund, wieso mich gerade irgendein Idiot (Übrigens nicht der O-Ton meiner Gedankengänge. Ich verschweige an dieser Stelle meine ursprüngliche Bezeichnung für den unbekannten Angreifer) umbringen wollte.

Dass mein Nachname Brooks war, hatte mir in meinem Leben bisher nicht viel geholfen. Denn meine Familie stellte seit Urzeiten die Besten unserer Art. Und es gab natürlich genug Leute, die sich mit dem Sieg über eine Brooks rühmen wollten.

Außerdem kam noch dazu, dass ich meinen Herrn, für dessen Sicherheit ich verantwortlich war, vor ein paar Tagen in einen Unfall verwickelt und danach einfach blutend liegen gelassen hatte.

Das klingt jetzt brutal und absolut herzlos von mir.

Aber Brown hatte es auch nicht anders verdient. (Puh, hab ich das gerade gesagt?!)

Unser hochgeschätzter Polizeipräsident war nämlich so gütig, mich bei sich aufzunehmen und in seine Arbeit mit einzubeziehen. Er war so gütig, mich am Kampf gegen seinen Jugendfreund und jetzigen Erzfeind Gregor Valentinie (seines Zeichens Drogenbaron, was ihm natürlich noch nicht nachgewiesen werden konnte) teilhaben zu lassen. Was mir aus persönlichen Gründen sehr wichtig war, immerhin war Valentinie wahrscheinlich der Mörder meiner Eltern.

Aber die Gütigste der Gütigsten von Browns Taten war natürlich die Tatsache, dass er mich vier lange Monate für dumm verkauft hatte und mich über die Einzelheiten im Mordfall Carla und Achim Brooks im Dunkeln gelassen hatte.

Leider kann ich nicht sagen, dass er einfach ein paar Details verschwiegen hat, um mich nicht unnötig zu provozieren. Denn wie

sich im Nachhinein herausgestellt hatte, war Brown wohl selbst nicht ganz unschuldig an ihrem Tod.
Und jetzt im Moment? Ich war mit John Miller (nicht gerade mein bester Freund) und meinem Selbstverteidigungslehrer Mr. Thomas vor Brown geflüchtet und versteckte mich nun bei einem meiner wenigen Verwandten.
Bei Geoffrey Brooks.

Kleine Familienkunde

Ich presste mich mit dem Rücken gegen den Stamm der Buche, bis das Schrillen der Sirenen verhallt war.
Tja, unsere Polizei ließ sich natürlich keinen Schuss entgehen und so kamen die Streifenwagen schon nach wenigen (!) Minuten angerollt. Natürlich erst, nachdem ich mich aus dem Straßengraben gerettet und die anderen Nebelgestalten sich auch schon längst wieder verdrückt hatten.
Zum Glück hatte ich auch genug Zeit gehabt, mich hinter einem Baum in dreihundert Meter Entfernung zu verstecken. Klar, ich hätte auch einfach in die Büsche auf der anderen Straßenseite springen können, aber die Polizei würde vermutlich die gesamte nähere Umgebung absperren und dann säße ich in der Falle.
Schätzungsweise sechzehn, rothaarig, weigert sich standfest ihren Namen zu nennen und wurde soeben in eine Schießerei verwickelt.
Brown würde schneller auf mich aufmerksam werden, als ich den Mund öffnen konnte.
Also stand ich jetzt im Schutze der Buche da und lauschte.
„Was haben wir?"
„Ein paar Leute aus der Umgebung haben von einem Schuss gesprochen. Als wir hier eintrafen, war aber bereits niemand mehr zu sehen."
Ich verdrehte die Augen.
Natürlich war niemand mehr zu sehen! Selbst wenn noch hundert Nebelgestalten da gewesen wären, hätten sie sie nicht bemerkt. Mal ganz abgesehen davon, dass es so viele *Fantômes de la nébuleuse* gar nicht gab.
Wir waren einfach Spezialisten im Untertauchen. Keiner von den Polizisten hätte eine Nebelgestalt wahrgenommen, wenn sie wie ein Blitz an ihm vorbeizischte. Er hätte sie nicht einmal gehört.
Ich beschloss, den Rückzug anzutreten. Denn etwas wirklich Interessantes, das mir nicht aufgefallen war, schien die Polizei auch nicht zu finden.

Geoffrey machte sich sicherlich schon Sorgen, immerhin hatte ich von einer kurzen Joggingtour gesprochen und nicht von einem eineinhalbstündigen Ausflug.
Der Arme übertrieb es sowieso schon, denn Mr. Thomas und John waren zu Brown zurückgekehrt, damit er nicht Verdacht schöpfen würde, wer hinter dem Anschlag steckte. Außerdem war es immer gut, einen Spion beim Feind zu haben.
„Aber wenn auch nur das kleinste Problem auftritt, rufst du mich sofort an!", hatte ihm Mr. Thomas noch eingeschärft und ihm seine Handynummer gegeben. Ich hatte mich wie ein kleines Kind gefühlt, dessen Mutter einen Abend bei einer Freundin verbrachte und sich deshalb schon Tage vorher mit dem Kindermädchen in den Haaren lag.
Seitdem war Geoffrey nicht mehr zu bremsen gewesen.
Alle zehn Minuten platzte er in mein Zimmer und vergewisserte sich, dass ich noch da war.
Sonst war es hier jedoch sehr langweilig.
Seit drei Tagen lebte ich jetzt auf dem Landsitz bei Lady Therese (Geoffreys Verlobten, die derzeit allerdings mal wieder beruflich unterwegs war) und meinem Großonkel. Mir fehlte einfach alles.
Ja, ich weiß. Zuvor hatte ich immer genörgelt, etwas mehr Freiheit hätte mir gut getan. Doch jetzt … Mir fehlten die stressigen Aufträge, die immer mit jeder Menge Adrenalin verbunden waren, mir fehlte die Gewissheit, dass ich irgendwann den Mörder meiner Eltern schnappen würde. Im Moment hatte ich nämlich keine Ahnung, wen ich verdächtigen sollte. Geschweige denn, wie ich irgendjemandem irgendetwas nachweisen sollte.
Aber am meisten vermisste ich wahrscheinlich doch Patrick, meinen besten Freund. Auch wenn ich ihn nie als solchen bezeichnen würde – zumindest nicht, wenn er es hören konnte.
Seufzend schloss ich die Augen und dachte, wie er wohl reagiert hatte, als er von meinem Verschwinden erfahren hatte.
War er geschockt gewesen? Hatte er begriffen, dass es nicht Valentinie gewesen war?
Mich interessierte einfach alles. Auch, wie man Browns Unfall aufgefasst und erklärt hatte.

Keine der Zeitungen hatte bisher etwas darüber geschrieben und ich las Geoffreys jeden Tag. Wie Brown das mit den Vertuschungsaktionen nur immer schaffte? Er selbst würde wieder sagen, dass er als Polizeipräsident einen gewissen Einfluss auf die Polizei hatte. (Ha ha, sehr witzig!)

Vorsichtig spähte ich noch einmal in die Richtung, aus der die Stimmen kamen – und erstarrte. Ich hätte nicht weiter auf den schwarzen Geländewagen geachtet, der gerade die Absperrung überquert hatte – wenn ich nicht das braune, im Wind wehende Haar, den maßgeschneiderten Anzug und das zuversichtliche Lächeln des Mannes im Wageninneren erkannte hätte.

Polizeipräsident Brown persönlich. Wenn man grad vom Teufel spricht … Verdammt, wie kam der denn schon wieder hier her? Ich musste mich nicht einmal anstrengen, um das große Pflaster auf seiner Stirn zu erkennen. Auch so schien er etwas angeschlagen.

„Mr. Brown!", rief der Officer erfreut, als er seinen Vorgesetzten erkannte. „Ich habe ja bereits gehört, dass Sie sich ein Hotelzimmer ganz in der Nähe genommen haben. Aber dass Sie jetzt auch noch die Einsätze überwachen …!"

„Keine Sorge", lachte Brown mit der üblichen freundlichen Stimme. Wie schaffte er es nur, so jungenhaft auszusehen und gleichzeitig jedem überlegen zu sein? „Ich bin aus ganz anderen Gründen angereist. Aber die Sache mit dem Schuss … immerhin gab es in der Gegend hier schon lange keine schwereren Straftaten."

„Na ja", sagte die zweite Polizistin, die immer noch wie vernagelt auf den Boden starrte, als wünsche sie sich eine Leiche her. „Wir haben nichts gefunden, was wirklich auf ein Verbrechen hindeutet. Vielleicht haben einfach nur ein paar Kinder mit einer Pistole gespielt und dabei ging ein Schuss los. Es scheint aber, als wäre nichts passiert."

„Tja", sagte Brown und blinzelte in die Sonne. „Dann hab ich den Weg hierher wohl umsonst gemacht. Obwohl: Das Wetter ist ja fantastisch. Wann hatten wir das letzte Mal einen so tollen Sommer?"

Am liebsten hätte ich über so viel Gequatsche die Augen verdreht, doch ich wusste ganz genau, dass Brown NICHT in den Himmel sah. Er suchte den Waldrand ab.

Eilig schlüpfte ich wieder hinter die Buche, ein wirklich treues Versteck.
War Brown wegen mir angereist?
Hatte er sich gedacht, dass ich zu Geoffrey flüchten würde und wollte die Stadt überwachen?
Wenn ja, dann hatten bei der Sache mit dem Schuss natürlich seine Alarmglocken geläutet.
Sei nicht albern, Lizzie! Er weiß ja nicht einmal, dass du selbst gegangen bist. Für ihn deutet ja immer noch alles auf eine Entführung hin.
Ich wartete, bis Brown sich vom Anblick der Wiesen und Bäume losgerissen, sich verabschiedet und den „Tatort" (Hieß das wirklich Tatort? Immerhin war ja nichts passiert!) wieder verlassen hatte.
Danach dauerte es nicht mehr lange, bis auch sonst niemand mehr da war.
Mit zittrigen Beinen ging ich die Straße zurück, bis zu der Brücke, unter der ich schon hinwärts durchgekommen war.
Hatte ich schon mal erwähnt, dass ich Brücken cool fand?
Ich liebte es, mich darunter zu stellen und laut „Echo, Echo!" zu schreien.
Aber dieses Mal sagte ich nichts – ganz im Gegenteil.
Eigentlich hatte ich ja beschlossen, dass mich nichts mehr schocken konnte, nicht einmal ein Schuss. Aber eine dieser Zeichnungen, die jemand als Graffiti an die Wände gesprüht hatte, weckte etwas in mir.
Den Hauch einer Ahnung.
Ein Drache. Und nicht nur einer: ein roter, gewundener Drache mit langer, gespaltener Zunge.
Die Farbe glänzte noch in der Sonne. Sie schien nicht ganz trocken zu sein, denn an manchen Stellen verlief die Farbe noch.
Das wirklich Bedrohliche an dem Bild war jedoch, dass ich den Drachen bereits sehr gut kannte.
Er zierte nämlich den kahlen Hinterkopf von Gregor Valentinie, dem Drogenbaron und Mörder meiner Eltern.
Wieso hatte jemand sein Zeichen an die Brückenwand gesprüht, kurz nachdem ich dort beschossen worden war?
Das musste einen Grund haben.
Und ich befürchtete, keinen guten.

„Miss Brooks!", rief Linda Harrington, Geoffreys Sekretärin, ganz entgeistert, als sie mir die Tür öffnete.

Sollte mich wahrscheinlich nicht wundern, denn meine Hose war durchnässt und zerrissen und meine Haare waren voller grüner Buchenblätter.

„Hey, Miss Harrington. Ist mein Großonkel schon wieder da?"

Linda klappte den Mund auf, schloss ihn aber gleich wieder und überlegte, bevor sie antwortete.

„Nein, aber Ihre Urgroßmutter wartet seit einer Stunde wegen einer sehr dringenden Angelegenheit auf Sie. Sie sollen bitte sofort in Mr. Brooks Arbeitszimmer kommen. Und was ist jetzt eigentlich ..."

„Passiert?", unterbrach ich sie. „Nichts bin nur joggen gegangen. Im Wald."

Sie nickte, auch wenn meine Antwort sie nicht ganz zu überzeugen schien.

Auf dem Weg zu Geoffreys Arbeitsräumen durchquerte ich fast das komplette Gebäude. Früher hatte reicher Landadel hier gewohnt und es hingen immer noch schwere Teppiche mit Insignien an den Wänden, außerdem bewachte fast jede Tür eine alte Ritterrüstung. Noch vor einem halben Jahr hätte ich diese Gänge wahrscheinlich nicht im Dunkeln durchquert, ohne laut mit den Zähnen zu schlottern.

„Herein!", rief meine Urgroßmutter schon, als ich noch einen Gang entfernt war. Beatrix Brooks war die älteste und wohl berühmteste Nebelgestalt. Ihr hohes Alter hatte sie vor allem ihrem Status als garstiger Drachen zu verdanken, weswegen sie zwar keine Freunde, aber auch keine Feinde hatte. Dafür wurde sie von den meisten Leuten viel zu sehr gefürchtet.

„Du bist spät dran", begrüßte sie mich dann, als ich den Raum betrat.

„Ich wurde aufgehalten."

„Und wie siehst du überhaupt aus? Ich dachte, wir hätten darüber geredet, dass sich eine Brooks immer ordentlich kleidet!"

„Und darüber, dass sie ihrem Herrn nicht davonläuft."

Beatrix kniff die Augenbrauen zusammen, was ihr gleich noch ein strengeres Aussehen verlieh. Ohnehin trug sie immer ein einfarbiges Kostüm, ein passendes Hütchen und band ihre Haare im Nacken zu einem Knoten zusammen. Sollten sie für die böse Königin in Schneewittchen mal eine gruslige Besetzung brauchen, ich würde meine Urgroßmutter zum Casting schicken.

„Eine Brooks läuft niemals davon, sie stellt sich den Gefahren!"

„Tja, dann komme ich wohl mehr nach meiner Mutter", warf ich ein und ließ mich in den Sessel auf der anderen Seite des Schreibtisches plumpsen. Nur weil ich den Namen meines Vaters trug, war ich nicht gleich lebensmüde.

„Carla glänzte geradezu vor Mut!"

„Mut macht glänzend?"

„Du weißt sehr genau was ich damit meine!", schrie sie. „Was ist jetzt passiert?"

Ich grinste. Was ich jetzt sagen würde, würde ihr sicherlich gefallen. Ihre Urenkelin lief vor keiner Gefahr davon – sie wechselte nur zur nächsten!

„Ich wurde von einer fremden Nebelgestalt beschossen", sagte ich und wartete schon auf das erschrockene „Was?!" oder einen entsetzten Gesichtsausdruck.

„Und das ist ein Grund mit zerrissener Kleidung aufzukreuzen?"

„Weißt du eigentlich, dass du von den meisten deiner Bekannten als *gefühlskalt* bezeichnet wirst?"

Beatrix zog eine Augenbraue in die Höhe.

„Nein, weiß ich nicht. Ich kann mir auch nicht erklären, wieso sie so etwas sagen sollten."

„Ich mir auch nicht."

„Dann können wir jetzt zum Wesentlichen übergehen."

Ach ja, genau! Da war ja noch was.

„Stimmt, Brown ist in der Stadt. Offenbar sucht er mich."

„Ich meinte deinen Unterricht."

„Und wenn er herkommt und mich sucht?", fragte ich entgeistert.

„Wenn Geoffrey ihn nicht hereinlässt, dann kann nicht einmal der Polizeipräsident etwas dagegen machen."

„Der findet doch schneller einen Grund für einen Durchsuchungsbeschluss, als ..."

„Elizabeth!", unterbrach sie mich kalt. Ok, wenn ich bisher immer behauptet habe, dass die Äbtissin in dem Kloster, in dem ich gewohnt

hatte, Angst einflößend war, dann nahm ich das jetzt zurück. „Ich dachte, wir hätten uns darauf geeinigt, deinen Unterricht fortzusetzen?"
Von geeinigt konnte ja keine Rede sein, ich hatte dem sicherlich nie zugestimmt.
Immerhin war einer der einzigen positiven Gründe am Nebelgestaltsein, dass ich nicht mehr in die Schule musste.
„Hm", sagte ich und erntete dafür einen strengen Blick. „Ja!"
Die Frau legte echt Wert auf korrekte Aussprache!
„Heute beginnen wir mal mit ein paar Familienanalen. Was kannst du mir über die Familie Brooks sagen?"
„Alle Mitglieder – mit nur einer Ausnahme – sind Nebelgestalten und bis auf drei alle tot."
Sachlich. Kurz. Genau, wie sie es eben wollte.
Aber statt zufrieden zu nicken, presste sie die Lippen aufeinander.
„Und sonst nichts?"
Ich überlegte.
„Nein?"
„Dann zähle die Lebenden bitte auf und in welcher verwandtschaftlichen Beziehung sie zueinanderstehen."
Na toll.
Das war ja nicht wirklich schwer, immerhin gab es da kaum welche.
„Also, da gibt es mal mich, Elizabeth Brooks..."
„Der Esel nennt sich immer zuerst!", unterbrach sie mich.
„Iah!"
„Dürfte ich um etwas mehr Ernsthaftigkeit bitten?"
Meine Urgroßmutter suchte in ihren Unterlagen verbissen nach etwas, bis sie schließlich ein vergilbtes Papier hervorzog und vor mir auf den Tisch legte. Ein Stammbaum meiner Familie.
„Alles begann mit deinem Urgroßvater William und mir." Sie deutete auf die ersten beiden Namen.
„Dann kommen unsere sechs Kinder. Zwei von ihnen haben geheiratet und wieder Kinder bekommen." Sie wies auf die Namen unter ihrem eigenen.
„Wieso hast du Geoffrey kleiner und versetzt geschrieben, als die anderen?"

„Weil kein Platz mehr war. Oder klebst du in solchen Fällen Papier an?"
Nein, aber ich fand das sehr ironisch.
„Mein vorletzter Sohn Theodor und seine Frau Gina hatten einen Sohn, deinen Vater Achim", fuhr sie fort und schob mir das Blatt dann ganz über den Tisch. „Und aus der Ehe von Achim und Carla gingst wiederum du hervor. Du darfst den Stammbaum ruhig behalten. Es schadet nie, wenn man die Mitglieder seiner Familie kennt."
Ich nahm das Papier in beide Hände und starrte auf die Namen. Ich suchte die Namen derjenigen, die bis heute überlebt hatten.
„Ich dachte immer, dass nicht alle deine Kinder tot seien", sagte ich unvermittelt. „Also, nicht alle außer Geoffrey. War nicht eines nur vermisst?"
„Ellen, meine Schwiegertochter. Das ist aber schon zwanzig Jahre her."
Ich suchte den Namen. Ellen Brooks, die Frau von Zacharias Brooks. Sie war also meine ... Großtante.
Mann, das war vielleicht kompliziert!
„Und wieso sagst du, sie sei tot?"
„Elizabeth" – für mich begann meine Urgroßmutter ihre Sätze viel zu oft mit Elizabeth – „Ellen hatte mit ihrer Tochter Jenni einen Autounfall. Jenni wurde tot geborgen, aber die beiden sind eine Brücke runtergefahren, Ellens Leiche wurde aus dem Auto gerissen und nie gefunden."
Mir klappte der Mund auf.
„Aber sie waren doch zwei Nebelgestalten, oder nicht? Ich meine, wie unwahrscheinlich ist es, dass zwei *Fantômes de la nébuleuse* einen Unfall haben?"
„Zacharias ist zu Lebzeiten schon jeder Theorie mehrmals nachgegangen."
Ich schüttelte den Kopf.
„Vielleicht ..."
„Wenn sie sich hätte retten können – und glaub mir, das haben wir alle gehofft – dann wäre sie wohl innerhalb von einem oder maximal zwei Tagen wieder hier aufgetaucht. Denkst du nicht?"
Doch, wahrscheinlich schon.
„Und wenn sie nicht ..."

„Elizabeth, lass die Toten bei den Toten. Sich irgendwelche Märchengeschichten auszudenken, bringt wirklich nichts."
Mit diesen Worten stand sie auf und nickte mir noch einmal zu, bevor sie zügig den Raum verließ. Vom Diskutieren verstand die Frau nichts, soviel stand mal fest.

„Geoffrey!"
Der Anwalt sah auf.
„Elizabeth, zum Glück geht es dir gut!"
Am liebsten hätte ich geschluchzt. Meine Urgroßmutter hatte ewig Zeit und hatte sich nicht darum gekümmert, dass mich heute jemand beschossen hatte.
Und Geoffrey kam von seiner Arbeit nach Hause, in der er stundenlang von seinen Klienten strapaziert wurde, (um es vorsichtig auszudrücken) und schloss mich sofort erleichtert in seine Arme.
„Ich bin so froh, dass dir nichts passiert ist. Als die Nachricht in der Kanzlei ankam, dass heute ganz in der Nähe geschossen wurde, wusste ich sofort ..."
„Dass deine Lizzie dort ist, wo es Ärger gibt."
Ich schüttelte den Kopf.
Danke, für so viel Vertrauen!
„Na ja", meinte er. „Die Vermutung lag ja auch ziemlich nahe."
Später saßen Geoffrey und ich zusammen im Salon und ich erzählte ihm die ganze Geschichte noch einmal, während ich mich in den großen Ledersessel knuddelte.
„Und dann war da dieser Drache, Valentinies Drache!"
„Du hast einen Drachen gesehen?", meinte Geoffrey geschockt.
„Keinen richtigen. Jemand hat ihn an eine Brücke gesprüht."
Mein Großonkel lächelte.
„Und du sagst zu mir, ich übertreibe immer. Seit wann bist du denn so paranoid?"
Ich? Paranoid?
„Komm schon. Drei Nebelgestalten auf einem Fleck, ein Gewehr und Valentinies Drachen. Wer eins und eins zusammenzählen kann ..."

„Ich dachte, Mathematik ist nicht dein Fachgebiet?", fragte Geoffrey neckend.
Haha, wie witzig! Zugegeben: Mathe und ich lebten in zwei getrennten Welten und wir beide würden uns ganz sicher nicht die Mühe machen, den anderen zu besuchen, aber es ging ja jetzt um was Anderes. Etwas ganz Anderes!
„Und dass Brown da war, das interessiert dich gar nicht? Hat Mr. Thomas angerufen?"
Das schien ihm jetzt schon etwas Sorgen zu machen.
„Er hätte sicherlich angerufen, wenn er davon gewusst hätte."
Und wieso hatte er es dann nicht?
Misstraute Brown ihm jetzt?
„Bitte", maulte ich.
Geoffrey verdrehte die Augen und angelte nach dem Telefon, das hinter ihm auf der Kommode stand.
„Gut, ich frag ihn mal, was da los ist. Einverstanden?"
Ich nickte eifrig und schaute zu, wie er die Nummer wählte.
„Hallo, mein Freund. Es gibt einen kleinen Zwischenfall ... Nein, die Schlange wurde gesehen!"
Ach, na toll! Das war ja klar gewesen. Mr. Thomas war ungefähr so misstrauisch wie Patrick und hatte uns selbstverständlich eindringlich davor gewarnt, offen am Telefon zu sprechen. Nicht, dass jemand die Leitung überwachte!
Geoffrey hatte schon immer Gefallen an Geheimsprachen gefunden.
War Brown die Schlange?
Ich hätte ihn nach etwas weniger Gefährlichem benannt.
Vielleicht ein Gänseblümchen?
Oder ein Pilz! Genau, ein kleiner Pilz, der trotz seines friedlichen Aussehens giftig war.
„Ja und das Kaninchen wurde von zwei Nilpferden attackiert!"
Kaninchen?
Mann, Geoffrey, krieg dich wieder ein! Ich war ganz sicher KEIN Kaninchen. Eine Löwin oder ein Fuchs oder ...
„Verstanden, mach' s gut, alter Freund."

„Wieso bin ich ein Kaninchen?", platzte ich heraus, als er den Hörer zurück auf die Gabel legte. (Geoffrey hatte ein altes Telefon mit Wählscheibe!)
„Du bist auch nie zufrieden, oder?"
„Wär ein Fuchs nicht passender gewesen?"
„Lizzie, es gibt grad wirklich Wichtigeres ..."
„Und wieso sind Nebelgestalten Nilpferde?", fragte ich weiter.
„Immerhin sind die meisten von uns ziemlich sportlich und ..."
„Nilpferde sind die gefährlichsten Tiere Afrikas!", hielt Geoffrey dagegen. Er stand auf und putzte sich die letzten Krümel des Schokokuchens vom Jackett.
Echt, bei meinem Großonkel war es wie im Schlaraffenland. Auf Dauer könnte ich vermutlich so viel trainieren wie ich wollte und es würde nichts bringen.
„Aber die Geheimsprache ist vollkommen sinnlos. Wenn jemand die Leitung abhört, denkt er, Mr. Thomas hätte eine Tierhandlung."
„Solange er nicht auf die Wahrheit kommt, ist mir alles andere egal. Thomas hat auf jeden Fall auch nicht mitbekommen, dass Brown abwesend wäre. Vielleicht hast du dich getäuscht?", fragte er.
Ausgeschlossen, ich hatte mich ganz sicher nicht getäuscht. Aber mir war plötzlich klar, dass mir Geoffrey das nicht glauben würde. Brown hatte wieder mal einen Weg gefunden, ohne Wissen seiner Security das Haus zu verlassen. So unmöglich das auch schien. Ich war gewarnt und würde vorsichtig sein.
„Ich geh jetzt einkaufen!", riss mich Geoffrey aus meinen Gedanken.
„Oh, super! Ich komm gleich mit, meine letzte Jeans ist heute kaputt gegangen!"
Geoffrey verdrehte die Augen.
„Wie hoch stehen die Chancen, dass ich dich loswerde?"
„Willst du das echt wissen?"
„Gut, dann komm mit."
Zwei Stunden später war ich zum ersten Mal seit vier langen Monaten wieder richtig Shoppen. Es war nicht so witzig wie mit Johanna, mit der man über alle Outfits lästern konnte („Wow, schau mal! Das würde ich nicht einmal an Halloween anziehen!"). Denn Geoffrey schien von

denselben Klamotten eine ganz andere Meinung zu haben („Also ich find das toll, bodenständig und trotzdem extravagant!").

„Ich glaube, dafür, dass du gerade beschossen wurdest, kannst du noch genug Geld ausgeben", meinte er, als wir das dritte Geschäft verließen.

Schon, normalerweise war ich ja ziemlich zurückhaltend und würde niemals das Geld eines anderen Menschen vershoppen. Aber ich hatte nichts Eigenes und nackt konnte ich ja schlecht herumlaufen, oder – noch schlimmer – in dem Rock, den Geoffrey mir noch einmal andrehen wollte.

„Ich muss nur noch zu einem Kunden. Macht es dir was aus, hier zu warten?"

Ne, die lassen bestimmt keine Kaninchen rein.

„Oh, ich steh gerne draußen in der Hitze. Schwitzen ist meine Lieblingsbeschäftigung."

Geoffrey strich mir über den Kopf.

„Ich bin ja gleich wieder da."

Hallo?

Ging's noch?

Ich glaube, er hatte einen Hitzschlag. Mich vor einem Haus abzusetzen wie ein kleines Kind und mir dann, wie einem Hündchen über den Kopf zu streicheln!

Frustriert sah ich ihm nach.

Geoffrey hatte ein wunderbares Leben. Er war glücklich, hatte eine wunderschöne, nette Frau und jede Menge Geld. Klar, er hatte auch nie eine Familie gehabt, aber ich doch auch nicht, oder?

Und dennoch würde ich nie so leben können wie er. Egal, wie oft ich es probieren würde: Ich würde immer anders sein als die übrigen Menschen.

Es würde immer Idioten geben, die mich umbringen wollten.

Mit den Händen in den Hosentaschen schlenderte ich über die Straße und setzte mich auf eine freie Bank. Heute war es wirklich verdammt heiß.

Auf der anderen Straßenseite ging Geoffrey gerade in das Hotel, in dem sich sein Kunde eingemietet hatte.

Gelangweilt beobachtete ich die Leute, die dort ein- und ausgingen. Zwei Geschäftsmänner mit Handys am Ohr, eine Mutter mit Kind, das sich quengelnd die Straße entlang schleifen ließ.
Wieder trat ein Mann aus der Drehtür. Irgendwie schien er etwas Interessantes an sich zu haben. Seine Schritte waren gezwungen lässig und er trug eine einfache Jeans, keinen Anzug, wie die anderen Männer, die bisher das Hotel verlassen hatten. Gedankenversunken drehte er den Kopf in meine Richtung.
Ich erstarrte.
Nein! Das war vollkommen ausgeschlossen. Wieso sollte er ...
Aber es war zu spät, vermutlich hatte er mich schon entdeckt, denn Chris Brown blieb stehen und starrte jetzt genauso dumm zu mir, wie ich zu ihm.
Was machte der Polizeipräsident nur hier? Und wieso diese dämliche Verkleidung?
Mir blieb keine Zeit zum Nachdenken. In Sekundenschnelle hechtete ich von der Bank und zwischen zwei Häusern in eine dunkle Gasse.
Dort presste ich mich mit dem Rücken fest gegen die Hauswand und wartete. Worauf ich wartete, da war ich mir selbst nicht ganz sicher.
Hatte er mich gesehen? Und am Ende auch noch erkannt?
Wahrscheinlich würde er jeden Moment in die Gasse laufen und sich angestrengt umsehen – aber es geschah nichts dergleichen. Als er nach über einer Minute noch nicht aufgetaucht war, gab ich Entwarnung.
Immer noch vorsichtig umsehend, trat ich wieder hinaus auf die sonnenüberflutete Straße und suchte den gegenüberliegenden Bürgersteig nach Brown ab.
Nirgends eine Spur von ihm.
Er war wie vom Erdboden verschluckt. Nichts deutete darauf hin, dass er jemals vor diesem Hotel gestanden hatte. Nichts, außer dem feinen Geruch seines Aftershaves ... Ich grinste. In Richtung Kirche wurde der Geruch stärker. Ich fühlte mich fast etwas wie ein Hund, als ich der Fährte folgte, vor der Kirche eine Abzweigung nahm und dann vorbei an kleinen Wohnhäusern lief, Browns Vorsprung einholend.
Sollte ich nicht auf Geoffrey warten?
Nein, ich würde Brown verfolgen. So leicht konnte der mir nicht entwischen ...

Verfolgungsjagd

Wenige Minuten später huschte ich durch ein verlassenes Parkhaus. Das angrenzende Fabrikgebäude stand leer, vermutlich war deshalb auch auf keinem der Parkplätze ein Auto. Aber Brown schien sich ziemlich sicher zu sein, dass er hierher wollte.
Er schaute kein einziges Mal auf, als er lässig durch die Straßen schlenderte, ganz so als wäre er ein einfacher Arbeiter, der seine Mittagspause genoss.
Fast hatte ich den Eindruck, dass er hier schon hundertmal entlang geschlendert wäre.
Lautlos wie ein Schatten folgte ich ihm, versteckte mich hinter Säulen und Abzweigungen, schlüpfte sogar in die Sweatshirt-Jacke, die ich mir um meine Hüfte gebunden hatte und zog die Kapuze über mein feuerrotes Haar. Doch er machte sich gar nicht die Mühe, sich nach mir umzudrehen.
In der fünften Etage des Parkhauses stand ein Lastwagen, an dem drei Männer lehnten. Obwohl sie noch weit entfernt waren, konnte ich sie schon ganz klar ausmachen. Ihre schlagenden Herzen, der feine Schweißgeruch. Unverkennbar.
„Ah, Brown!", rief einer von ihnen, als der Polizeipräsident aus dem Treppenhaus trat. Eilig hechtete ich nach ihm die Treppen hoch und griff nach der Tür, bevor sie ins Schloss fiel und ließ sie nur einen kleinen Spaltbreit offen, damit ich die ganze Szene beobachten konnte.
„Sie sind spät dran."
„Lieber spät als nie."
Eindeutig Brown. Diese Stimme. Freundschaftlich und dennoch so kantig, dass man sich nie sicher sein konnte, ob er einem echt vertraute.
„Wenn Sie nicht so gut zahlen würden, dann würden wir nicht warten. Oder glauben Sie, wir haben nichts Besseres zu tun?"
Die beiden anderen brummten zustimmend. Wahrscheinlich war der Mann mit den verfilzten braunen Haaren und dem vernarbten Gesicht der Anführer. Irgendwie eine zwielichtige Erscheinung. Und mit so jemand verabredete sich Brown?

Interessant, interessant. Um wie viel wetten wir, dass er sich hier keine Luftballons für das nächste Kinderfest auf seinem Anwesen abholte?
„Dann bin ich froh, dass ich so gut bezahle. Was, Buckley?"
Leichthändig warf er ihnen ein Kuvert zu und schnaubte, als sie sich eilig darauf stürzten.
„Ich hoffe, das reicht."
Ich öffnete die Tür noch etwas weiter um zu erkennen, was sich in dem Umschlag befand.
Doch viel sah ich nicht mehr, denn in dem Moment riss mich jemand zurück und presste mir seine Hand auf den Mund.
„Na, wen haben wir denn da?", flüsterte der Unbekannte mir ins Ohr. Seine Stimme klang spöttisch und übermütig. „Einen kleinen Spitzel?"
Verzweifelt strampelte ich mit den Füßen, bis mir einfiel, was ich in Mr. Thomas' Unterricht gelernt hatte.
Mit meinem linken Bein trat ich gegen sein Schienbein, drehte seinen Arm herum, sodass er mich loslassen musste und versuchte, ihn mit einem gezielten Schlag aus dem Gleichgewicht zu bekommen. Doch er fing meine Hand ab und stieß mich nach hinten.
Benommen strauchelte ich die Treppe hinunter.
Nebelgestalt – soviel war sicher.
Verdammt ...
Als er mir nachsprang und seinen Arm nach hinten riss, sah ich zum ersten Mal in sein Gesicht.
„Patrick!", kreischte ich. „Verdammt, wieso greifst du mich an?"
Der Junge hielt inne.
„Lizzie? Was ... Was ..."
„Sei still! Nicht, dass uns noch jemand hört!"
Beide lauschten wir in Richtung Brown, aber die Männer schienen den Krach aus dem Treppenhaus gar nicht bemerkt zu haben. Dann wandte ich mich wieder an Patrick.
„Patrick, ich bin so froh, dich zu sehen!"
Mit einem Sprung nach vorne stand ich wieder neben ihm und umarmte ihn stürmisch. Aber Patrick schien sich noch nicht ganz sicher zu sein, ob er gerade träumte oder ob ich wirklich vor ihm stand.
„Lizzie..."

„Schau nicht so dumm", neckte ich ihn und grinste frech. „Wer sollte ich denn sonst sein?"
Behutsam löste Patrick meine Hand von seiner Schulter und trat einen Schritt zurück.
„Du müsstest tot sein."
„Oh, danke. Ich fühle mich quicklebendig."
Inzwischen verwandelte sich meine Wiedersehensfreude in Empörung. Was sollte das? Er sollte sich echt freuen, mich wiederzusehen. Immerhin war ich ... war ich ... Ich hielt inne. Verdammt. Patrick hatte keine Ahnung, was damals nach dem Unfall passiert war. Das erklärte wahrscheinlich auch seinen entsetzten Blick.
„Tja, ich lebe noch", sagte ich vorsichtig und lächelte noch mal zaghaft.
„Sorry, ich hab vergessen, dass du ja nichts von dem Unfall weißt und alles ..."
Patrick schüttelte den Kopf.
„Darf ich dich was fragen?"
Ich zuckte mit den Schultern.
„Klar?"
„Wieso bist du abgehauen? Ich dachte, Valentinie hätte dich entführt? Wieso hat Brown einen Unfall gebaut? Wieso durfte keiner darüber reden? Und wieso um alles in der Welt bist du überhaupt hier?"
Oh, ok. Das waren vielleicht zu viele Fragen, um sie jetzt schnell im Treppenhaus zu klären.
„Erzähl ich dir später", unterbrach ich ihn, bevor er weiter fragen konnte.
„Weiß Brown, dass *du* hier bist?"
„Nein. Ich glaube, seit dem Unfall stimmt was in seinem Hirn nicht mehr."
Fragend zog ich die Augenbrauen hoch.
„Er redet nicht mehr mit John, ignoriert Anrufe der Security-Abteilung, bläst alle Termine ab und scheint plötzlich gar nicht mehr an dem Treffen mit Valentinie interessiert, von dem er sich ja nicht hat abbringen lassen. Keiner weiß, was mit ihm los ist. Und er wollte niemandem erzählen, wieso du nicht mehr da warst. *Valentinie...* Das war alles, was er dazu sagen konnte." Patrick schnaubte. „Und auf die Frage, wieso er zu diesem Zeitpunkt einen Autounfall gebaut hatte, obwohl er laut den Aufzeichnungen der Überwachungskameras noch im Gebäude hätte sein

müssen, hatte er keine Antwort. Also ... bin ich ihm nach, als er heute Morgen losgefahren ist."
Ich grinste.
„Hey, hey, hey! Und so etwas aus dem Mund einer absolut loyalen Nebelgestalt?"
Ich hob tadelnd meinen Zeigefinger.
„Lass die Scherze, was ist hier überhaupt los?"
„Keine Ahnung, frag nicht mich, sondern deinen Boss."
„*Unsern* Boss, Lizzie!"
Ach ja, stimmt. *Unser* Boss.
Patrick drehte seinen Kopf wieder in Richtung Tür und strich sich nachdenklich das blonde Haar aus dem Gesicht.
„Was ist passiert, Lizzie? Ich *muss* es wissen!"
Und ich musste wissen, was Brown da oben gerade für ein illegales Geschäft abwickelte! Aber die Chancen, dass Patrick mich ohne eine Erklärung vorbei lassen würde, waren gering.
„Brown hat mich früh aus meinem Zimmer geholt und wollte mit mir zu einer neuen Mission aufbrechen. Angeblich wäre das Treffen mit Valentinie für diesen Morgen angesetzt gewesen. Aber auf dem Weg dahin sind wir in die völlig falsche Richtung gefahren. Als ich ihn darauf angesprochen habe, hat er mich angeschrien."
„Angeschrien? Brown hat geschrien?"
Ich nickte.
„Erinnerst du dich noch an damals, als wir vom Treffen bei Valentinie wieder gekommen sind? Als er auf einen Schlag so vollkommen anders war? Tja und plötzlich kommt so ein rotes Auto auf uns zugeschossen, rammt uns in die Seite. Brown und der Fahrer waren sofort bewusstlos."
„Wer hat den Wagen gefahren?", fragte Patrick.
„John!"
„Welcher John?"
„Na, welchen John werde ich wohl meinen? Unseren John!"
Patrick prustete los.
„Du meinst den Mr.-Brown-ist-mein-größter-Gott-John? Ne, das ist jetzt ein schlechter Witz, oder?"

„Er hat mir von der Akte erzählt, die du bei ihm gesehen hast. Darin steht, dass meine Eltern vergiftet wurden. Das konnte Brown aber gar nicht wissen, deshalb hat John Mr. Thomas verständigt und die beiden sind uns gefolgt."
„Und haben euch abgefangen", vollendete Patrick meine Geschichte und schüttelte ungläubig den Kopf. Sein Blick war mehr als nur kritisch. „Dann ist Brown wirklich an dem Tod deiner Eltern beteiligt?"
Ich zuckte die Schultern.
„Möglich. Als ich ihn hier in der Stadt gesehen habe, bin ich ihm natürlich gleich gefolgt."
Wir schwiegen. Patrick schüttelte fassungslos den Kopf.
„Dann hatten wir recht. Brown ist selbst der Verräter. Was macht er dann mit den Typen da oben?"
„Wenn du mich nicht von der Tür weggeschleift hättest, könnte ich dir das jetzt sagen!"
„Ja ja, schon gut. Jetzt dreh nicht wieder durch."
Ich wollte eigentlich etwas erwidern, aber in dem Moment heulte ein lauter Motor auf.
„Was war das?", fragten wir beide gleichzeitig, obwohl wir die Antwort darauf bereits kannten.
Brown und die drei Männer hauten ab!
„Schnell, Lizzie! Die entwischen uns nicht!"

Patrick schien vergessen zu haben, dass wir Nebelgestalten nicht auffallen durften. Dass wir die Verantwortung dafür trugen, dass die *Fantômes de la nébuleuse* weiterhin unentdeckt blieben. Wildentschlossen zog er mich durch die Menschenmasse, ohne sein rasantes Tempo zu verringern.
„Patrick bleib stehen!", schrie ich ihn an und versuchte mich aus seinem Griff zu befreien. „Hast du vergessen, dass normale Menschen nicht so schnell wie Olympialäufer durch die Straßen hetzen?"
„Komm schon, Lizzie. Wenn wir schnell genug sind, können wir den LKW vielleicht noch abfangen!"
Den LKW abfangen?

Er wollte jetzt zu Fuß die Verfolgung aufnehmen? Wie hatte ich auch nur in den paar Tagen vergessen können, wie verrückt Patrick manchmal sein konnte.
„Da vorne!"
Ich riss die Augen auf. Tatsächlich, der LKW brauste gerade vor uns um eine Abzweigung.
„War doch klar, das ist der einzige Weg vom Parkhaus in die Stadt!"
Als ich Patricks stolzes Grinsen sah, konnte ich mir ein Kichern nicht verkneifen. Wie schaffte er das nur immer wieder?
„Und jetzt? Den holen wir nicht mehr ein!" Ich sah dem LKW hinterher, während er sich schnell weiter entfernte.
„Wart´s nur ab!"
Patrick ließ mich los und lief in die Menschenmenge zurück, die wir gerade erst hinter uns gelassen hatten. Es dauerte nicht lange, da kam er wieder zurück, über das ganze Gesicht strahlend und mit einem Schlüssel in der Hand.
„Sag, dass du den nicht gestohlen hast", zischte ich ihm zu, aber er beachtete mich gar nicht.
„Komm, der Wagen parkt da drüben."
„Patrick, du kannst doch kein Auto stehlen!"
„Ich leih es mir doch nur aus." Er zuckte die Schultern. „Du kannst ja hier bleiben."
Ich verdrehte die Augen und folgte ihm zu dem roten Kleinwagen.
„Es ist wahrscheinlich überflüssig zu fragen, ob du einen Führerschein hast?", fragte ich und ließ mich auf den Beifahrersitz fallen.
„Ich bin ´ne Nebelgestalt, schon vergessen? Wir haben keine Versicherungen, keine Führerscheine ..."
„Ok, ok! Aber du bist schon mal gefahren, oder?"
Patrick drückte das Gaspedal und der Wagen krachte in das Auto vor uns.
„Hups."
„Vielleicht sollten wir das doch lieber sein lassen?"
„Ne ne, muss mich nur wieder einfahren", sagte er mit einem Grinsen und brauste los.

Ich hatte die ganze Fahrt über die Augen geschlossen.

Wie hatte ich auch nur so dämlich sein können und war ausgerechnet mit Patrick – Patrick! – in ein Auto gestiegen?!
Zumindest schien er wirklich schon mal gefahren zu sein, wenn auch vor sehr langer Zeit.
Es dauerte nicht lange, bis wir (mit *leicht* überhöhter Geschwindigkeit) den LKW eingeholt hatten.
Der Plan bestand ganz einfach darin, dass wir ihnen unauffällig folgen würden. Da waren Patrick und ich uns ausnahmsweise einmal einig. Allerdings wusste ich nicht, ob wir wirklich unauffällig waren. Immerhin klebten wir schon seit fast zwei Stunden an ihnen dran.
„Was denkst du, war in dem Kuvert?", fragte Patrick.
„Geld."
„Und wofür? Was transportieren die da vorne wohl?"
Ich zuckte die Schultern.
„Tu mir einen Gefallen und fang jetzt nicht an, den Stuntman zu spielen!"
„Du meinst, ich soll nicht aus einem fahrenden Wagen klettern und auf den LKW springen?"
„Jap."
Er grinste wieder.
Was war jetzt daran schon wieder so witzig? Zutrauen könnte man ihm das ja wirklich!
„Was hat Brown eigentlich für eine Ausrede dafür gehabt, dass ich plötzlich verschwunden bin?"
„Keine", antwortete Patrick. „Hat behauptet du, wärst zu Valentinie übergelaufen und unsere Feindin. Mehr wollte er nicht sagen."
„Sonst nichts? Überhaupt nichts?"
Patrick schüttelte den Kopf.
„Und du hast ihm geglaubt?"
„Ne. Ich glaub nicht, dass du dich ausgerechnet dem anschließen würdest. Valentinie ist ein Mistkerl, das dürftest sogar du mitgekriegt haben."
„He! Ich bin ein echter Menschenkenner!", maulte ich. Also wirklich! Immer musste der an mir herumnörgeln.
„Ich sag nur Marvin."
„Du hast auch nicht gecheckt, dass er eine Nebelgestalt ist. Also sei still!"

Patrick verdrehte die Augen.
„Mal ernsthaft: Was fandest du an dem so toll?"
„Könntest du bitte auf die Straße schauen?"
Danach schwiegen wir eine ganze Weile.
Ich hatte meine Füße angewinkelt und meinen Kopf an die Fensterscheibe gelehnt, während ich die vorbeirasenden Bäume beobachtete. Wieso musste er ausgerechnet jetzt damit anfangen? Hatten wir das nicht schon alles? Marvin war Valentinies Nebelgestalt und damit unser Todfeind. Als wir uns gut getarnt auf einem Wohltätigkeitsball eingeschlichen hatten und zufällig aufeinander-trafen, hatte ich mich – dämlich, wie ich war – in ihn verliebt. Erst später war uns klar geworden, dass auch er kein normaler Mensch war und nur mit mir gespielt hatte.
„Wo fahren die nur hin?", murmelte Patrick.
„Keine Ahnung", gähnte ich. „Aber wie lange kann Brown verschwinden, ohne dass seine Security Alarm schlägt?"
„Sie wissen davon."
„Wer weiß davon?"
„Na, John!", lachte Patrick. „Der hat mir erzählt, dass Brown einen privaten Besuch bei einer alten Freundin macht."
Privater Besuch bei einer alten Freundin ...
„Aber John gehört zu uns", sagte ich entschieden. „Er hat mir wahrscheinlich das Leben gerettet! Wieso hätte er Mr. Thomas erzählen sollen, dass ich in Gefahr bin, wenn er zu Brown hält?"
Für mich lag die Sache ganz klar auf der Hand: John fand diesen Besuch ohne Security beunruhigend und hatte Patrick darauf ansetzen wollen. Vermutlich war er gar nicht auf die Idee gekommen, dass es Brown in dieselbe Stadt verschlagen würde, in der auch ich mich versteckte.
Sonst hätte er doch Mr. Thomas verständigt!
„Vielleicht ist John doch ein Verräter?", fragte Patrick.
„Ja, klar, als erstes verrät er Brown und dann uns. Wahnsinnig sinnvoll."
„So etwas nennt man Doppelagent."
„Ehrlich, Patrick, sei jetzt bitte nicht beleidigt. Aber ich würde so etwas eher dir zutrauen als John."
„Ich dachte, du magst ihn nicht?"

„Tu ich auch nicht, aber das sind doch eher Kleinigkeiten, wegen denen wir uns zanken. John ist Brown gegenüber absolut loyal. Trotzdem würde er doch nicht mithelfen ..."
„Wenn Brown sich mit alten Freunden trifft?", unterbrach mich Patrick.
„Woher willst du wissen, dass Brown kriminell ist?"
„Hatten wir das nicht schon geklärt? Brown weiß etwas über meine Eltern, das er gar nicht wissen dürfte! Er hat ihren Tod vermutlich sogar eingefädelt. Natürlich fahren die da vorne nicht zum Bowlen!"
Der LKW betätigte den Blinker und fuhr von der Autobahn.
Ich seufzte. Es hatte keinen Sinn mit Patrick zu streiten, der hörte mir doch sowieso nie zu!
„Ausfahrt Liverpool", meinte Patrick spöttisch.
Liverpool? Ich sah auf. Wow, das war eine ganz schöne Strecke, die wir da zurückgelegt hatten.
„Ob sich Geoffrey schon Sorgen macht? Ich hatte ihm versprochen, dass ich vor dem Hotel auf ihn warten würde."
„Hast du seine Nummer nicht in dein Handy eingespeichert?", fragte Patrick.
„Doch, schon. Aber ich hab das Handy nicht dabei."
Patrick lachte.
„Gratulation!"
„Sei doch still. Ich habe heute mal wieder einen Mordanschlag hinter mir! Da kann man schon mal was vergessen!"
„Mordanschlag?"
„Tja, da schaust du!"
Ich sah beleidigt aus dem Fenster, aber Patricks Neugierde war geweckt.
„Wieder ein Motorrad?"
„Ne, Gewehr." Ich wusste, dass Patrick mich insgeheim dafür bewunderte, was ich so alles erlebte. Auch wenn ich etwas weniger Gefahr manchmal vorziehen würde.
„Und? Erzähl!"
„Keine Ahnung. Ich war joggen und dann hat irgendeine blöde Nebelgestalt auf mich geschossen. Du kannst dir gar nicht vorstellen, wie die mich erschreckt hat."
„Hast du sie denn nicht bemerkt?"

„Doch, weißt du? Ich hab sie bemerkt, bin zu ihr hinüber gelaufen und hab wild geschrien: *Bitte schieß auf mich!*"
„Ja ja, war eine dumme Frage, ich weiß. Was ist dann passiert?"
„Nichts, da war noch eine andere Nebelgestalt – die ich auch nicht bemerkt habe – und die hat sie dann erledigt. Aber ich hab keinen von beiden wirklich erkannt. Brown war übrigens auch da."
Patrick lachte.
„So was nenn ich mal wieder eine echte Lizzie-Aktion."
Sehr witzig.
Ich presste die Zähne fest aufeinander und beschloss, den Rest der Fahrt kein Wort mehr mit ihm zu sprechen.
„Sie fahren zum Flughafen", sagte Patrick.
Er hatte recht. »Liverpool John Lennon Airport« stand auf einem Schild.
„Bin schon gespannt, wo die Reise hingeht."
Oh ja. Das war ich auch.
Von dem Moment an, als ich das Schild des Flughafens gelesen hatte, wusste ich, dass wir verloren hatten. Wie sollten wir sie jetzt weiter verfolgen?
Ein Flugzeug zu stehlen traute ich nicht einmal Patrick zu, geschweige denn, es auch noch zu fliegen.

Und wieder dieses Ecuador

Manchmal ist Neugierde echt von Vorteil.
Dummerweise liegt die Betonung auf *manchmal*.
Patrick parkte ein ganzes Stück vom Flughafen entfernt, sodass wir die letzten Meter unauffällig zu Fuß gehen konnten.
„Halt die Augen offen! Irgendwo müssen Brown und die anderen ja sein."
Gehorsam sah ich mich um.
„Patrick, ich will ja nicht schon wieder der Pessimist sein ..."
„Aber?"
„Weißt du, wie viele Menschen hier sind? Wie willst du da Brown finden?"
„Ich hab ihn schon gefunden!"
Er wies zu einem uniformierten Mann hinüber, der gerade mit Brown und dem anderen Mann von vorhin redete. *Bingo!*
„Da wird wohl gerade ein Sonderflug ausgehandelt."
„Kann man einen ganzen LKW per Flugzeug versenden?", fragte ich erstaunt.
„Keine Ahnung, wenn man genug Geld hat, bestimmt."
Und schon wieder waren wir beim Geld. Wie sehr ich es hasste, wenn Brown davon redete. Wie oft hatte er uns schon auf die Nase gebunden, dass er alles regeln konnte? Dass es für ihn eine Kleinigkeit gewesen war, meinen Namen aus allen Akten zu streichen?
Mit dem richtigen Sümmchen ... So hätte er das vermutlich ausgedrückt, wenn ich ihn danach gefragt hätte.
Ich sah ärgerlich dabei zu, wie der Uniformierte Brown und den Fahrer mit sich winkte und in einen abgesperrten Bereich geleitete.
„Komm, Patrick. Wofür haben *Fantômes de la nébuleuse* diese verdammten Fähigkeiten, wenn sie sie nicht auch benutzen?"
Vollkommen unauffällig drückte ich mich durch die Menge an Urlaubern und anderen Reisenden, während Patrick mir ohne Probleme folgte. Niemand schien uns zu sehen, als wären wir unsichtbar. Und selbst wenn, sie hätten vermutlich gar nicht auf uns

geachtet, denn wir waren nur *lautlose* Gestalten, die an ihnen vorbeihuschten.
Außerdem hatte ich keine Angst vor Kameras. Aus irgendeinem Grund konnte ich sie praktisch auf der Haut fühlen und solange sich keine Security die Aufnahmen in Zeitlupe ansehen würde, würde er Patrick und mich nicht einmal sehen können.
„Natürlich, der Transportflug ist gebucht."
„Ich danke", sagte Brown und klopfte dem Mann auf die Schulter.
„Dann hätten wir jetzt alles geklärt."
„Wir beginnen sofort mit dem Laden der Fracht."
Patrick zog mich mit sich hinter einen Oleanderstrauch, sodass die Männer uns nicht bemerken konnten.
Brown wandte sich gerade zum Gehen.
„Du kriegst das hin, Buckley?"
Der Fahrer, der sich bisher immer im Hintergrund gehalten hatte, nickte stumm.
„Verdammt, Patrick! Sie trennen sich. Was machen wir jetzt?"
„Ich folge Brown", sagte er bestimmt.
„Und ich folge diesem Buckley zum Flieger."
Ich sah Patrick hinterher, wie er leichtfüßig über die Absperrung sprang und unauffällig Browns Richtung einschlug.
Dann trat auch ich aus dem Versteck und machte mich auf den Weg.

„Alles klar, Leute!"
Irgendwie war mir Buckley unheimlich. Er war keine Nebelgestalt, das war mal klar.
Aber trotzdem bewegte er sich für einen Menschen so unglaublich leise, dass man ihn für eine hätte halten können. Und Furcht einflößend war er mit den verfilzten Haaren und dem zerzausten Bart schon irgendwie.
Nicht, dass die *Fantômes de la nébuleuse* Furcht einflößend wären.
„Eure Besucherausweise."
Und dann diese Stimme! So kalt und scharf ... *Brr!* Da lief es mir gleich eiskalt über den Rücken.

Die beiden anderen Männer wirkten schon freundlicher. Sie waren beim Truck geblieben und hatten darauf gewartet, ob Brown für sie den Flug organisieren würde.

Ich überlegte. Hatte Brown noch jemandem einen Gefallen geschuldet? Aber andererseits würde er als prominenter Mann doch sicherlich nicht selbst eine definitiv illegale Fracht außer Landes schmuggeln.

„Die Sicherheitsmänner werden euch zum richtigen Flieger lotsen. Wenn alles glatt geht und wir diesem Brown wirklich trauen können, dann wird man uns nicht einmal durchsuchen."

„So einfach sind wir schon lange nicht mehr durch den Zoll gekommen", meinte der eine von ihnen keck.

„Tja, wir sollten uns Brown wohl warm halten. Vielleicht hat er öfter einen kleinen Auftrag für uns."

Ne Leute, das glaub ich nicht. Weil ich mir Brown schnappen werde. Ich werde ihm alles nachweisen – irgendwie.

Die Frage war nur noch, was schmuggelte er hier überhaupt? Nach der Äußerung mit dem Zoll war ja wohl klar, dass hier nichts Legales verflogen wurde.

„Keine Sorge, Boss. Wir fahren gleich rüber."

Oh verdammt, verdammt, verdammt! Wo blieb nur Patrick? Was sollte ich machen?

Wenn ich ihnen einfach nur nachsehen würde, könnten wir nie erfahren, wo die Fracht hinging, wann Brown wieder hier aufkreuzen würde und was da überhaupt im LKW war!

Unruhig kaute ich auf der Unterlippe. Eine feine Nebelgestalt war ich. Ohne Plan durch die Weltgeschichte!

Ich hatte mich auf eine Bank ganz in der Nähe gesetzt und beobachtete die drei Männer gespannt. Passend zu der düsteren Stimmung hatte sich über uns eine dichte Wolkenwand vor die Sonne gedrängt.

„Na dann beeilt euch lieber."

Buckley schien, das als Verabschiedung zu genügen, denn er drehte sich weg und schritt mit eingezogenem Kopf um eine Abbiegung, sodass ich ihn nicht mehr sehen konnte.

„Und wir dürfen wieder die Drecksarbeit erledigen, was Bert?", brummelte einer.
„Sei still und kontrollier noch mal die Fracht!"
Ich stand auf und schlenderte scheinbar unbeteiligt über den Bürgersteig, während ich die beiden Männer und den LKW nicht aus den Augen ließ. Gerade war der eine Mann dabei, die Tür zum Stauraum zu öffnen. Unauffällig band ich meine Schuhe und sah durch die Augenwinkel zu ihnen hinüber.
Kisten. Schwere Holzkisten.
Ansonsten war nichts zu sehen.
Na toll, das brachte mir jetzt wirklich viel!
Ich überquerte die Straße.
Der erste Mann verschwand im LKW, dieser Bert, wie ihn der andere genannt hatte, drehte mir den Rücken zu und starrte auf die andere Straßenseite.
Jetzt oder nie.
Blitzschnell hechtete ich über die Straße, auf den Truck zu und sprang ins Innere. Bevor sich der Mann nach mir umdrehen konnte, war ich auch schon hinter einer Kiste verschwunden.
„Bert? Bist du's?"
„Was bin ich?", rief Bert von draußen.
„Nichts."
Ich schloss die Augen.
Verdammt, wo blieben die blöden Superkräfte? Aber ich schien Glück zu haben – er hatte mich nicht bemerkt.
„Alles da, wir können fahren."
„Gut, dann komm, Will."
Will und Bert. Jetzt kannte ich zumindest schon ihre Namen.
Als Will die Tür hinter sich geschlossen hatte, machte ich mich sofort an der ersten Kiste zu schaffen. Sie war einen Meter hoch und mit Schlössern versehen. Na toll, immer wenn ich das doofe Dietrichset gebrauchen könnte, schlummerte es hundert Kilometer entfernt in irgendeinem Schrank!

Der Truck setzte sich in Bewegung und für einen kurzen Moment hätte ich beinahe das Gleichgewicht verloren. Bevor ich mich wieder fangen konnte, fiel mein Blick auf ein Brecheisen an der Wand.
Na, wer sagt' s denn?
Ein Schloss aufzuknacken war noch nie ein Problem für mich gewesen. Oder, wie es Patrick auch gern ausdrückte, im Sachen-kaputt-machen war ich erste Sahne.
Gespannt biss ich mir auf die Lippen, als ich den Deckel zurückklappte und ... erstarrte. Ich hatte mir nicht groß Gedanken darüber gemacht, was in den Kisten sein könnte. Dennoch hätte ich vermutlich auf irgendetwas Bedrohliches getippt. Und nicht auf das, was da vor mir lag.
Geld. Jede Menge Geld.
Kleine rote Scheine. Fünfzig Pfund.
Ich schüttelte den Kopf. Wieso schmuggelte Brown Geld?
Nachdenklich hielt ich einen Schein ins Licht. Kein Unterschied zu den Scheinen, die ich besaß – mal abgesehen davon, dass ich gar keine fünfzig Pfund hatte. Aber sonst ... Was wollte er mit dem Geld?
Vorsichtig strich ich mit meinen Fingern über die Scheine. Das Papier fühlte sich so anders an. So fest. Kam vielleicht davon, dass die Geldscheine, die ich bekam, meistens schon etwas abgegriffen und zerfleddert waren. Außer natürlich ... Ich hielt inne. Nein. Unmöglich.
„Das ist kein echtes Geld", flüsterte ich und hielt es ins Licht. Das wäre natürlich noch eine Möglichkeit. Eine, die ich noch nie in Betracht gezogen hatte.
Falschgeld. Ich schüttelte den Kopf. Und so schlecht gedruckt waren die Scheine nicht einmal. Wenn ich nicht davon ausgegangen wäre, dass etwas mit ihnen nicht stimmte, hätte ich das vermutlich nicht einmal bemerkt.
„Ja, das ist der Transport für den Polizeipräsidenten Brown", sagte aus der Fahrerkabine eine vertraute Stimme. Ich wirbelte herum.
„Gut, dann können Sie vorbei."
Ich war also schon am Flughafen. Höchste Zeit zu verschwinden.

Nur wann war der passende Augenblick dazu? Ich konnte ja schlecht mal eben so aus dem Fahrzeug springen. Irgendjemand würde mich bestimmt sehen und sich wundern.
Dann würden sie den Truck öffnen und entdecken, dass Brown Falschgeld drucken lässt ...
Eigentlich ja gar keine so dumme Idee.
Wenn man Brown einsperren würde, hätte ich genau das, was ich wollte. Oder?
Es musste nur schnell gehen, schließlich durfte ich mich möglichst nicht erwischen lassen.
Weil ich nicht wusste, ob ich mich in zehn Sekunden anders entscheiden und den Plan verwerfen würde, öffnete ich die Tür, damit mir keine Zeit blieb, um länger darüber nachzudenken. Na ja, ich versuchte die Tür zu öffnen. Aber sie bewegte sich nicht.
Wie besessen rüttelte ich an ihr, doch vergebens.
Ich fluchte.
Und jetzt?
In der Scheiße saß ich jetzt, um es mal so auszudrücken, wie ich es im Kloster nie durfte.
Klasse Nebelgestalt, echt! Sich in einen Truck einsperren lassen!
Da hörte ich von draußen auch schon das Geräusch eines Fliegers.
„Perfekt, dann können wir ja gleich einladen", sagte Bert vorne in der Fahrerkabine.
WAS? Einladen? Nein, verdammt! Ihr könnt nicht einladen!
Immerhin war ich immer noch an Bord und egal, wo die Reise hinging: Ich wollte ganz sicher nicht mit von der Partie sein!
1. Cool, dass ich Bert bis hierher verstehen konnte.
2. Verdammt uncool, dass sie gleich losfliegen könnten. Mit mir als blindem Passagier!
3. Langsam musste ich aufs Klo!

Letzteres war sogar ernst gemeint. Hoffentlich würden wir nicht zu weit fliegen.
Aber es gab da noch ganz andere Fragen, die mich bewegten:
Wie würde ich hier nur wieder runterkommen?
Und wo flogen sie überhaupt hin?

Ich trat mit meinem Fuß fest gegen den Lastwagen, aber keiner hörte mich.
Und mein Handy lag bei Geoffrey ...

Zusammengekauert lag ich in der vorderen Ecke des Lastwagens. Ich hatte jegliches Zeitgefühl verloren, während ich mit geschlossenen Lidern vor mich hindöste. Inzwischen mussten wir das Flugzeug verlassen haben. Und ich musste immer noch aufs Klo!
Eigentlich hätte ich schwören können, dass ich ein paar Stunden geschlafen hatte. Aber das würde ja bedeuten ... dass ich nicht mehr in England war? Ein ungutes Gefühl überkam mich.
Plötzlich fuhr einer der Reifen über einen großen Stein, der Lastwagen holperte und ich krachte mit meinem Kopf fest gegen die Wand, an die ich mich gelehnt hatte. Ich schrie auf.
„Scheiße, passt doch auf!", schrie ich wütend und rieb mir den schmerzenden Kopf. Das würde eine Beule geben.
Ich sah auf. Irgendetwas stimmte hier nicht, es war fast als ... als würden wir stehen? Ich hörte Schritte, wir hatten angehalten! Hinter mir begann jemand, das Schloss an der Ladeklappe zu öffnen. Mühsam versuchte ich mich aufzurichten, doch bevor ich auf die Füße kam, ging die Klappe hinter mir auf.
 Heiße Luft strömte herein und für einen Moment war ich vollkommen blind, als die Sonne mein Gesicht traf. Ich stöhnte. Wo war ich hier? Ich konnte nichts sehen. Und da waren noch ein paar Leute. Sie redeten irgendetwas, das ich nicht verstand. Nur ein Wortfetzen kam mir bekannt vor.
Fantômes de la nébuleuse.
Hatte ich das gerade wirklich gehört? Ich riss die Augen wieder auf und wollte die Hände als Sonnenschutz heben, doch ich kam zu spät. Etwas Hartes traf mich an der Stirn und dann merkte ich nur noch, wie es schwarz um mich wurde.

Stöhnend rieb ich mir die Stirn. Ich hatte schreckliche Kopfschmerzen. Verdammt, was war passiert?

Ich blinzelte in das grelle Licht über mir, während ich mir wieder in Erinnerung rief, was passiert war.
Ein Holpern und ich war hellwach gewesen, dabei hatte ich zuvor wirklich fest geschlafen.
Immerhin hatte ich nicht bemerkt, dass wir den Flughafen bereits hinter uns gelassen hatten.
Ich war hochgeschreckt, doch bevor ich reagieren konnte, hatte mir jemand einen schweren Holzknüppel über den Kopf geschmettert. Sie hatten mich entdeckt. Und ich hatte nicht reagieren können.
„Hola?", fragte mich gerade jemand.
„Hä, was?"
Langsam erkannte ich die Umrisse eines Raumes. Ich saß eingesperrt in einer Zelle, wenn auch nicht in einer so modernen wie die von Brown. Ein Käfig – rund herum nichts als Gitterstäbe, trotzdem würde ich selbst mit meinen Fähigkeiten hier nicht wieder herauskommen.
Und in der Ecke mir gegenüber hatte sich eine andere Frau zusammengekauert.
Dürr war sie und extrem blass, das braune Haar hing ihr in verfilzten Strähnen über das ausgemergelte Gesicht.
„Englisch?", fragte sie und lächelte.
„Ja."
Meine Stimme war kaum mehr als ein Krächzen. Stöhnend rieb ich mir den Kopf. Eine Fähigkeit fehlte den Nebelgestalten: Schmerzunempfindlichkeit. Die wäre jetzt nicht schlecht gewesen. Ob es hier irgendwo eine Kopfschmerztablette gab? Wohl eher nicht, oder?
„Und wofür haben sie dich hier eingesperrt?"
Mühsam rappelte ich mich auf. Die Frau sprach lässig und fast etwas spöttisch, als versuche sie sich gerade im Small Talk.
„Wo bin ich überhaupt?", entgegnete ich und sah mich um.
„In Ecuador, meine Liebe", sagte die Fremde und lächelte noch breiter. „Ein wunderschönes Land. Ich wollte hier immer mal Urlaub machen. Aber inzwischen sitze ich seit zwanzig Jahren in dieser stinkenden Zelle und da ist mir die Lust vergangen."

„Zwanzig Jahre?", schrie ich. „Du bist hier schon seit ZWANZIG Jahren eingesperrt?"
„Tja ..." Die Frau hob die Schultern.
„Ecuador", murmelte ich, doch es sollte eher ein Fluch sein. „Wieso muss es eigentlich immer Ecuador sein?"
Ich beobachtete die Frau, wie sie aufstand und lautlos zum Fenster hinüber ging.
Äh – Moment! Lautlos?!
Ja, kein Zweifel. Selbst meine Ohren konnten sie kaum ausmachen. Ich schluckte, als mir klar wurde, was das bedeutete. Nebelgestalt, ganz eindeutig!
„Du gehörst zu den *Fantômes de la nébuleuse*?"
„Was?"
Sie wirbelte herum.
„Du bist eine Nebelgestalt?", wiederholte ich meine Frage langsam. Ein ungutes Gefühl stieg in mir auf.
„Du kennst die *Fantômes de la nébuleuse*?"
Oh, ja. Die kannte ich. Viel zu gut sogar.
„Ich nehme dann an, du bist selber eine."
Ich nickte.
„Ja. Und ich heiße übrigens Lizzie", sagte ich und lächelte schwach. Verdammt, wenn hier eine andere Nebelgestalt schon seit zwanzig Jahren saß, dann würde ich auch nicht rauskommen.
„Ellen", antwortete sie.
Ellen? Hatte sie gerade Ellen gesagt? Irgendwie klingelte da etwas bei mir.
Ellen? Nebelgestalt? 20 Jahre?
„Oh. Mein. Gott."
„Was?"
„Du bist Ellen Brooks!"
Ja, kein Zweifel. Das musste sie sein. Es gab gerade mal fünfzig von uns. Da konnte es keine solchen Zufälle geben. Und sie sprach akzentfrei Englisch!

„Kennen wir uns?", fragte Ellen zaghaft und machte einen Schritt mit ausgestreckter Hand auf mich zu. Doch einen Meter vor mir blieb sie stehen und wartete auf meine Antwort.
„Nein", flüsterte ich und schluckte. „Aber ich bin Elizabeth, Elizabeth Brooks. Du bist meine Großtante."

Ellen Brooks

Ellen riss die Augen auf.
„Was? Elizabeth Brooks..."
Sie schien einen Moment zu überlegen, schüttelte dann aber trotzdem den Kopf.
„Bemüh dich nicht", flüsterte ich traurig. „Ich wurde erst Jahre nach deinem Verschwinden geboren."
„Und wer sind deine Eltern?"
„Achim und Carla Brooks."
Zu meiner Überraschung prustete Ellen los.
„Achim und Carla? Nicht im Ernst, oder? Wobei: Du siehst ihr schon irgendwie ähnlich."
Ich kniff die Augen zusammen. Für jemanden, der seit zwanzig Jahren eingesperrt wurde, schien sie sich ja noch prächtig amüsieren zu können.
„Was ist daran so witzig?"
„Carla und Achim ... An dem Weihnachten bevor Brown mich hier eingesperrt hat, habe ich Carla kennengelernt. Hübsches Mädchen. Sie hat viel gelacht, daran erinnere ich mich noch gut. Und gezankt haben die beiden, wie kleine Kinder! Ich hab sie manchmal damit aufgezogen, dass sie ein schönes Pärchen abgeben würden."
Ich schaute betroffen zu Boden. Hatte man ihr nicht erzählt, was aus ihrer Familie geworden war?
Plötzlich hielt ich inne.
„Hast du gerade gesagt, dass *Brown* dich gefangen genommen hat?"
„Ja, wieso? Arbeiten deine Eltern noch für ihn? Elizabeth, was ist mit dir, du bist auf einmal so blass?"
„Meine Eltern ... sie sind tot. Schon seit 15 Jahren."
„WAS?!"
„Es tut mir leid, dass ich dir das jetzt so sagen muss ... aber alle sind tot. Dein Mann, deine Kinder, meine Eltern ... Nur Beatrix, Geoffrey, du und ich sind von unserer Familie noch übrig."
Ellen sah mich verständnislos an.
„Ja, aber ..." Sie schüttelte den Kopf. „Jenny?"

„Weißt du nicht, was mit ihr passiert ist? Man hat ihre Leiche bei einem Autounfall gefunden. Eigentlich gingen alle davon aus, dass du damals auch gestorben bist. Das war nämlich der Tag, an dem du plötzlich verschwunden warst ..."
„Nein."
„Es tut mir so unglaublich leid, Ellen. Ich hätte es dir gern anders gesagt, aber ..."
„Nein!", schluchzte sie. „Dieser Mistkerl! Wenn er noch einmal hierher kommt, dann schwöre ich, dass ich ihn ... ihn ... Ah!"
Sie schrie auf.
„Sprichst du von Brown?"
„Von wem denn sonst?", fuhr sie mich an. „Der brave Musterschüler, Sohn des Polizeipräsidenten. Dass ich nicht lache! Oh, was für ein feiner Junge er doch war, als er da im Kloster mit diesem Valentinie ein anderes Kind verprügelt hat. Aber hat Augustin ihm seine Flausen aus dem Kopf getrieben? Nein, ins Ausland wurde er geschickt. Zum Studieren. Und als er dann mit Auszeichnung in der Tasche zurückkam, war alles vergessen."
„Was war vergessen?"
„Wieso Augustin ihn weggeschickt hatte! Weil er ihn weg haben wollte von Valentinie, der ihn immer weiter auf die schiefe Bahn gezogen hat. Als Lohn für seine Besserung hat der alte Brown ihm doch sogar drei Nebelgestalten geschenkt!"
„Meine Eltern?", fragte ich.
„Und mich. Ganz genau. Er hat uns erzählt, wie sehr er sich dafür schämen würde, dass er damals so auf Valentinie gehört hat und dass er ihm jetzt das Geschäft vermiesen würde."
Sie schüttelte den Kopf und schnaubte demonstrativ. Als sie zu mir aufsah, standen in ihren Augen Tränen.
„Was ist dann passiert?", flüsterte ich und setzte mich neben sie auf den kalten Steinboden.
„Tja, wir haben ihm natürlich geholfen. Wie alle *Fantômes de la nébuleuse* sind wir an unsern Herrn gebunden! Bis wir dann rausgefunden haben, was niemand rausfinden durfte."
Inzwischen hielt ich es vor Spannung nicht mehr aus.

Konnte Ellen nicht endlich auf den Punkt kommen? Immerhin kamen wir jetzt endlich an das Geheimnis. Das Geheimnis um den Tod meiner Eltern. Nun endlich würde sich alles klären.
Obwohl ich nicht wusste, ob ich es wirklich hören wollte.
„Was habt ihr rausgefunden?"
„Brown ist kein Deut besser als Valentinie. Ganz im Gegenteil. Ihm nachgeeifert, das hat er! Fälschte Geld, verkaufte Waffen … Und wir wollten es ans Licht bringen." In ihrer Stimme schwang fast so etwas wie Stolz mit.
„Du hast ihn zur Rede gestellt?"
„Ja. Und seitdem sitze ich hier."

Verhandlungen

Er biss die Zähne fest zusammen.
Es gab wirklich Dinge, die er jetzt lieber getan hätte.
Nur was für eine Wahl hatte er?
Seit sie sich getrennt hatten, hatte er sie nicht wieder gesehen. Und obwohl nichts darauf hindeutete, war ihm doch klar, was geschehen war. Irgendwie.
Man hatte sie entdeckt, gefangen genommen. Nur wo hatte man sie hingebracht?
Patrick senkte den Kopf. Als Valentinie ihn erkannt hatte, war Lizzie gekommen um ihn zu retten. Es war also selbstverständlich, dass er jetzt auch alles für sie tun würde.
Wo sie ihm doch inzwischen so viel bedeutete ...
„Ja?", die Dame in der Empfangshalle sah auf. „Kann ich Ihnen helfen?"
„Vielleicht. Ich muss mit Valentinie sprechen."
Sie prustete los.
Was war daran so witzig?
„Es tut mir sehr leid, Mr. ... Wie war der Name doch gleich?"
„Smith", presste Patrick zwischen seinen Zähnen hervor.
„Mr. Smith, Mr. Valentinie empfängt grundsätzlich niemanden ohne Termin. Als einflussreiche Persönlichkeit hat er Dinge, um die er sich kümmern muss. Und natürlich auch ..."
„Schon gut", sagte er. „Wie heißt der Chef der Security-Abteilung?"
Die Sekretärin seufzte.
Offenbar hatte sie es sich auch leichter vorgestellt, ihn los zu werden.
„Evans. Rachel Evans."
Für einen kurzen Moment war Patrick stutzig. Valentinie hatte eine Frau als Leiter der Security-Abteilung? Ganz anders als Brown, der auf Muskelprotze setzte! Aber wieso eigentlich nicht? Wahrscheinlich könnte es sogar Lizzie mit John aufnehmen.
„Gut, können Sie mir Ihre Nummer geben?"
„Wenn Sie einen Termin bei Mr. Valentinie möchten, dann kann ich Ihnen auch weiterhelfen."

„Es ist aber dringend", beharrte er. „Leihen Sie mir Ihr Telefon?"
„Evans."
„Guten Tag, Mrs Evans. Mein Name ist Patrick Smith. Wahrscheinlich sagt Ihnen mein Name etwas?"
Auf der anderen Seite der Leitung herrschte für einen kurzen Moment vollkommene Stille.
„Ja", antwortete sie dann knapp. Patrick hörte, wie sie das Telefon an ihre Brust drückte, um zu vermeiden, dass er mitbekam, was sie danach sagte: „Verfolgt die Nummer zurück!"
„Nicht nötig, Mrs Evans. Ich warte in Valentinies Eingangshalle", sagte Patrick und kämpfte gegen den sarkastischen Unterton in seiner Stimme. „Ich muss mit Ihnen reden – es ist dringend."
Dann legte er auf.
„Vielen Dank fürs Telefonieren." Er reichte das Telefon an die Sekretärin zurück. „Es macht Ihnen doch nichts aus, wenn ich hier kurz auf Mrs Evans warte?"
„Nein, natürlich nicht", lächelte sie. „Bitte, dort hinten stehen ein paar Stühle. Machen Sie es sich doch einstweilen bequem!"
Es dauerte gar nicht lange, bis eine ganze Armee an großen Security aus dem Fahrstuhl kam.
Patrick grinste. Ihm war klar gewesen, dass man ihm wohl keinen sehr angenehmen Empfang bereiten würde. Aber das ...
„Mr. Smith?", fragte der erste von ihnen.
Na, wer denn sonst?
„Ja."
„Bitte folgen Sie uns."
Mit einem Seufzen erhob sich Patrick und wollte schon zu den anderen Männern im Aufzug gehen, als man ihm den Weg versperrte.
„Verzeihen Sie die Unannehmlichkeiten."
Der Mann griff nach seinen Handgelenken und kettete ihn an Handschellen. Für Patrick wäre es vermutlich ein leichtes gewesen, den Security niederzuschlagen und einfach vorbei zu rennen. Doch was würde es ihm bringen? Er war schließlich freiwillig hier.
Dann folgte er ihnen ...

„Guten Tag auch, Alexander", spottete Marvin. Patrick biss sich auf die Zunge, als er Valentinies Nebelgestalt erkannte. Dieses arrogante Lächeln, für das ihn Lizzie liebte. Diese dunklen Augen, die Patrick auslachten. Er hasste Marvin schon seit ihrer ersten Begegnung, als sich Patrick und Lizzie inkognito auf Valentinies Ball eingeschlichen hatten.
„Ich bevorzuge Patrick", entgegnete er. Alexander Conner war sein Deckname gewesen, als er sich bei Valentinie eingeschleust hatte.
„Was soll das Spiel mit den Handschellen? Ich lauf euch schon nicht weg."
Aber Marvin zuckte nur mit den Schultern.
„Komm mit, Mr. Valentinie wird es sicherlich interessieren, was du zu sagen hast."
Warum nicht gleich so? Widerstandslos folgte Patrick Marvin und versuchte mit den Handschellen so lässig wie eben möglich zu wirken, als er den fensterlosen Raum betrat. Valentinie hockte gerade an seinem Schreibtisch und schien irgendetwas Wichtiges aufzuschreiben. Zumindest blickte er nicht einmal auf, als sich Marvin näherte. Patrick schauderte, als er Valentinies Gestalt näher betrachtete. Klein, dürr, gar nicht so, wie man ihn sich wahrscheinlich vorgestellt hätte. Aber Patrick wusste nur zu gut, dass man sich von dieser Erscheinung nicht täuschen lassen durfte. Immerhin war er schon einmal Valentinies Gefangener gewesen. Keine erfreuliche Erfahrung. Und ganz sicher keine, die man wiederholen wollte.
„Mr. Valentinie?" Patrick musste Marvin schon immer für die Art bewundern, mit der er seinen Herrn ansprach. Unterwürfig – ja. Aber irgendwie schaffte er es, einen Teil von Valentinies Autorität für sich zu beanspruchen. „Eine von Browns Nebelgestalten ist hier, sie wünscht mit Ihnen zu sprechen."
Eine von Browns Nebelgestalten ... Patrick konnte Lizzie in Gedanken mit den Zähnen knirschen hören. Und er wusste auch, wieso. Sie hasste es, wenn man über die *Fantômes de la nébuleuse* wie über Besitztümer sprach, oder über Menschen, die nicht im selben Raum waren.

„Patrick Smith", sagte Valentinie, noch bevor er sich umdrehen konnte. Woher wusste er das? Patrick schluckte, als ihn die kalten Augen fixierten. Trotzdem bemühte er sich, sein Pokerface zu halten, wie eine Festung in einer Schlacht. „Was verschafft mir die Ehre? Will Brown jetzt doch mit mir sprechen?"

„Nein", sagte er knapp und hielt Valentinies Blick stand. „Er weiß nicht, dass ich hier bin."

Der Drogenbaron wirkte nicht halb so erstaunt, wie Patrick es sich gewünscht hatte.

„Dann erleuchte mich ..."

„Es geht um Elizabeth Brooks."

„Ah, verstehe. Die junge Nebelgestalt, die kein Wässerchen trübt. Und trotzdem lebt sie gefährlich, nicht wahr, Marvin?"

Patrick kniff die Augen zusammen und warf Marvin einen zweifelnden Seitenblick zu. Was sollte das heißen? Wenn das eine Anspielung gewesen war, dann hatte Patrick keine Ahnung, um was es ging.

„Marvin hatte den einfachen Auftrag, Elizabeth Brooks zu beobachten. Erst ein kleiner Autounfall, dann eine andere Nebelgestalt. Da ist in wenigen Tagen ja einiges geboten."

Nein! Das konnte nicht wahr sein! Nicht er ... Dabei war es doch so klar gewesen. Als Lizzie erzählt hatte, dass ihr eine andere Nebelgestalt geholfen hatte. Wie viele gab es von ihnen schon in England?

„Ja, Marvin hat ihr geholfen und diese andere Nebelgestalt in einer unserer Zellen untergebracht. Obwohl er die Anweisung hatte, nicht einzuschreiten. Nur zu beobachten. Und er hat mir keine Erklärung für sein Verhalten genannt."

„Ich habe auch jetzt noch keine", murmelte Marvin leise.

„Wir wissen, dass Brown kein Heiliger ist. Dass er mit Ihnen im St. Johann Kloster befreundet war und ich traue mich wetten, dass er auch auf die schiefe Bahn geraten ist. Durch Sie."

Valentinie zog eine Augenbraue in die Höhe.

„Ach, ja? Ich will ja nicht lästern, aber das wissen die meisten."

Patrick nickte.

„Und wir sind auch der Meinung, dass er Sie damals angezeigt hat."

„Ein kleiner Streit, der in den Medien ausgetragen wurde. Was soll daran besonders sein?", meinte Valentinie gelangweilt.
„Brown ist Ihr Konkurrent. Wollen Sie ihm denn nicht das Handwerk legen?"
„Wie sollte ich das machen?"
Abschätzend verschränkte Valentinie die Arme vor der Brust.
„Heute ging ein Flug vom John Lennon Airport in Liverpool. Brown schmuggelte dort irgendwas außer Landes und Lizzie war als blinder Passagier an Bord."
„Oh verstehe", spöttelte Valentinie. „Und weil sie dich gerettet hat, musst du jetzt ebenfalls den Ehrenmann spielen."
Er lachte, aber da war er der Einzige. Auch Marvin schien daran nichts Witziges zu finden.
„Sir, wenn Brown derzeit keine treuen Nebelgestalten hat, fällt für mich weniger Arbeit an. Ich könnte ..."
„Elizabeth Brooks hinterher fliegen und damit einem Feind möglicherweise in die Hände spielen?", wurde er unterbrochen. „Tu mir einen Gefallen, Marvin. Benimm dich wieder so loyal, wie vor dem Ball. Ich dachte immer, du wärst aus diesem Alter draußen. Bring ihn raus."
Mit diesen Worten nickte er in Patricks Richtung.
„Ja, Sir."

„So, so. Du hast Lizzie also gerettet", meinte Patrick, als Marvin ihn vom Gelände führte.
„Wieso haben zwei Angestellte Browns ihren Chef gerammt, um Elizabeth von ihm weg zu bekommen?"
„Weil wir glauben, dass er Lizzie loswerden wollte."
Marvin biss sich auf die Lippe.
„Dann wird ihr Empfang ziemlich frostig ausfallen, wenn man sie entdeckt."
Patrick zuckte die Schultern.
„Kann man so sagen."
„Bleib stehen!"
„Wie bitte?", fragte Patrick.

„Du sollst stehen bleiben."
Marvin stieß ihn in einen Winkel, sodass ihn keine Kamera sehen konnte, löste die Handschellen und zog ihn dann hinter sich her.
„Das ist nicht der Ausgang, oder?", stammelte Patrick. „Das ist die Tiefgarage."
„Ja."
Marvin warf ihm etwas zu und Patrick reagierte reflexartig. Ohne sich groß darüber Gedanken zu machen, fing er den glitzernden Gegenstand auf.
Ein Schlüsselbund.
Autoschlüssel ...
Hieß das ...?
„Äh, hört sich das nur für mich nach Verrat an? Du kannst mir nicht einfach einen Wagen geben und Valentinie verraten."
„Ich geb dir keinen Wagen", meinte Marvin ruhig. „Ich komme mit dir."

Schlechte Neuigkeiten

„Ich sehe was, was du nicht siehst", ich runzelte die Stirn und schaute mich um, „und das ist grau!"
„Grau? Die Decke?"
„Nein."
„Der Fußboden?"
„Nein."
„Die Gitterstäbe?"
„Ja!"
„Die Gitterstäbe sind silbern, Lizzie."
Ich verdrehte die Augen. Ellen konnte wirklich eine Spielverderberin sein. Und wenn, dann waren sie ja wohl rostbraun!
Aber ich konnte es ihr nicht verübeln. Wie lang saß ich jetzt schon hier? Drei Tage? Vier Tage?
Am Anfang hatte ich natürlich die Nächte gezählt. Aber irgendwie ... keine Ahnung. Schlafen konnte ich nicht. Die ganze Zeit saß ich zusammengekauert in meiner Ecke und verlagerte manchmal das Gewicht, wenn ich mir meinen Hintern platt gesessen hatte. Ellen schien der harte Steinboden inzwischen schon nichts mehr auszumachen, sie schnarchte jede Nacht wie ein Murmeltier.
„Ich kann nicht schlafen", brummte ich und rieb mir die Augen. Klar, ich war übermüdet. Aber mir fehlte der Mut, die Augen zu schließen.
„Du kannst auch ewig rumsitzen und wach bleiben. Es wird sich nichts ändern", meinte Ellen. „Brown kommt sowieso nie hierher."
Sie hatte recht. Es würde nichts an dieser Situation ändern, wenn ich weiterhin im Hungerstreik blieb und die Tür jede Nacht mit vor Wut funkelnden Augen fixierte.
Und Brown würde es nicht interessieren. Ob er überhaupt manchmal danach fragte, wie weit der Verwesungsprozess bei seinen Nebelgestalten in Ecuador fortgeschritten war?
„Er wird nicht kommen", flüsterte ich und presste meine Zähne fest zusammen. „Nie."

„Tut mir leid, Lizzie", antwortete Ellen. „Aber er schert sich nicht mehr groß um dich. Mich hat er ja auch nicht besucht. Hatte wohl nicht den Mut, mir in die Augen zu sehen."
Ich konnte das nicht glauben.
Brown war kein Mann, der viel Wert auf Risiko legte. Wenn er etwas machte, dann tat er es zu zweihundert Prozent perfekt und ich wusste aus eigener Erfahrung, wie er Fehler bestrafte.
Und jetzt ... jetzt ließ er da einfach zwei Nebelgestalten in einer Zelle sitzen, obwohl sie alles über ihn wussten, was nie ans Licht kommen durfte.
„Wir könnten reden", schlug ich vor. „Wir könnten es jemanden erzählen. Wir müssen sogar!"
Ellen reagierte gar nicht.
„Du kannst doch Spanisch, Ellen! Du musst mir helfen. Wir überzeugen den Wärter von unserer Unschuld und dann ..."
„Was dann?", unterbrach sie mich scharf. „Willst du dann quer durch ganz Ecuador fliehen?"
„Weiß ich auch noch nicht! Aber ich werde nicht ewig hier rumsitzen. Wenn das nächste Mal jemand kommt und uns Essen bringt, komm ich hier raus."
Ellen lachte.
„Lizzie, ich sitze seit zwanzig Jahren hier. Zwanzig Jahre sind eine verdammt lange Zeit. Ich habe schon alles ausprobiert, um hier wegzukommen. Und denk mal logisch: Wem würdest du als Wärter glauben? Zwei Häftlingen, die laut Polizei wegen Mordes oder anderer schwerer Verbrechen gesucht werden? Oder dem Polizeipräsidenten aus England, der jedes Jahr viel Geld spendet, um Ecuador sicherer zu machen? Weshalb denkst du, sitzen wir hier in irgendeiner kleinen Zelle und nicht in dem Hochsicherheitstrakt einer gut bewachten Strafvollzugsanstalt? Weil wir reden könnten! Irgendjemandem, irgendeinem Häftling könnten wir es erzählen. Der würde dann wieder raus aus dem Knast kommen ..."
„Und ein neues Gerücht wäre geboren."
Ellen nickte.

„Du bist sechzehn und noch zu jung, um den Rest deines Lebens hinter Gittern zu verbringen. Ja, verdammt! Ich glaube, dafür bin ich auch zu jung! Aber wir können nichts machen."
Ich starrte schweigend auf meine Füße.
Sie hatte recht. Ich wollte hier nicht ewig rumsitzen.
„Hat Brown irgendwelche Angestellten in Ecuador?"
Ellen schnaubte.
„Na klar, glaubst du, das regelt sich hier alles von alleine? Ich hab versucht etwas über die Leute in Erfahrung zu bringen, aber da gibt es nicht viel."
„Hast du schon einmal welche von ihnen getroffen?"
Sie wandte den Blick ab.
„Ja", flüsterte sie dann. „Zwei Brüder. Cole heißen sie. Brown benutzt sie als Hintermänner, aber sie würden für ihn sterben."
„Wie Browns Security in England."
„Nein. Schlimmer. Sie tun wirklich alles für ihn und sie wissen auch über alles Bescheid." In Ellens Blick lag etwas Trauriges. „Auch über Nebelgestalten. Brown hat sie speziell dafür engagiert, dass sie darauf aufpassen, dass niemand aus England hier in eines seiner Geschäfte stolpert."
„Zwei Brüder?"
Ich hielt inne und lauschte in mein Inneres. Für einen kurzen Moment sah ich noch einmal vor mir, wie ich damals im Truck aufgewacht war und mir jemand einen Holzknüppel über den Kopf gezogen hatte. Jetzt, wo ich darüber nachdachte, erinnerte ich mich an eine Gestalt, die am Lastwagen gelehnt hatte und eine absolut identische Gestalt neben dem Mann, der mich geschlagen hatte. Damals hatte ich noch gedacht, dass ich alles doppelt sah.
„Sie sehen sich zum Verwechseln ähnlich", sagte Ellen und ich nickte.
Ja, das mussten sie gewesen sein.
„Sei froh, wenn du sie nicht kennenlernst. Ich habe oft genug Ärger mit ihnen bekommen."
Sei froh, wenn du sie nicht kennen lernst ...
Tja, ich wusste nicht, ob ich das schaffen würde.

Irgendwie war mir sofort klar gewesen, dass ich diese Brüder Cole – vor denen Ellen scheinbar solche Angst hatte – kennenlernen würde. Früher oder später, auch wenn ich eher auf später getippt hätte. Tatsächlich dauerte es keine drei Tage (6 Mahlzeiten) bis die Tür vor unserem „Käfig" aufflog. Ich hatte mich immer gefragt, ob dort vorne 24 Stunden am Tag jemand saß und uns bewachte. Der Einzige, den ich hier je gesehen hatte, war der kleine, kauzige Mann, der uns das (ungenießbare) Essen brachte. Jetzt kam ein Mann zur Tür herein, der dem anderen gar nicht so unähnlich sah. Die gleichen, stechenden Augen. Der gleiche, verfilzte Bart. Ganz offensichtlich Vater und Sohn.
„Brooks!", krächzte er und Ellen und ich sahen gleichzeitig auf. „Aufstehen!"
Offenbar beschränkte sich sein Englisch auf ein paar wenige Brocken, denn er presste jedes Wort wie einen stummen Fluch über seine Lippen.
„Oh, na toll", spottete ich. „Auf Bewährung freigelassen, oder was?" Ich grinste und machte nicht die geringsten Anstalten, mich zu erheben.
„Nicht ganz", meinte hinter dem Wärter eine helle, aber äußerst bedrohliche Stimme.
Mein Blick wurde starr, als er zu dem kleinen Mann glitt, der sich grinsend in den Raum schob.
Ich presste meine Zähne fest zusammen.
Dass er sich das traute! Ein einfaches T-Shirt. Jeans. Sonnenbrille. Und doch so unverkennbar Brown. Auf diese arrogante und gleichzeitig gespielt freundliche Weise, für die ich ihn so sehr hasste.
„Wen haben wir denn da?", meinte Ellen grinsend und lehnte sich gegen die Gitterstäbe. Ihre Stimme triefte vor Spott. Wahrscheinlich hatte sie auf diesen Augenblick lange gewartet. Zu lange, als dass sie so fassungslos dreinschauen konnte, wie ich.
„Halt dein Maul, Brooks."
„Wieso? Darf man sich neuerdings nicht einmal mehr über viel zu seltenen Besuch freuen, Klein Brown?"
„Du sollst mich nicht so nennen!", fuhr er sie an.

„Sonst was?" Ellen verzog ihr Gesicht zu einem gefährlichen Lächeln. „Komm rein und wir regeln das."
Typisch Ellen. Direkt und angriffslustig. Aber von mir aus sollte sie ihn ruhig provozieren.
„Tut mir leid, Ellen. Aber ich werde mich nicht mit zwei wehrlosen Frauen duellieren."
Ich schnaubte.
„Wehrlos? Wer sind hier die *Fantômes de la nébuleuse?*"
„Glaubst du, das Essen hier ist ohne kleine, giftige Zusätze?", entgegnete Brown hämisch.
Ellens Miene wurde starr und ich spürte, wie die Farbe aus meinem Gesicht schwand. Das war gut gekontert, vermutlich war er darauf gefasst gewesen.
„Wie ich sehe, versteht ihr", sagte Brown mit breitem Grinsen und hob ein kleines Fläschchen in die Höhe. „Drei Tropfen hiervon und du bist einen ganzen Tag lang nicht mehr Nebelgestalt als ich. Und du bekommst das Zeug seit über zwanzig Jahren mehrmals am Tag. Ich hoffe also, wir können diese Unterhaltung nur verbal führen."
Ich presste meine Lippen fest aufeinander. Hoffen konnte er von mir aus. Aber ich wusste, dass Ellen von verbalen Attacken nicht viel hielt.
Mit einem Satz sprang sie auf Brown zu und trat hart gegen die Gitterstäbe. Die beiden Männer draußen taumelten erschrocken ein paar Schritte zurück.
„Du Mistkerl!", kreischte sie und griff durch die Stäbe hindurch nach Brown, doch der stand mit seinem Gute-Jungen-Lächeln viel zu weit entfernt. Ich hatte ihn immer schon verabscheut, aber heute steigerte sich mein Hass ins Grenzenlose. „Verräter! Bastard! Du hast meinen Neffen, seine Frau und meine Tochter ermordet!"
Browns Lächeln wurde noch breiter.
„Achim und Carla. Das war doch deine Schuld. Hättest du sie nicht raushalten können? Nein, du musstest ihnen ja unter die Nase reiben, was du herausgefunden hattest!"
Bitte, was? Hatte er gerade …? Nein. Unmöglich. Er hatte gerade nicht zugegeben, dass er meine Eltern ermordet hatte, oder? Und das alles so lässig wie normaler Small Talk?

„Dann stimmt es also", flüsterte ich. „Sie haben meine Eltern getötet. Vergiftet, nicht wahr?"
„Ja. Das hat dir John doch erzählt, als er damals unseren Wagen gerammt hat."
Ich riss die Augen auf. Äh, was?
„Sie wissen, dass es John war?"
Das war doch unmöglich! John war ein Verräter. Er half zu uns, außer ... Ich schluckte. Außer er hatte das alles sauber eingefädelt und uns die ganze Zeit nur etwas vorgespielt.
„Was dachtest du denn? John ist nicht einfach nur loyal. Er ist der Dreck unter meinen Fingernägeln, er klebt an meinen Fußsohlen. Egal was ich mache, John wird immer angekrochen kommen. *Bitte, Mr. Brown! Ich bitte um Vergebung!*", bei den letzten Worten imitierte er Johns piepsige Stimme. „Er hat mir alles erzählt. Dass er die Mappe gefunden hat, dass Thomas Bescheid weiß."
Ich schluchzte. Das konnte doch nicht sein. Die ganze Zeit hatte ich mich in Sicherheit gewogen. Aber ... Nein. Wieso sollte John so etwas tun? Er musste doch wissen, ich welche Gefahr er mich damit brachte. Und Mr. Thomas.
Oder ... hatte er das am Ende sogar gewusst?
„Was haben Sie mit ihm gemacht?"
„Thomas? Kein Verlust wäre er gewesen, aber er hat das Weite gesucht ... Wie immer eben." Als er in meinen Augen die Angst um meinen Lehrer sah, bekam sein Gesichtsausdruck etwas Unheimliches. „Oh, natürlich. Der große Mr. Thomas. Dein Vaterersatz, nicht wahr? Selbst wenn du hier irgendwann wieder rauskommst – und das ist nicht wahrscheinlich, schau dir mal Ellen an – werden meine Leute ihn längst vor dir gefunden haben!"
„Nein", ich wollte es brüllen, wollte gegen die Gitter schlagen, wie Ellen und nach ihm greifen, aber meine Stimme versagte. Wie ein Schluchzen klang es. Und mir fehlte plötzlich die Kraft, um auf ihn zuzugehen. Bleischwer waren meine Beine.
„Arme, kleine Elizabeth", spottete Brown, aber ich hörte gar nicht hin. In meinen Augen sammelten sich Tränen und ich versuchte nicht einmal, sie zurückzuhalten. Mein Blick begegnete dem von Brown und

ich beschloss, ihn mit meinen Augen zu erdolchen – was ich vermutlich auch geschafft hätte, wäre plötzlich nicht jemand anderes auf der Bildfläche aufgetaucht.

„Mr. Brown!"

Für einen Moment waren alle gleichermaßen still, dann fuhr Brown herum. Hinter ihm stand ein junger Mann, sein blondes Haar fiel ihm über die Augen und sein Atem ging keuchend.

„Sie müssen hier weg", sagte er bestimmt und fixierte Ellen kurz mit seinen grünen Augen.

„Hey, Cole", meinte sie amüsiert. „Heute muss mein Glückstag sein: alle Idioten der Welt auf einem Haufen."

„Halt dein Maul, Brooks. Wer von uns beiden verreckt seit gut zwanzig Jahren in einer kleinen, stickigen Zelle?"

Er spuckte vor ihr auf den Boden.

„Nebelgestalten", sagte er dann zu Brown. „Zwei Stück. Sie sind ganz in der Nähe und fragen nach ihr." Cole nickte in meine Richtung.

Ich brauchte einen Augenblick, bis mir klar wurde, dass er von mir sprach.

Nebelgestalten? Zwei?

Mein erster Gedanke (gleich nachdem ich mich von meiner Überraschung erholt hatte) war: Patrick. Ich wusste nicht, ob das ein glücklicher Gedanke war. Ich würde ihm zutrauen, dass er sich beim Versuch mich zu retten selbst in Schwierigkeiten brachte.

Aber trotzdem schlug mein Herz vor Erleichterung.

Brown hatte ihn nicht geschnappt. Er war unbeschadet vom Flughafen weggekommen.

Nur wer um alles in der Welt war diese zweite Nebelgestalt?

Wer würde mir helfen?

Ich schluckte. Meine Urgroßmutter würde sich nicht die Mühe machen. Nie im Leben. Aber ich hatte ja noch einen anderen Verbündeten, oder? Einen mysteriösen Freund und Helfer, der mich schon einmal beschützt hatte. Ohne sich zu erkennen zu geben.

„Zwei Nebelgestalten?", erwiderte Brown und sein Blick glitt zu mir. „Wer?"

Ich zuckte mit den Schultern.

„Sie werden es schon noch herausfinden", meinte ich lässig, aber meine Stimme bebte vor Aufregung. *Wer, wer, WER?*
„Mr. Brown", wiederholte Cole energisch. „Ich muss Sie auffordern, mir zu folgen."
Brown nickte.
„Aber verstärkt die Sicherheitsmaßnahmen."
Dann drehte er sich um und verließ den Raum.
„Bleib stehen", kreischte ich. „Bleib stehen, Brown! Du wirst ihn nicht finden. Hast du gehört? Du wirst Mr. Thomas nicht finden. Aber ich komme hier raus und dann finde ich *dich!*"

„Wem?", fragte Ellen mich, als wir wieder allein waren. „Wem hast du erzählt, wo du bist?"
„Keinem!", sagte ich. Das war ja das Problem! „Na ja, also eigentlich nur Patrick."
„Könnte er dich retten?"
Ich zuckte die Achseln.
„Vielleicht ... Versuchen würde er es. Aber jeder Kochtopf hat einen höheren IQ als er!"
Ellen seufzte.
Ich ließ mich an der Steinmauer hinter mir hinabgleiten und schlang meine Arme um meine angewinkelten Beine. Meine Denk-Position.
„Selbst wenn er mich findet ... Was dann? Ich muss Mr. Thomas retten. Ich muss dich hier wegbringen. Ich muss Brown endlich alles nachweisen."
„Tja, Letzteres kann dauern. Ich habe ewig gebraucht, um ein paar Beweise gegen Brown zu finden."
Ich sah auf.
„Aber du hast etwas gefunden?"
Stolz grinste meine Großtante.
„Natürlich habe ich etwas gefunden, meine Liebe. Für wen hältst du mich?"
Sie kniff die Lippen zusammen und wandte den Blick ab. Ich wusste, was das hieß.
„Nichts, was wirklich weiterhilft, oder?", fragte ich vorsichtig.

„Indizien, keine Beweise. Und inzwischen von Brown schon längst vernichtet."

Ich verzog das Gesicht. Irgendwie war mir schon so etwas klar gewesen.

Es wäre aber auch zu schön gewesen.

„Dein Vater hat mir kurz bevor ich Brown hierher gefolgt bin, noch gesagt, dass sie an irgendetwas dran sind. Aber keine Ahnung, was er damit gemeint hat. Haben sie dir nichts hinterlassen?"

Für einen kurzen Moment wollte ich den Kopf schütteln, dann hielt ich inne. Nichts hinterlassen? Natürlich hatten sie etwas hinterlassen!

Sapere aude.

Doch soweit ich wusste, hatte das eher etwas mit der Übersetzung zu tun: „Habe den Mut, dich deines eigenen Verstandes zu bedienen!" Damit wollten sie ja nur erreichen, dass ich mich von Brown abwandte und das hatten sie erreicht.

„Nein", flüsterte ich. „Nichts, was uns weiterhelfen würde."

Und dann gab es da ja noch ein weiteres Problem. Mr. Thomas. Wo um alles in der Welt versteckte er sich? Und wie lange würde er es schaffen, unentdeckt zu bleiben? Ich musste hier weg. Ich musste ihn finden. Doch wenn ich daran dachte, was ich vorfinden würde ...

Eilig schüttelte ich den Kopf, bevor in mir wieder diese grausamen Bilder aufsteigen konnten. Das passierte mir immer, wenn ich mich vor etwas fürchtete. Ich sah alles wie einen Film vor mir.

Mr. Thomas, mit ausdruckslosen Augen am Fußboden. Ein Rinnsal Blut. Gespenstische Stille.

Ich musste hier weg. Ich musste ihn finden. Nur wo sollte ich anfangen zu suchen? Im Kloster?

Ausgeschlossen. Zudem wusste ich nicht einmal, wo er damals seine Wohnung gehabt hatte. Und jetzt bei Brown? Lebte er jetzt in diesem großen Block mit hundert anderen Angestellten?

Es war zum Verrücktwerden.

Wie ich es auch drehte, die zweite Nebelgestalt blieb ein Rätsel.

Beatrix. Das war die Einzige, aber sie war schon über neunzig und selbst wenn sie sich für ihr Alter wirklich gut gehalten hatte – sie

würde wohl kaum wie Yoda aus *Star Wars* angeflogen kommen und die bösen Buben verdreschen.
Dafür hatte Ellen jemand anderen gefunden, an dem sie ihre Aggressionen austoben konnte.
Man hatte den armen (durfte ich bei solchen kleinen Sadisten überhaupt von »arm« sprechen?!), oder zumindest ziemlich bemitleidenswerten Cole als zusätzliche Aufsicht genau vor unserer Zelle platziert.
„Mistkerl, Arschloch, Bastard!" Ellen hatte seit einem Tag nicht aufgehört zu schreien. Und ihre unendlichen Beschimpfungen gingen auch nicht irgendwann in einen leiernden Monologton über. Jedes ihrer Worte war absolut scharf und kantig, als wolle sie Cole damit in Stücke schneiden. Außerdem fiel mir auf, dass Ellen einen unglaublich großen Wortschatz an Kraftausdrücken hatte. Klar, sie hatte ja auch lange Zeit gehabt, um sich welche auszudenken. Aber sie hielt es immer eine geschätzte halbe Stunde aus, bevor sie sich wiederholte.
Irgendwie hätte ich gerne Ellens Kinder kennengelernt. Bestimmt waren sie keine verwöhnten Gören, denen man immer die Ohren zugehalten hatte, wenn jemand fluchte. Ich stellte sie mir als knallharte Nebelgestalten vor.
Cole hatte aber auch einiges an Ausdauer: Im giftige Blicke werfen. Seine Augen waren so eisig, sein Gesicht so ausdruckslos und wenn Ellen mal für eine Sekunde still war, um Luft zu holen, dann konnte ich hören, wie er mit den Zähnen knirschte.
„Hey, ich rede mit dir!", donnerte Ellen gerade. Na toll, sie ging auf die Provokationsschiene über. „Feiner Cole. Braves Hündchen! Schleckst Brown die Füße, während er dich als Bewacher für zwei kleine Mädchen einsetzt. *Großer Brown. Oh, großer Brown!"*
Coles Miene wurde härter.
Oh je. Die Schimpfwörter hatten ihm sicherlich schon nicht gefallen. Aber jetzt auch noch Beleidigungen über seinen Chef ... Konnte Ellen nicht einfach mal ruhig sein?
„Schade, dass du nicht zwei Minuten früher gekommen bist", spottete sie. „Dann hättest du hören können, wie Brown seine loyalen Angestellten hinter ihrem Rücken auslacht. Weil was anderes kann

man dazu nicht sagen. Für ihn seid ihr lästiger Dreck, den er nicht abputzen kann und deshalb erträgt und ausnützt."
„Halt dein Maul, Brooks", sagte er, seine Stimme war ganz ruhig. Wie ein Flüstern. Und er sah nicht einmal auf, sondern spielte gelangweilt mit seinen Fingernägeln.
„Oh, jetzt hab ich aber Angst! Was willst du schon machen? Ich bin mir sicher, dass Brown uns nicht töten will. Sonst hätte er uns ja nicht eingesperrt, sondern wieder die Drecksarbeit an euch abgegeben."
Cole sah zu ihr hinüber.
„Was er mit der vorhat", sein Blick streifte mich, „weiß ich auch nicht. Aber er hat dich die letzten zwanzig Jahre nicht gebraucht. Würde ihm sicherlich keinen großen Kummer machen, wenn du an einer Magenverstimmung stirbst."
„Ha! Glaubst du, ich würde noch etwas von euch essen. Jetzt, da ich weiß, mit was das Essen geschärft ist?"
„Dann iss nichts", brummte er. „Auch gut. Dann erledigt sich das ja von selbst."
„Kleiner Sadist, du Mistkerl, du ..."
Cole verdrehte die Augen. Und auch ich hielt mir schon beinahe gewohnheitsmäßig die Ohren zu.
„Hatten wir das nicht alles schon Mal?"
„Man kann das nicht oft genug sagen, damit es auch beim letzten Idioten ankommt!", schrie sie. „Ich will gar nicht wissen, was du mit meiner Tochter gemacht hast!"
Ich zuckte zusammen und auch Cole erstarrte.
Das war ein Fehler gewesen, Ellens Fehler. Eine Steilvorlage. Jetzt wusste er, mit was er sie am meisten quälen konnte. Jenny. Ellens geliebte Tochter. Er hatte sie getötet und das war das Schlimmste für Ellen. Nicht, dass sie hier schon so lange saß. Nicht, dass sie absolut hilflos war. Es war die Gewissheit, dass ihre Tochter gestorben war, weil sie ihre Mutter bei deren Nachforschungen unterstützt hatte.
Im Nachhinein war mir klar geworden, dass sie das Thema absichtlich angeschnitten hatte. Es war der einzige Weg, Gewissheit zu bekommen.

„Jenny Brooks", flüsterte er. Ihren Namen sagte er auf eine andere Weise, als alles bisher. Als wäre er eine Frucht, etwas, das er genießen musste. Ich schauderte angeekelt. „Wir kannten uns von früher. Hast du das gewusst?"
„Was?", stieß Ellen hervor. „Ihr kanntet euch?"
Cole grinste.
„Jap. Browns erste Weihnachtsfeier. Weißt du noch, als er vom Studieren zurückkam? Du warst damals auch dabei. Valentinie war eingeladen, damals gehörtet ihr ja noch zu Augustin Brown."
„Ich erinnere mich."
„Tja, ich war auch eingeladen. Und Jenny auch."
Ellen krallte ihre Fingernägel tief in ihre Arme.
„Sie war außer sich, als sie hier ankam, um dich zu suchen. Kleine, dumme Nebelgestalt. Ich habe mit ihr gekämpft."
„Dann warst aber du der Dumme!", zischte ich. „Sich mit einer Nebelgestalt auf einen Kampf einzulassen ..."
„Wenn es euch beide tröstet", er hob seinen linken Arm. Er war voller Narben. „Das hier war sie. Mein ganzer Körper war blutig, als ich sie verfolgte. Mit dem Auto. Rasante Fahrerin – das muss man ihr lassen. Und dann ging´s plötzlich abwärts. Die Straße war nass, ihr Wagen geriet ins Schleudern. Ihr könnt euch den Rest wohl denken."
Ich hasste Cole. Wie konnte er nur so gleichgültig darüber reden? Auch wenn Ellen seine Feindin war ... das war einfach nur krank.
Vorsichtig machte ich einen Schritt auf sie zu.
„Ellen, ich ..."
„Sei einfach still, Elizabeth."
Cole lachte.
Plötzlich begann Ellen zu schluchzen, erst ganz leise, dann immer lauter. Ihr Wehklagen vermischte sich mit Coles lautem Wiehern. Es klang fast so wie das Heulen eines Hundes. Eines betrunkenen Hundes. Nicht, dass ich schon mal einen betrunkenen Hund gesehen hätte.
Aber die Frage war doch, wieso weinte Ellen so laut? Sie war nicht der Typ von Frau, der anderen seine Tränen zeigte.

„Ellen", zischte ich und wollte sie an der Schulter packen, doch sie stieß mich weg und schrie noch lauter. Verzweifelt. Aber irgendwie gezwungen. Gezwungen und schlecht geschauspielert.
Was sollte das? Irgendwie fühlte ich mich leicht veräppelt. Wieso fing sie plötzlich mit der Schauspielerei an?
„Ellen!", schrie ich wieder, aber sie reagierte nicht.
Und plötzlich ... plötzlich hörte ich es auch. Hinter dem Geschrei-Geheul (was es auch immer war) war noch ein anderes Geräusch. Ein Motorrad.
Gar nicht mal schlecht. Dafür, dass sie immer noch auf Drogen war und eigentlich keine besonderen Fähigkeiten haben konnte, war sie immer noch ziemlich gut.
Die Nebelgestalten.
Sie kamen.
Und wir würden ihnen helfen.

Ausgerechnet er

Es gibt ungefähr eine Handvoll Leute auf dieser Welt, denen ich eigentlich nie wieder begegnen wollte. Unter anderem meinem Mathelehrer. Aber nein ... Wenn man gerettet wird, dann soll man nicht wählerisch sein und nehmen, was man kriegt. Und es war NICHT der Mathelehrer!
Irgendwie musste Cole was mit den Ohren haben, denn das Motorrad hörte er nicht. Dafür sorgten Ellen und ich schon. Sie weinte immer und ich rüttelte dazu an den Gitterstäben, trommelte einen wilden Rhythmus auf den Boden und schrie wilde Beschimpfungen.
Ok, vielleicht übertreiben wir ein wenig, denn Cole hörte auf zu lachen und legte den Kopf schief.
Wir mussten aussehen wie ein paar hyperaktive Kinder beim Musikunterricht.
Das Stöhnen aus dem Vorraum bemerkte er zu spät. Bevor er sich umdrehen konnte, brach die Tür aus den Angeln und donnerte ihm über den Kopf.
„Hallo aber auch, wenn das ein Konzert werden soll, dann müssen wir das noch mal üben, was?", meinte Patrick grinsend und sprang von der Tür.
Cole machte Anstalten den Kopf zu haben, doch als Patrick fest gegen ihn trat, blieb er reglos liegen.
„Patrick."
„Mach den Mund zu, Lizzie."
Mach den Mund zu ... Ja, Himmel! Mach den Mund zu, Lizzie! Aber ich konnte nicht. Für einen Moment stand ich da, wie gelähmt. Patrick. Er hatte mich wirklich gefunden. Er hatte es geschafft!
„Echt, ich war noch nie so glücklich, dich zu sehen."
„Warst du überhaupt mal glücklich, mich zu sehen?", entgegnete er.
„Hm, na ja. Ab und zu vielleicht. Aber jetzt mach das Schloss auf!"
„Hab keinen Dietrich. Wart mal kurz!" Lässig drehte er sich um. „He, ich brauch hier Hilfe!"
Ich riss die Augen auf, als Schritte aus dem Vorzimmer kamen. Schritte.
Die zweite Nebelgestalt.

Eigentlich müssten jetzt laute Trommelschläge erklingen, wie im Zirkus. Oder diese unheimliche Musik, die sie im Kino spielen, um manche Szenen in die Länge zu ziehen.
Aber natürlich kam nichts dergleichen. Nur diese beängstigende Stille.
Die Aufregung, die Erwartung, die Ellen und ich ausstrahlten.
„Hilfe mit den Schlüsseln?", meinte jemand lässig. Mein Alter. Männlich. Ziemlich bekannt. Ich hielt den Atem an. Das konnte nicht sein. Nein! Nicht er. Es gab doch genug Nebelgestalten! Bitte nicht er… „Der da vorne hat einen Schlüssel."
Fassungslos sah ich Marvin über die am Boden liegende Tür steigen und mich anlächeln.
„Hallo, Elizabeth."
Ich sagte nichts. Kein Wort kam über meine Lippen. Im Nachhinein hatte ich öfter überlegt, was ich an der Stelle hätte sagen können. Es war mir nie eine passende Antwort eingefallen, wenn ich daran dachte, wie ich da gestanden hatte mit meinem wild schlagenden Herz und meinen Beinen, die beschlossen hatten, sich selbstständig zu machen und plötzlich nachgaben.
„Hoppla", sagten Patrick und Marvin gleichzeitig, als ich ins Straucheln geriet.
Na toll, da will man so seriös wie möglich wirken und dann konnte man nicht einmal zehn Sekunden auf den eigenen Beinen stehen!
Und dazu noch Hoppla. Auf der Skala der verhängnisvollsten Wörter hätte ich diesem zwölf von zehn möglichen Punkten gegeben.
„Das Essen", meinte Ellen schnell. „Sie haben es mit Drogen versetzt."
Danke! Die Frau checkte ja wirklich schnell, was hier lief.
„Dann bringen wir euch besser mal weg."
Marvin öffnete die Zelle mit einem leisen »Klack« und griff gleich nach meinem Arm.
„Warte, ich helf dir."
„Danke, aber das schaff ich schon allein", entgegnete ich scharf und riss mich los.
Dummes, verräterisches Herz! Wieso musste es so laut schlagen, wenn es doch genau wusste, dass Marvin als Nebelgestalt es hören konnte.

„*Ich hab es gewusst.*"
Ich dachte daran, wie er mir damals gesagt hatte, dass alles nur ein fieses Spiel gewesen war. Dass er von Anfang an wusste, wer und was ich war.
„Sicher? Du scheinst etwas ..."
„Mir geht es gut!", stieß ich hervor. Meine Stimme war eiskalt. „Ich bin auch eine Nebelgestalt, vergiss das nicht, ja?"
Erhobenen Hauptes ging ich an ihm vorbei.
Nicht umdrehen, Lizzie! Nicht umdrehen!
Wo waren wir denn hier? Gefühlsquälerei, mach nur weiter so!
„Ich hab mir Sorgen um dich gemacht, Lizzie", sagte Patrick und grinste.
„Er war es wirklich", sagte ich. Ich wusste nicht wieso, aber es war der erste Satz, der mir rausrutschte. Und mit ihm ein stummes Schluchzen.
„Wer war was?"
„Brown. Er hat meine Eltern wirklich getötet. Er war hier und hat es zugegeben! Dieser ... Dieser ..."
Ich biss mir auf die Zunge und suchte nach einem Wort, fand aber keins.
„Wir kriegen ihn", sagte Patrick beruhigend und drückte mich sanft an sich. Ok, unter normalen Umständen hätte ich ihm das vermutlich nie erlaubt. Aber in dieser Situation presste ich mein Gesicht fest gegen seine Schulter und versuchte die Tränen zurückzuhalten.
„Und jetzt jagt er Mr. Thomas. Patrick, wir müssen ihn finden!"
„Immer langsam! Brown sucht Mr. Thomas. Wieso?"
„Weil er die Wahrheit weiß."
„Welche Wahrheit?", fragte Patrick, aber bevor ich antworten konnte, legte er mir einen Arm um die Schulter. „Komm, wir bringen euch erst einmal hier weg."

Es dauerte eine ganze Weile, bis ich meine Stimme wieder fand.
In meinem bedauerlichen Zustand schaute ich ausnahmsweise darüber hinweg, dass Patrick und Marvin sich die Schlüssel von Coles

Wagen »liehen« und kletterte widerspruchslos neben Patrick auf die Rückbank.
„Danke", flüsterte ich.
„Keine Ursache."
Langsam fühlte ich mich besser. Ich machte es mir im Sitz bequem und drückte meinen Kopf in die Nackenlehne.
Wieso? Wieso war er mitgekommen?
Ich musterte Marvin von hinten und drehte meinen Blick immer weg, wenn er in den Rückspiegel sah.
„Und wer sind Sie?", fragte Patrick plötzlich unvermittelt.
„Ich?", meine Großtante wandte den Kopf zu uns. „Ich bin Ellen Brooks."
„Sie sind aber tot."
Ich verdrehte die Augen. Patrick konnte ziemlich starrsinnig sein. Sein Dickschädel sagte ihm, dass Ellen schon seit zwanzig Jahren vermisst war und die Chancen, dass sie gerade vor ihm im selben Auto saß, nicht besonders hoch standen und Ellen behauptete gerade das Gegenteil. Bis die beiden Meinungen eine einheitliche Lösung fanden, könnte es Wochen dauern.
„Ich fühle mich aber noch sehr lebendig", erwiderte Ellen.
„Ah – ja."
Patrick sah aus dem Fenster und errötete leicht. Irgendwie stand ihm das. Nicht, dass mir das jetzt so aufgefallen wäre. Nur ein flüchtiger Gedanke ohne Bedeutung.
Wir fuhren eine ganze Weile. Zum Glück funktionierte Coles Klimaanlage, denn draußen stand die Sonne im Zenit und strahlte unbarmherzig auf uns herab. Es war Mitte August. In Gedanken sah ich noch einmal das Klimadiagramm von Ecuador vor Augen, das ich damals bekommen hatte, als ich mich auf die »große Rettungsaktion« begeben hatte, wie ich es meistens nannte.
„Wo fahren wir eigentlich hin?", fragte ich und hielt mir die Hand vor den Mund, während ich gähnte.
„Esmeraldas", antwortete Marvin wie aus der Pistole geschossen.
Toll, dich hab ich aber nicht gefragt …
„Und was machen wir da, *Patrick?*"

„Hä, was?" Patrick schrak neben mir aus seinem Halbschlaf hoch.
„Wir suchen uns ein kleines Hotel, übernachten dort und warten, bis sich die Aufregung gelegt hat, bevor wir dann nach Hause fliegen", erklärte Marvin, aber ich sah ihn nicht einmal an.
Das Hotel sah von außen ziemlich luxuriös aus. Und auch innen gab es Granitsäulen und sogar einen kleinen Springbrunnen. Anscheinend ließ das Gift bei mir schon nach, denn ich hörte Stimmengewirr durch die Gänge hallen, obwohl weit und breit niemand zu sehen war. Ellen hingegen stolperte immer noch etwas verloren an Marvins Arm.
Wahrscheinlich würde es ewig dauern, bis sie völlig geheilt war.
„Ich habe zwei Zimmer auf den Namen Valentinie reserviert", sagte Marvin ohne zu zögern, als er an der Rezeption angekommen war.
„Zimmer 16 und 17. Das ist korrekt", erwiderte die Frau vollkommen akzentfrei.
Wow, bei mir hatte damals kein Schwein Englisch gekonnt, als ich nach Ecuador gekommen war.
Sie reichte Marvin die Schlüssel.
„Patrick, bringst du Ellen bitte schon mal hoch? Ich muss kurz mit Elizabeth reden."
Patrick runzelte die Stirn und warf mir einen vielsagenden Blick zu.
Ich nickte. Ewig konnte ich Marvin ja nicht ignorieren. Also wartete ich, bis Ellen und Patrick im Aufzug verschwunden waren.
„Ist es wirklich klug, unsere Namen hier so herumzuposaunen?", fragte ich, kaum dass sie außer Hörweite waren.
„Keine Ahnung. Aber ich wollte dich eigentlich auch etwas Anderes fragen."
Er biss sich auf die Unterlippe.
Na toll, was sollte das jetzt werden?
„Und zwar?"
„Wieso hasst du mich?"
Von allen Sachen, die er jetzt hätte sagen können, übertraf das um Welten alle meine Erwartungen. Er fragte das mit einer solchen Selbstverständlichkeit, dass er es wohl wirklich ernst meinen musste.
In dieser Sekunde hätte ich tausend gute Ideen in meinem Kopf gehabt. Ich hätte lachen, schreien, weinen (Vielleicht keine so gute

Idee!) oder einfach nur ganz cool einen Satz sagen können, wie „Ich hasse dich nicht – es ist nur so: Wenn du brennen würdest und ich Wässer hätte – ich würde es trinken!"
Aber statt einem meiner Pläne zu folgen, drehte ich mich einfach nur um und stapfte weiter Richtung Aufzug.
Verdammt, was sollte das jetzt schon wieder? Wieso konnte er mich nicht einmal in Frieden lassen? Ihm musste doch klar sein, dass ich nicht noch einmal darauf reinfallen würde.
Hinter mir hörte ich Marvin scharf die Luft einziehen, aber das war mir egal.
Erst als mich ein Luftzug erfasste, drehte ich mich um. Marvin war hinter mir noch schnell in den Aufzug geschlüpft.
„Es tut mir leid, aber du weißt, dass ..."
„Wir Todfeinde sind?"
Er machte ein bekümmertes Gesicht.
„Tja."
„Dann sei wenigstens so nett und lass mich das nächste Mal den Rest meines Lebens in einer kleinen, stickigen Zelle, statt mich zu retten!", schnauzte ich ihn an und wandte den Blick ab.
„Was glaubst du, wieso ich dich gerettet habe?", fragte er zaghaft, aber ich reagierte nicht.
Sag. Kein. Wort.
Das war eine gute Strategie. Solange man gar nichts sagte, konnte man auch nichts Falsches sagen. Aber er wandte den Blick nicht ab und bald kam ich mir schon etwas paranoid vor.
„Na gut. Ich habe keine Ahnung", sagte ich schließlich mit einem Seufzen. „Aber vermutlich macht es dir einfach nur Spaß, mit meinen Gefühlen zu spielen."
Ich biss mir auf die Zunge. Eigentlich hatte ich den letzten Satz gar nicht laut sagen wollen. Er war mir irgendwie so rausgerutscht.
Was war nur los mit mir? Ich hatte plötzlich so eine unglaubliche Wut in mir, dass ich ein heißes Kribbeln in der rechten Hand spürte.
Marvin senkte betrübt den Kopf.
„Ich wollte dir eigentlich nur sagen, dass es mir leid tut", flüsterte er.
Ich presste fest die Lippen aufeinander. Verdammt! Seit wann war ich

so sentimental? „Und ich wollte dir sagen, dass vielleicht nicht alles gelogen war. Nicht alles nur gespielt."
Dann ging die Fahrstuhltür auf und Marvin schob sich an mir vorbei nach draußen.
„Lizzie!" Patricks Stimme. Er stand direkt vor mir, aber ich hörte ihn nur ganz schwach, als wäre er am anderen Ende des Ganges.
Was hatte Marvin gerade gesagt?
Er hatte doch nicht … nein, hatte er nicht. Ich hatte noch zu viel Adrenalin von meiner Rettung übrig und verfiel deshalb in diese euphorische Stimmung. Ja. Das musste es sein. „Kann ich dir helfen?" Ich sah Patrick nicht mal an, sondern starrte nur sprachlos zu Marvin hinüber, der noch einmal den Kopf in meine Richtung wandte, mich lange ansah (zumindest kam es mir plötzlich so unerträglich lange vor) und dann mit eiligen Schritten in das Zimmer 17 verschwand.
Moment. Zeit zurück spulen. Was hatte er gerade gesagt?
Nicht echt das, was ich gehört hatte, oder?
Nein, das konnte gar nicht sein. Eine typische Lizzie-Halluzination. Kam vor. Sogar sehr oft.
Oder doch nicht?
„Lizzie? Hallo? Noch da?"
Patrick winkte vor meinem Gesicht herum.
„Äh, ja. Was ist los?"
Er verdrehte die Augen.
„Na toll. Du bist mit Ellen im Zimmer 16", sagte er und musterte mich noch einmal kurz. „Falls du Hilfe brauchst, sagst du Bescheid, ja?"
Ich lächelte.
„Ja, klar. Danke", ich hielt inne. „Für alles."
Als Patrick ebenfalls verschwunden war, ließ ich lange und geräuschvoll die Luft raus. Was war jetzt schon wieder los?
Blöde Gefühle, hatten die keine bessere Beschäftigung?
Ich lehnte mich gegen die Wand und schloss die Augen.
Dann schüttelte ich noch einmal energisch den Kopf und betrat unser Zimmer.

„Erzähl, wer sind die beiden?", fragte Ellen, die es sich bereits auf einem der beiden Betten bequem gemacht hatte. Die Suite war riesig und ich hatte überhaupt keine Schuldgefühle, dass sie vermutlich auch schweineteuer war. Immerhin zahlte Valentinie.
„Patrick ist ein guter Freund", sagte ich und setzte mich auf mein Bett. Wow, war das weich. Aber alles besser als dieser harte Boden, auf dem ich die letzten Nächte verbracht hatte. „Ja, wahrscheinlich ist er auch mein letzter Freund ... Die anderen haben mich nicht mehr gesehen, seit ich bei Brown war."
„Netter Junge", brummte sie und sah mich forschend an. „Und der andere?"
Ich verdrehte die Augen.
„Komm schon, Elizabeth. Ich hatte auch mal eine Tochter. Und selbst war ich auch ein Mädchen ... Irgendwann ... vor den Dinosauriern."
Jetzt lachte ich.
„Er ist Niemand."
Sie sah mich erwartungsvoll an.
„Wenn ich es dir sage, hältst du mich für ein dummes, pubertierendes Mädchen und für eine grauenvoll unprofessionelle Nebelgestalt."
Ellen machte keine Anstalten etwas zu sagen. Stattdessen blickte sie mit einer unglaublich fürsorglichen Miene drein. So kannte ich die wilde, (leicht) aggressive Frau gar nicht.
„Er ist eine Nebelgestalt."
„Ich weiß. War mein Mann auch."
„Und sein Herr ist Gregor Valentinie."
Ich wartete auf den Knall. Darauf, dass sie anfing zu schreien und mir zu erzählen, dass ich eine Schande für die Familie Brooks war.
Nichts dergleichen passierte. Ganz im Gegenteil: Ellen begann zu lachen.
„So witzig?"
Inzwischen hielt sie sich prustend den Bauch.
„Also, wenn es dich nicht verletzt: schwacher Abklatsch von *Romeo und Julia*."
Danke, sehr nett.
Ich biss die Zähne zusammen und drehte den Kopf weg.
Hätte ich doch nur nichts gesagt!

„Elizabeth", sagte sie. Jetzt um einiges sanfter. „Ich wollte dir wirklich nicht wehtun."
„Lizzie", erwiderte ich leise. „Du kannst mich Lizzie nennen."
Ich hörte, wie sie aufstand, sich hinter mich setzte und einen Arm um meine Schulter legte.
„Komm, erzähl."
Das würde ich ganz sicher nicht tun. Wie oft hatte ich Johanna schon im Arm gehalten und ihr gesagt, dass alles wieder gut werden würde? Ungefähr hundert Mal. Und kein Mal hatte ich es ernst gemeint. Ich hatte es gesagt, weil es ihr gut tat. Weil sie in dem Moment nichts als heulen konnte und den pH-Wert einer Zitrone hatte. Mir ging es gut. Ich konnte sogar klar denken. Also, soweit ich jemals klar gedacht habe.
Das war kein Liebeskummer.
Nein, ganz sicher nicht.
„Er ist ein Idiot, der mir dauernd etwas vorspielt", meinte ich und stand auf. „Ich geh duschen, oder willst du zuerst?"
Ellen schüttelte den Kopf.
„Nein, weißt du, wie lang ich mich nur mit einem Eimer kalten Wasser und einem harten Stück Seife gewaschen habe? Wenn ich erst einmal unter der Dusche bin, kriegt mich da so schnell keiner mehr raus."
Ich lächelte und stand auf.
„Bis gleich."

Müde rieb ich meine Augen. Das Plätschern der Dusche im Nebenzimmer blendete ich vollkommen aus. Ich selbst fühlte mich inzwischen schon wieder wie neugeboren.
Ich trug frische Kleidung, die Patrick für mich besorgt hatte, meine nassen Haare fielen mir über die Augen und langsam regte sich etwas in mir. Der Teil, der mich zur Nebelgestalt machte.
„Ich hasse dich! Wie konntest du nur!"
Nebenan durchlebte gerade ein Pärchen eine Krise. Am Anfang hörte ich ihre Stimmen nur schwach durch die dicken Wände, doch nach einem kurzen Tiefschlaf waren die Geräusche dann ganz deutlich. Ihr Schluchzen, das Klacken ihrer Stöckelschuhe.

Einschlafen konnte ich zwar nicht mehr, aber wenigstens ging es mir jetzt wieder besser.
Zwischen dem Geschrei der Nachbarn hörte ich noch ein anderes Geräusch: ein Klopfen. Es dauerte, bis ich bemerkte, dass es an unserer Tür klopfte.
Es kostete mich keine Sekunde die Decke zurückzuschmeißen und zur Tür zu rennen.
„Wow", meinte Patrick, als ich sie aufriss.
„Tja, langsam wird es wieder. Kann ich dir helfen?"
„Äh … nein", sagte er etwas abwesend. Sein Blick schweifte verwirrt im Raum umher, als hätte er einen Geist gesehen. Verwirrt drehte ich mich um, konnte allerdings nichts entdecken.
„Alles klar mit dir, Patrick?", fragte ich etwas besorgter.
„Klar, was sollte nicht stimmen?"
Sein Lächeln saß perfekt, aber ich wusste, dass es nur gespielt war. Irgendetwas stimmte nicht. Und das gefiel mir nicht, überhaupt nicht!
„Ich wollte dir eigentlich noch ein paar frische Sachen bringen."
Er starrte auf den Karton in seinen Händen, als wolle er sich daran erinnern, wie er ihn loslassen sollte.
„Danke." Behutsam löste ich seine Finger von dem Paket. „Nett von dir. Wo hast du die her?"
Wieder keine Antwort.
Langsam wurde es zu viel.
Was war los mit Patrick? Mit dem Jungen, der normalerweise keine zehn Sekunden seine Klappe halten konnte, ohne einen blöden Kommentar abzugeben?
Ich wusste es nicht. Aber egal, was es war – es machte mir Angst.
„Patrick, sicher, dass es dir gut geht? Du kannst mit mir reden."
„Ja, mir geht's gut. Tschüss, Lizzie. Wir sehen uns später, oder?"
Wütend kniff ich die Augen zusammen.
„Ja?"
Seit wann redete er nicht mehr mit mir? Wenn es Probleme gab, dann betrafen sie doch auch mich, oder?
Ich wartete, bis er ins Nebenzimmer ging und die Tür hinter sich zuwarf.

Dann sah ich ihn. Einen Zettel, den Patrick anscheinend verloren hatte.

Herrenlose Nebelgestalten

Der Brief war abgegriffen und etliche Male ineinander gefaltet.
Ich öffnete ihn ganz vorsichtig und mit spitzen Fingern.
Was wohl darin stand? Eine Todesnachricht? Ich wusste, dass Patricks Familie zum Großteil aus Nebelgestalten bestand. Da war so etwas nicht selten. War er deshalb so weggetreten?
Doch was ich da las, war etwas ganz Anderes:
Herrenlos – so weit hast du es also gebracht ...
Herrenlos? In meinem Kopf hallte dieses Wort wie ein Echo wieder. Aber ich verstand nichts.
Was war damit gemeint? Nachdenklich legte ich den Kopf schief und stieß mit dem Fuß die Tür hinter mir zu.
Ich formte meine Lippen stumm und sprach das Wort so immer und immer wieder aus. Herrenlos. Ich verstand nicht, was daran so schlimm sein sollte.
Immerhin war ich kein Hund, der ohne Herrchen im Tierheim landen würde ... Plötzlich stutzte ich. Hund ... Herrchen ... Herrn ... Nebelgestalten!
Ich schlug mir mit der flachen Hand auf die Stirn. Mann, war ich heute dumm oder so? Patrick hatte Brown verraten und ihn um zwei Gefangene gebracht. Dann war er jetzt wohl herrenlos. Oder?
Die einzige Frage war: Wieso war er deswegen so völlig durch den Wind? Klar, ohne Brown war er von jeglichem Erfolg weit entfernt. Aber er konnte tun und lassen, was er wollte. Er war einen Kriminellen losgeworden, der ihm Befehle erteilte. Er war frei! Und meiner Meinung nach konnte er auch stolz auf sich sein.
Und wenn er immer noch fleißig weiterarbeiten wollte, dann sollte er eben wieder in das Geschäft seiner Eltern einsteigen. Diese Finning AG. Privatdetektive oder so.
Vielleicht war damit ja auch etwas anderes gemeint.
Aber egal. Ich würde es schon noch rausfinden.

Im Moment hatte ich genau fünf Probleme, die mein Hirn komplett in Anspruch nahmen:

1. Brown ist der Mörder meiner Eltern und ich muss ihn aufhalten.
2. Mr. Thomas ist in Gefahr, für ihn geht es um Leben oder Tod.
3. Marvin ist ein kleines A***, das mit meinen Gefühlen spielt.
4. Mein bester Kumpel scheint neuerdings auf Drogen zu sein, oder zumindest sein ohnehin meistens inaktives Hirn in einen künstlichen Winterschlaf verfrachtet zu haben.

Während ich noch weiter über diese vier Punkte nachdachte, zwängte ich mich in das Kleid, das ich in Patricks Kiste gefunden hatte. Es ging mir bis zu den Knien, war seltsam grünlich (pastellgrün, vielleicht?) und war mit kleinen Blümchen verziert. Mein erster Gedanke: OMG, was ist DAS? Mein zweiter: Wow, das stand mir. Ja, schon klar. Eitelkeit und alles, bla bla. Ich weiß. Aber das Pastellgrün (oder was es eben auch immer war) passte perfekt zu meinem roten Haar.

Ich wusste nur noch nicht so recht, ob ich es wirklich anziehen wollte. Andererseits sah ich damit wirklich wie ein echter Tourist aus und würde im Hotelrestaurant vermutlich kaum auffallen. Vielleicht könnte ich Patrick überreden, mit mir dort einen Happen zu essen und mir dabei auch gleich zu erzählen, was mit ihm nicht stimmte.

Ich kämmte mir noch einmal notdürftig durch die Haare, warf Ellen, die inzwischen wie ein Murmeltier schnarchend unter ihrer Bettdecke lag, einen letzten Blick zu und verließ dann das Zimmer.

Irgendwie machte ich mir nicht großartig Gedanken darüber, als ich an Patricks Tür klopfte. Immerhin wohnte hier nur mein bester Freund.

Aber mir hätte klar sein müssen, dass es noch jemand anderen gab, der in dieser Suite wohnte.

„Hallo, Elizabeth", sagte Marvin, schon bevor er mich sehen konnte und ich unterdrückte einen Fluch, als mein Herz hüpfte. „Hübsches Kleid."

Mistkerl.

„Ist Patrick da?", fragte ich, ohne ihn richtig anzusehen. Wütend kniff ich meine Lippen zu zwei dünnen Strichen zusammen.

„Ja, wo sollte er sonst sein?"

„Keine Ahnung. Kannst du ihn holen?"

„Wie ist das Zauberwort."
Hallo? Waren wir neuerdings im Kindergarten? Ich starrte hasserfüllt in sein Gesicht, das er zu einem lässigen Grinsen verzogen hatte.
„Bitte", drückte ich betont beherrscht hervor und wandte den Blick wieder ab.
„Ich glaube, er kann dich schon so hören."
„Kannst du bitte mal schnell kommen, Patrick?", rief ich etwas lauter, obwohl das wohl gar nicht nötig war.
Keine Antwort.
„Es geht ihm wohl nicht gut", bemerkte Marvin unschuldig. „Kann ich dir weiterhelfen?"
„Nein", knurrte ich. In meiner Hand spürte ich wieder das Kribbeln, das sich immer meldete, kurz bevor ich zuschlagen würde. „Es geht ja darum, dass es ihm nicht gut geht. Immerhin bin ich seine Freundin. Und Freunde sind für den anderen da."
„Freunde..." Ich hasste die Art, wie er dieses Wort in die Länge zog. Nachdenklich schob er sich eine dunkle Haarsträhne hinter die Ohren, die ihm zuvor ins Gesicht gefallen war. „Definiere Freunde."
„Wie heißt das Zauberwort?", konterte ich und versuchte, mich an ihm vorbeizuschieben, aber er hielt meinem Druck unbeirrt stand.
„Bitte. Wie meinst du *Freundin*?"
„Geht dich doch nichts an!"
Himmel, wo war ich hier nur wieder gelandet?
Im Irrenhaus?
Irrenhaus war ja gar kein Ausdruck.
Entschieden drängte ich mich so fest an seiner Seite vorbei, dass er mich durchlassen musste. Wo blieben nur meine Superkräfte? Wobei: Vermutlich benutzte ich sie sogar schon. Leider war Marvin genauso viel Nebelgestalt wie ich.
„Patrick?"
Ich ging vorsichtig weiter in die Suite. Sie sah aus, wie der Zwilling zu unserer. Der lange Gang, links die Seitentür zum Badezimmer. Dann das Wohnzimmer mit dem großen Sofa und das Schlafzimmer.
„Patrick?", wiederholte ich und folgte dem gleichmäßigen Geräusch aus dem Schlafzimmer.

Patrick hatte sich auf den Boden gesetzt, den Rücken an das Bett gelehnt und den Kopf auf die angewinkelten Knie gelegt, sodass ich nur das wilde, blonde Haar sah. „Hey, wie geht's?"
„Na ja ..."
„Du schaust schrecklich aus."
„Danke fürs Kompliment."
Ich schloss die Tür hinter mir, obwohl ich wusste, dass Marvin uns weiterhin hören konnte. Dann setzte ich mich neben ihn auf den Boden.
„Dieser Brief", ich legte den Zettel, den ich vorhin im Gang gefunden hatte, vor ihn auf den Teppich, „ist der von deinem Vater?"
Patrick nickte.
„Ich weiß auch nicht, woher er wusste, dass ich hier bin. Aber er lag auf meinem Bett, als ich das erste Mal in das Zimmer kam."
„Und du weißt ganz sicher, dass er von ihm kommt?"
Wieder nickte er.
„Ich kenne seine Handschrift."
„Hast du es ihm erzählt?"
„Nein, aber er ist Privatdetektiv. Er lebt davon, andere Menschen zu finden."
Tja. Im Leben einer Nebelgestalt gab es eben kaum Privatsphäre.
„Glaubst du, er ist noch in der Nähe?"
Jetzt prustete er los.
„Du denkst doch nicht ernsthaft, dass sich der feine Mr. Smith selbst auf den Weg macht, oder? Ne, wahrscheinlich war gerade ein anderer Mitarbeiter von der Finning AG in der Nähe und hat ihm den Gefallen getan."
Dann schwiegen wir eine ganze Weile lang.
Ich verstand das nicht. Wieso konnte ich hier einfach so ruhig sitzen und nichts tun, während Mr. Thomas meinetwegen immer noch in höchster Gefahr schwebte? Aber ich hatte einfach keine Wahl. Was sollte ich schon machen? Wir mussten warten, bis sich die Stimmung etwas gelegt hatte. Brown würde alle Beziehungen spielen lassen, damit wir nicht außer Landes kamen. Aber nach einer Woche ... Er konnte die Flughafenpolizei nicht ewig in Atem halten.

Irgendwann würden sie ihm auch den Vogel zeigen und nicht mehr sonderlich auf ein rothaariges Mädchen und einen blonden Jungen achten.
Wobei: Es wäre wohl doch sinnvoll, sich etwas zu verkleiden, wenn wir fliegen wollten.
Und mit dem Schiff würde es wohl zu lange dauern.
Ich hatte ja immer noch keine Ahnung, wo ich nach Mr. Thomas suchen sollte.
„Eins kapier ich noch nicht ganz", sagte ich und schaute zu Patrick hinüber. Es dauerte, bis er begriff, dass ich ihn gemeint hatte.
„Äh, was?"
„Ich sagte, ich kapier da etwas nicht. Was heißt herrenlos?"
Patrick schluckte.
Na toll, da hatte ich wohl den Nerv getroffen. Dass sein Vater ihn gefunden hatte und in sein Zimmer eingedrungen war: Kein Problem. Dass er herrenlos war (was auch immer das heißen sollte): Weltuntergang.
„Ich weiß einfach nicht mehr weiter", murmelte Patrick ohne auf meine Frage einzugehen. „Wo sollen wir hin? Wenn wir hier je rauskommen aus Ecuador. Glaubst du Valentinie ist glücklich, dass Marvin einfach abgehauen ist? Bezweifle stark, dass der uns hilft."
„Valentinie hat das nicht erlaubt?", fragte ich und versuchte, meinen Mund zu schließen. Scheiße. Das hieß dann wohl, dass das, was Marvin da vorhin gesagt hatte, schon irgendwie wahr sein musste. Oder würde er für seine Feindin wirklich so viel opfern?
„Also, wo willst du hin, wenn wir zurück in England sind?", meinte Patrick ironisch.
Ich warf einen Blick Richtung Tür. Marvin schaute nicht durchs Schlüsselloch, aber ich wusste, dass er uns belauschte. Deshalb beugte ich mich vor zum Spiegelschrank, hauchte so lang gegen das Glas, bis es beschlug und schrieb dann in Großbuchstaben ein Wort: KLOSTER
„Was?"
Ich legte bedeutsam meinen Zeigefinger an meine Lippen und wischte das Wort dann wieder weg.

Dann malte ich feinsäuberlich: JOHANNA – SIE HILFT.
Patrick legte den Kopf schief.
„Sicher?"
Ich nickte.
„Jetzt hab ich aber erst einmal etwas Hunger. Gehst du mit runter?"
Patrick zuckte die Achseln.
„Ja, du willst doch noch eine Antwort auf die Fragen zu den herrenlosen Nebelgestalten, oder?"

Ich schaute mich unruhig im Restaurant um. Irgendwie passten wir hier nicht rein.
Zig Zweiertische mit Pärchen, die mit diesem vielsagenden Blick dreinschauten und sich mit Komplimenten und langweiligem Herumgeschleime überhäuften. Bäh! Heute war ich ganz sicher nicht in Stimmung für Romantik.
Und dann gab es da noch uns: Ein Mädchen mit nervösen Zuckungen in der Rechten (zu einer Faust geballten) Hand und den Jungen, der mit der grimmigen Miene Ebenezer Scrooge (ihr wisst schon: der Typ aus der Weihnachtsgeschichte) gar nicht so unähnlich sah.
Oder seinem Vater.
Ich schauderte, als ich an Smith dachte. Nicht gerade der Typ von Mensch, den man in seinem Hotelzimmer haben wollte.
An Patricks Stelle wäre ich wahrscheinlich auch etwas benebelt.
Wir drückten uns an den Tischen vorbei zur hintersten Ecke, in der wir ungestört reden konnten.
„Also", begann Patrick, kaum dass ich mich gesetzt hatte, „du bist dran. Was willst du wissen?"
Ich lehnte mich zurück, schlug die Beine übereinander und begann scheinbar interessiert in der Karte zu blättern.
Tatsächlich sammelte ich meine Fragen.
„Was ist so schlimm an herrenlosen Nebelgestalten?"
Patrick seufzte. Ich konnte nur hoffen, dass er gleich zur Sache kam und nicht wieder irgendwelche sinnlose Umschweife brachte.
„Es ist schwer, das jemandem zu erklären, der nicht richtig denkt."
„Du meinst, ich ticke nicht ganz richtig?"

„Nein!" Er grinste. „Oder zumindest wollte ich das jetzt im Moment nicht sagen."
Ich verdrehte die Augen.
„Nur nicht so, wie eine Nebelgestalt", ergänzte er dann. „Ohne einen Herrn sind wir aufgeschmissen."
„Danke, soweit bin inzwischen sogar ich mitgekommen."
„Tja. Das Problem ist, dass es nicht viele von uns gibt. Also stellt sich die Frage: Wenn laufend Nebelgestalten gesucht werden, wieso sollte es dann welche geben, die keiner will?"
„Ich kenne eine Menge Nebelgestalten, von denen ich mich nicht beschützen lassen will", brummte ich und musterte Patrick, der seinen Kopf wie ein Häufchen Elend auf die Hände stützte.
„Ernsthaft."
Ich überlegte.
„Vielleicht, weil man sie einfach zu nichts gebrauchen kann?"
„Genau. Schau mal, wir haben geschworen, Brown zu beschützen."
Ich verdrehte die Augen, als ich daran dachte, wie John mich damals fast aus dem Raum geschmissen hätte, weil ich grinsend die Finger überkreuzt hatte. *Wirklich, Miss Brooks. Das ist nicht witzig!* Ich schauderte, als ich seine Stimme hörte. John war immer mein persönlicher Staatsfeind Nummer eins gewesen. Trotzdem hatte ich ihm eine kurze Zeit lang vertraut.
Er hatte mir geholfen, von Brown wegzukommen.
Und dann hat er uns trotzdem verraten ...
Brown wusste wegen John, dass Mr. Thomas und ich unser Versprechen gebrochen hatten. Und nur wegen John wurden wir jetzt gejagt. Wenn sie einen von uns beiden finden würden ... dann möchte ich nicht in Johns Haut stecken! Ich biss mir auf die Unterlippe und verkniff mir Rachegedanken.
„Und was haben wir getan?", riss mich Patrick aus den Gedanken.
„Ihn verraten!"
Stimmt. Und irgendwie machte mich das jetzt stolz.
„Keiner will jetzt noch etwas mit uns zu tun haben", leierte ich runter. War so klar gewesen, dass das jetzt kam. Und deshalb drehte Patrick

so durch? Von mir aus konnten die anderen Nebelgestalten denken, was sie wollten!
„Wir sind der Abschaum der Gesellschaft", stimmte Patrick zu. „Vogelfrei."
Mann, das Nebelgestalt-Sein ging mir inzwischen ziemlich auf den Keks. Hallo? Hatte ich nichts Besseres zu tun, als mich mein Leben lang irgendwo zu verstecken?
„Die *Fantômes de la nébuleuse* müssten sich verbünden", meinte ich müde und schaute mich um. Wie lang brauchte der Kellner hier eigentlich? Ich verhungerte gleich.
Patrick gluckste.
„Verbünden. Die Nebelgestalten. Der Witz war gut."
„Aber irgendwann muss es doch mal anders gewesen sein!", beharrte ich. „Bevor diese ganzen Fehden und Feindschaften entstanden sind. Irgendwann hat das ja alles angefangen."
„Es war schon immer so!", fiel mir Patrick ins Wort. „Das *dernier rendez-vous* … ja, das gab es auch. Aber ansonsten …"
„Warte! Halt! Stopp!" Ich ruderte wild mit den Armen. „Immer langsam reiten. Was war das gerade? Welches Rendezvous?"
Verwirrt starrte mich Patrick an.
„Was?"
„Na, du hast gerade von irgendeinem Rendezvous gesprochen!"
„Ach ja, stimmt."
Ich machte eine auffordernde Geste.
„Und?"
„Na, das *dernier rendezvous…*"
Französisch. Ich hatte es doch geahnt. Immer war mir klar gewesen, dass es mich irgendwann heimsuchen würde und ich dann bereuen müsste, dass ich im Unterricht nur aus dem Fenster geschaut hatte.
„Letztes Treffen. Richtig?"
Patrick nickte.
„Mann, Lizzie. Davon hast du wirklich noch nichts gehört?"
Nein, und wenn du nicht gleich erzählst, dann dreh ich durch!
„Nein, lieber Patrick. Aber nur zu: Erleuchte mich unwürdige Nebelgestalt!"

„Ich weiß auch nicht. Das ist einfach nur ein Treffen."
„Ja UND? Lass dir nicht jedes Wort einzeln aus der Nase ziehen!"
„Tja ... ich weiß auch nicht ... Das *dernier rendezvous* – soweit ich weiß wurde das solange ich lebe noch nicht ausgerufen." Gedankenversunken starrte er auf die Kerze zwischen uns.
„Normalerweise betreffen uns ja die Menschen kaum. Es kann uns egal sein, wenn sie sich die Köpfe einschlagen. Aber manchmal ... wird ein Waffenstillstand unter den Nebelgestalten geschlossen. Alle werden aufgefordert, sich bis zu einem bestimmten Datum an einen Ort einzufinden."
„Wozu?"
„Keine Ahnung. Das sind einfach irgendwelche Absprachen. Dinge, an die sich die Nebelgestalten halten müssen. Das letzte Mal wurde ein *dernier rendezvous* vor dem Zweiten Weltkrieg ausgerufen, um darüber zu entscheiden, ob Nebelgestalten rein theoretisch für ihr Land kämpfen dürfen."
„Und? Durften sie?"
Patrick schüttelte den Kopf.
„Absolut streng verboten sich in die Sachen der Menschen einzumischen und am Ende noch aufzufallen. Stell dir mal vor, jemand würde unsere Fähigkeiten bemerken! All die Jahre, in denen wir versteckt gelebt haben, wären dann vollkommen sinnlos."
Aha. Sehr interessant. Ich wusste aber sowieso nicht, wieso alle mit dieser Gabe so übertreiben mussten. War doch egal, ob alle Welt von uns wusste, oder nicht. Vielleicht würde es dann auch weniger Verbrechen geben, weil sich alle Kriminellen zweimal überlegen würden, wen sie ausrauben. Nicht, dass sie ausgerechnet auf eine Nebelgestalt trafen.
Wobei: Wahrscheinlich würde man uns alle in ein Forschungslabor sperren, Proben nehmen und künstlich Nebelgestalten herstellen. Auch kein besonders toller Gedanke!
„Und alle nehmen an diesem Treffen teil, wo man doch praktisch in ständiger Gefahr schwebt."
„Tja, angeblich ist das Treffen freiwillig. Aber wär ja sinnlos, wenn man allgemeine Gebote beschließt und keiner davon was

mitbekommt. Also wird auf jeden, der sich weigert aufzukreuzen, ein Kopfgeld ausgesetzt."
„Ein Kopfgeld?", fragte ich spöttisch. „Und ich dachte immer, Nebelgestalten legen keinen Wert auf Geld."
„Tun sie auch nicht. Aber wer würde schon die Gelegenheit auslassen, einen Konkurrenten los zu werden und dafür auch noch Ehre und Anerkennung zu gewinnen."
Ich verdrehte die Augen. Blödsinnig, alle miteinander.
„Und sie halten sich alle an den Waffenstillstand?"
„Ja, jeder muss eine Art Pfand geben, das als Sicherheit dient. Etwas, was für jeden sehr kostbar ist und was zu verlieren absolut scheußlich wäre."
„Sag nicht …"
„Doch. Das Pfand stellt traditionellerweise der Herr dar."
„Na wenigstens was", brummte ich. „Dürfen sich ja auch mal in Schwierigkeiten bringen, wie wir es laufend für sie tun."
Patrick grinste.
„Es wirkt und das ist doch die Hauptsache."
„Und was sollte ich da machen? So als herrenlose Nebelgestalt?" Ich verzog mein Gesicht zu einem spöttischen Grinsen.
„Du findest das immer noch witzig, oder?"
„Jap."
„Für dich gilt das Gleiche, wie für die anderen, die sich weigern zu kommen. Bis du den Treffpunkt erreicht hast, bist du angreifbar. Es wird sogar verlangt, dich zu finden."
„Na toll, ein paar Idioten, die mich umbringen wollen. Mal was anderes, was?"
Ich erwartete, dass Patrick mich streng anfahren würde. Aber seine Miene hellte sich auf.
„Ehrlich, Lizzie. Du bist immer noch die alte."
„Klar, was hast du erwartet?"

Ein verlockendes Angebot

„Dreh dich nicht um", sagte Patrick plötzlich völlig unvermittelt.
„Was?", fragte ich und wandte den Kopf.
„Was verstehst du an *nicht umdrehen* nicht?"
Eilig drehte ich mich wieder zu ihm.
„Wieso? Wer ist da?"
Mein Herz begann wild zu schlagen und meine Hände klammerten sich krampfartig an die Tischplatte. Hatte Brown uns gefunden? Durchsuchten die Coles gerade das Restaurant?
„Wer?", wiederholte ich aufgebracht.
„Na, dein bester Freund."
Ich verdrehte die Augen.
„Marvin?"
„Ja."
„Soll ich ihn fragen, ob er sich zu uns setzen will?"
„Wenn er kommt, bin ich weg", meinte Patrick kalt.
„Hm … Ich will eigentlich auch nicht mit ihm reden. Wieso hast du ihn überhaupt mitgenommen?"
„Ich hab ihn gar nicht mitgenommen! Er hat sich nicht abwimmeln lassen. Außerdem hätte ich es allein nie bis nach Ecuador geschafft."
„Woher wusstet ihr eigentlich, dass ich hier bin?"
„Marvin wusste es von Valentinie."
Ich lehnte mich scheinbar lässig auf meinem Stuhl zurück.
„Was macht er gerade?"
„Er setzt sich an einen Tisch und schaut zu uns rüber", erklärte Patrick ausdruckslos und ohne die Lippen zu bewegen und sah dabei kaum merklich an mir vorbei, um die andere Nebelgestalt genau im Blick zu haben.
Aus irgendeinem Grund musste ich grinsen.
„Du bist schlimm, weißt du das, Lizzie?"
Tja. Langsam sollte er sich mal dran gewöhnen.
„Warte, das ist doch nicht …"
„Was?"

„Ellen", sagte er und presste die Augen zusammen, obwohl er bis zum Ende des Raumes locker sehen konnte, ohne sich anzustrengen.
„Ellen ist da?"
Jetzt drehte ich mich um.
Irgendwie ... Ja. Das musste sie sein. Aber ... sie sah so ... so anders aus. Ihre Haare fielen ihr in feinen braunen Locken ins Gesicht, ihr Körper war immer noch abgemagert, wirkte aber entspannt. Ich beobachtete sie mit geöffnetem Mund.
Sie winkte mir lässig zu, doch statt zu uns zu gehen, setzte sie sich zu Marvin.
„Was zum ..."
Patrick hielt sich den Zeigefinger an die Lippen und bedeutete mir damit, still zu sein.
Auch ich lauschte jetzt.
„Die berühmte Ellen Brooks", ich konnte Marvins Stimme nur sehr schwer ausmachen. Viele andere Töne klangen durch den Saal und er sprach leise. Aber ich kannte sie einfach zu gut. Wahrscheinlich würde ich diesen rauen Klang nie wieder aus meinem Kopf bekommen.
„Marvin Gustafsson. Interessant, Ihre Bekanntschaft zu machen."
„Haben Sie über mein Angebot nachgedacht?"
Ich spitzte die Ohren.
Angebot? Von welchem Angebot war hier die Rede?
„Was kann ich Ihnen zum Trinken bringen?"
Unwirsch drehte ich den Kopf. Was war denn jetzt schon wieder.
Die Bedienung war – endlich – aufgekreuzt, mit Stift und Block bewaffnet und starrte uns mit großen Augen an.
Das gab es doch nicht!
Ich versuchte mich wieder auf Marvin und Ellen zu konzentrieren, aber die Frau schaute weiterhin auf mich hinab. Verdammt, ich verpasste das Wichtigste.
„Äh ... Cola", sagte ich. Woher wusste sie überhaupt, dass sie uns auf Englisch ansprechen musste? Hatte sie uns belauscht?
„Für mich bitte auch", sagte Patrick schnell. „Hübsche Kette."
Er wies auf den Anhänger um ihren Hals.

Hallo? Eigentlich sollte er sich anstrengen, dass wir sie endlich loswurden. Vielleicht könnten wir dann noch etwas von dem mitbekommen, was am anderen Ende des Raumes gerade besprochen wurde. Und was macht Patrick?
Immer ruhig bleiben, Lizzie...
Sie quittierte sein Kompliment mit einem Lächeln und rot werdenden Wangen.
„Wissen Sie auch schon, was Sie essen möchten?"
Nein! HAU AB!
„Nein, tut mir leid. Ich brauch noch kurz", presste ich zwischen den Zähnen hervor und schlug eilig die Speisekarte auf, um das noch einmal zu unterstreichen.
„Kein Problem." Sie lächelte mich breit an, senkte den Stift und bedeutete mir, dass sie auf mich wartete.
Nein! *Das gibt's doch nicht.* Gereizt trommelte ich mit meinen Fingern am Tisch herum und las die Karte.
„Brauchen Sie Hilfe beim Übersetzen?", bot sie an.
„Nein, danke. Nummer 14."
Fragt mich jetzt bitte nicht, was Nummer 14 war. Aber das war mir jetzt auch so was von egal. Die Bedienung schaute etwas verunsichert, wahrscheinlich sollte ich meinen Ton etwas ändern.
„Für mich das Gleiche", schloss sich Patrick mir an und reichte – mit seinem charmantesten Lächeln – die Karte zurück. „Und entschuldigen Sie bitte meine Freundin. Sie hat einen anstrengenden Tag hinter sich."
Ja genau, immerhin ... Moment! *Bitte, WAS?!*
Er hatte nicht gerade ... nein. Das hatte er nicht. So unverschämt war nicht einmal Patrick. Oder? ODER?
„Kein Problem, bei dieser Hitze. Da geht es allen so."
Sie grinste mich noch einmal aufmunternd an, bevor sie sich mit den Bestellungen aus dem Staub machte.
Ohne, dass ich es merkte, legten sich meine Finger um das Messer, das die Frau gemeinsam mit einer Gabel in eine Serviette eingerollt, vor mir abgelegt hatte.
„Lass das los", meinte Patrick.

„Arschloch."
„Wie bitte? Müssen wir da noch etwas an der Ausdrucksweise feilen?" Er grinste mich neckend an. „Und jetzt leg das Messer bitte weg. Du machst mir Angst."
„Die solltest du auch haben", knurrte ich.
„Du hast nichts von dem verstanden, was Marvin gerade mit Ellen besprochen hat, oder?"
„Scheiß auf Marvin."
Patrick seufzte.
Offenbar hatte er begriffen, dass er mit mir heute nicht mehr viel anfangen konnte.
„Er hat dir das Leben gerettet, das weißt du schon? Zweimal. Heute und damals als dich diese andere Nebelgestalt angegriffen hat."
Natürlich weiß ich das!
„Musst du mir das jetzt unbedingt unter die Nase reiben?"
Er zuckte die Achseln.
„Ich hab auch nichts verstanden."
„Du würdest es nicht verstehen, wenn er es direkt neben dir *brüllen* würde."
„Willst du damit sagen, dass ich eine schlechte Nebelgestalt wäre?", fragte Patrick und zog die Augenbrauen hoch.
„Nein, ich will damit nur sagen, dass du im geistigen Duell mit einem Taschentuch wahrscheinlich den Kürzeren ziehen würdest."
Erneutes Seufzen.
„Hör auf, das blöde Geräusch zu machen!"
„Welches Geräusch?"
Grinsend seufzte er wieder und diesmal lang und geräuschvoll.
„Die Leute in meiner Umgebung machen das viel zu oft. Seufzen, stöhnen, die Augen verdrehen ..."
„Wundert dich das?"
Die nachfolgende Beleidigung, die ich nur leise zischte, verschweige ich an dieser Stelle.
Die Nummer 14 war Pizza. Ohne irgendwelche undefinierbaren Beilagen, was mich sehr glücklich machte. Ich schnitt jedes einzelne Stück in Hunderte kleine Teile und kratzte dabei jedes Mal so hart

über das Porzellan, dass Patrick meine Stimmung ohne große Schwierig-keiten einschätzen konnte und einfach nichts mehr sagte. Von dem Quietschen verging mir auch der Appetit, aber wir hatten sowieso ausgeredet.
Ich verabschiedete mich also früh und stolzierte möglichst würdevoll aus dem Raum, als ich an Ellen und Marvin vorbei kam.
Einschlafen konnte ich nicht. Stattdessen lauschte ich den Geräuschen um mich herum. Leider gab es da nichts. Aus dem Nebenzimmer drangen ein feines Schnarchen und die Flüche der grummelnden Ehefrau rüber, die heute Nacht anscheinend genauso wach lag wie ich.
Bis Ellen kam.
Sie schlich vorsichtig ins Zimmer, obwohl das eigentlich überflüssig war. Ihr fehlten noch ihre Kräfte und ich hörte extrem gut und wäre auch aus dem Schlaf hochgeschreckt, wenn ich denn schon geschlafen hätte.
„Und? Freust du dich schon auf dein Bett? Also ich kann es kaum noch erwarten, endlich wieder auf einer Matratze zu schlafen."
Ich hörte ihr gar nicht zu, sondern beobachtete, wie sie sich die hochhackigen Schuhe auszog und stattdessen Pantoffeln anzog.
„Erwarten wir heute noch jemanden oder wieso bleibst du auf?", fragte ich.
„Äh, kurzer Besuch. Du kannst ruhig schlafen, wir regeln nur schnell unsere Abreise."
Ich biss mir auf die Lippen.
Wir.
Natürlich. Marvin kam vorbei. Und das kleine Kind konnte man ja schon einmal ins Bett abschieben. Nicht, dass es am Ende noch etwas in den falschen Hals bekam und dann nicht schlafen konnte!
Immerhin hatte Marvin Ellen ein *Angebot* gemacht …
Lustlos sprang ich auf und schnürte den Morgenmantel enger.
Nein, verpassen wollte ich das ganz sicher nicht. Klar, ich könnte einfach liegen bleiben und lauschen. Aber vielleicht kamen die beiden ja auf die Idee, sich mit Zeichensprache zu verständigen. Ich schlurfte ins Nebenzimmer und ließ mich auf einen Stuhl fallen.

Es dauerte gar nicht lange, bis es an der Tür klopfte.
„Ellen, dein Besuch ist da!", meinte ich sarkastisch und legte die Füße demonstrativ auf den Stuhl neben mir. Irgendwie verkörperte das meine aggressive Haltung einfach am Besten.
Wow, auf einmal fiel mir ein, dass John wirklich recht gehabt hatte. Nebelgestalten *sind* rachsüchtig. Und ich auch. Na ja, soweit ich mich erinnern kann, war ich das sowieso immer.
„Guten Abend, Elizabeth", sagte Marvin, als er *lautlos* wie ein Schatten den Raum betrat. „Schön, dich wiederzusehen."
Ich verbiss mir einen Kommentar wie: „Danke, würde ich gern erwidern können!" und beschloss ihm zu beweisen, dass ich mich manchmal meinem Alter entsprechend benehmen konnte. Obwohl ein blöder Spruch immer gut war. Aber ich wollte ja nicht kindisch wirken …
„Gut, dass du noch wach bist. Wir brauchen dich vermutlich", fuhr er fort, ohne auf eine Antwort zu warten.
Ich schaute ihn nicht an. Stattdessen verzog ich mein Gesicht zu einer ausdruckslosen Maske und beobachtete die Wand gegenüber.
Hm, sehr interessante Wand. Da bröckelt doch tatsächlich etwas Putz ab! Und das in einem Nobelhotel …
„Elizabeth ist alles in Ordnung mit dir?"
Marvin winkte vorsichtig vor meinen Augen, als wäre ich genauso geistig benebelt, wie Patrick es vorhin gewesen war.
„Nimm. Deine. Hand. Da. Weg", sagte ich. Ich presste jedes Wort einzeln raus und verlieh dem Satz damit so viel Wut, wie ich im Moment aufbringen konnte. Und das war viel! Marvin zögerte keine Sekunde und zog die Hand weg. Vermutlich hatte er den düsteren Unterton richtig gedeutet: Ein dezenter Hinweis auf „Wenn du die Hand nicht wegnimmst, dann beiß ich sie dir ab!"
„Wir müssen mit Mr. Valentinie telefonieren."
„*Mr. Valentinie*", spottete ich und grinste. „Wie geht's denn dem alten Gregor?"
Marvin biss die Zähne zusammen.
„Lass das!"
„Aber natürlich."

Ich fragte nicht nach dem Angebot, das er Ellen gemacht hatte.
Er würde mir ja sowieso nicht antworten.
„Und du denkst, er wird sich begeistert melden und mit dir sprechen wollen?"
„Nein. Ich werde mich aber auch an jemand anderen wenden", antwortete er. „Lizzie, das was ich ..."
„Vergiss es einfach, ok?", fuhr ich ihn an. „Ich hab es genauso gemacht."
Oder es zumindest versucht.
„Haben Sie die Nummer, Mr. Gustafsson?", fragte Ellen, die sich in den Türrahmen gelehnt hatte. Verdammt, ich war so mit Marvin beschäftigt gewesen, dass ich sie nicht einmal gehört hatte.
„Ja. Haben Sie das Telefon?"
Ellen reichte ihm einen kabellosen Apparat.
„Elizabeth, ich werde jetzt die Nummer von der Security-Abteilung wählen. Besser gesagt die Nummer von Mrs Evans. Es ist wichtig, dass du anrufst. Ich glaube, mit mir würden sie vermutlich nicht reden."
Sie würde mit mir vermutlich nicht reden ... Hm, die Frau gefiel mir jetzt schon!
Ich merkte, wie Marvin etwas in seiner Stimme verbarg. Bedauern vielleicht? Ich schauderte. Marvin hatte den höchsten Preis gezahlt, den eine Nebelgestalt zu bieten hatte. Nur für mich. Und ich behandelte ihn wie Dreck.
Er hat das Gleiche mit dir auch gemacht!
Aber ich war einfach nicht der Typ, der ewig die Wütende spielte. Mein Gewissen begann schon wieder, Kritik an mir auszuüben.
„Marvin, es tut mir leid", sagte ich tonlos und griff nach dem Hörer und presste mein Ohr fest dagegen. Dann stand ich auf und drehte den Rücken zu den anderen beiden. Irgendwie half es mir, wenn ich sie nicht sah.
„Evans."
Oh, sehr gesprächig! Die wär was für Mr. Thomas.
„Guten Abend, Mrs Evans. Verzeihen Sie die Störung, aber bei Ihnen müsste es gerade erst achtzehn Uhr sein, hab ich recht? Mein Name ist Elizabeth Brooks."

Am anderen Ende der Leitung hörte ich ein leidgeprüftes Seufzen.

„Ich nehme an, ich muss Sie jetzt nicht orten, weil Sie mir sowieso sagen werden, wo Sie gerade sind?"

„Ja, so ungefähr. Wieso?"

„Weil ich vor Kurzem bereits einen ähnlichen Anruf von Patrick Smith bekommen hab."

Ich grinste, als ich den Groll in ihrer Stimme hörte.

„Marvin Gustafsson hat mir diese Nummer gegeben."

„Tja, wer denn sonst?", meinte Evans. „Ich persönlich wüsste zwar nicht, was ich Marvin noch zu sagen hätte, aber Mr. Valentinie hat angeordnet, dass ich Sie an ihn verbinden soll, wenn Sie anrufen."

„Ich?", fragte ich. „Er meinte, wenn *ich* anrufe?"

„In der Tat. Er sagte sogar, dass ich sofort auflegen sollte, wenn es denn jemand anderes wär."

Hui. Das nenne ich mal heftig.

„Na, dann tun Sie mal, was Sie nicht lassen können."

Ich wartete, als die Leitung verbunden wurde.

„Miss Brooks. Welche Ehre, dass Sie sich persönlich die Mühe machen und mich anrufen, wo Sie mir doch eine Nebelgestalt abgeluchst haben."

„Keine Ursache", entgegnete ich kühl.

„Ich finde das nicht witzig!"

„Ich auch nicht. Und am wenigsten witzig finde ich, dass ich gerade in Ecuador festsitze und dringend nach Hause muss. Marvin meinte, Sie könnten uns helfen."

Am anderen Ende herrschte eine Zeit lang Stille.

Komm schon, Valentinie. Sag was!

„Fragen Sie Marvin bitte nach dem Angebot", sagte er dann.

Hä? Wow, er hatte bitte gesagt! Ich konnte ein kurzes Stutzen nicht unterdrücken.

„Es geht alles in Ordnung", sagte Marvin im Hintergrund. Verdammt, natürlich, er konnte ja alles hören.

„Welches Angebot?", fragte ich zu Valentinie und Marvin gleichzeitig. Es ging doch jetzt nicht etwa um dasselbe Angebot, von dem auch Marvin Ellen erzählt hatte.

„Das Angebot, das ich Marvin vermittelt habe, als er heute schon einmal versucht hat, mit mir Kontakt aufzunehmen."
Was? Gut, mir hätte klar sein müssen, dass Marvin immer noch mit Valentinie sprach. Aber er hätte doch etwas erzählen können! Wobei: Ich hatte ja in letzter Zeit nicht besonders viel Wert auf eine Unterhaltung mit ihm gelegt.
Ich überlegte kurz, was ich sagen sollte.
„Marvin sagt, das geht klar."
„Gut."
„Mr. Valentinie, weswegen ich überhaupt anrufe: Brown lässt vermutlich die Flughäfen überwachen, damit wir hier nicht wegkommen. Ich wollte Sie bitten, dass Sie Ihrerseits Ihre Verbindungen spielen lassen und dafür sorgen, dass wir fliegen können."
Ich hörte, wie Valentinie gekünstelt auflachte.
Jaja, lach du nur! Wahrscheinlich habe ich das schon hundert Mal gesagt: Aber ich hasse den Kerl einfach! Obwohl er ja jetzt letztendlich nichts mit dem Tod meiner Eltern zu tun hatte, außer, dass er alles verschwiegen hatte. Ihm musste schließlich klar gewesen sein, wer hinter den Morden steckte. Und er hatte sicherlich auch Nachforschungen angestellt, um Gewissheit zu haben, wem er die Leichen auf seinem Grundstück zu verdanken hatte.
Mir fiel nur im Moment kein Grund ein, wieso er ausgerechnet mir das hätte erzählen sollen. Immerhin versuchte ich fleißig, ihm die Suppe zu versalzen.
„Wieso sollte ich Ihnen helfen?"
„Weil Marvin ebenfalls hier festsitzt."
„Marvin kann gehen, wann er will. Eine der Regeln, an die sich die Herren der *Fantômes de la nébuleuse* halten müssen, ist, dass eine andere Nebelgestalt nicht durch Staatshand festgehalten werden darf. Brown darf ihm also gar nicht in die Quere kommen, wenn er nach England zurückfliegen will."
„Aber er wird trotzdem nicht gehen", beharrte ich.
„Wegen Ihnen, nicht wahr?"
„Sie verlieren eine Nebelgestalt, wenn Sie nichts unternehmen. Ihre einzige Nebelgestalt!"

„Wozu braucht man eine Nebelgestalt, die sich so illoyal verhält, wie er?"
Ich schnaufte.
Es war wirklich anstrengend, mit Valentinie zu diskutieren.
„Elizabeth, gib mir bitte das Telefon."
Ich drehte mich mit einem Schulterzucken um und reichte es an Marvin.
„Mr. Valentinie? Ich dachte die Rückreise wäre teil des Angebots ... Ja, natürlich. Für Sie natürlich ein erheblicher Gewinn ... Ich denke, wenn die Bedingungen unserer Abmachung erfüllt werden, müsste sich dieses Problem eigentlich auch erledigt haben."
Wovon um alles in der Welt sprach er da?
„Natürlich. Bis dann."
Marvin legte auf.
„Dann hätten wir das geregelt."
„Von welchem Angebot redet ihr da eigentlich dauernd?", fragte ich gereizt.
„Das merkst du schon noch früh genug", sagte Ellen, bevor Marvin den Mund aufmachen konnte. „Und jetzt geh ins Bett, wir müssen morgen früh raus."

Am nächsten Morgen wachte ich mit sehr gemischten Gefühlen auf.
Klar, einerseits war ich natürlich froh darüber, dass ich jetzt endlich wieder nach England kommen würde. Ich war Brown entkommen. Ja. Aber jetzt ... jetzt lag da irgendwie ein großer schwarzer Fleck vor mir, die Ungewissheit, die sich immer weiter ausbreitete. Wie würden wir Ecuador verlassen? Würde alles glattgehen? Und dann? Würden Valentinies Leute uns am Flughafen schon erwarten?
Ich hatte keine Ahnung, was auf mich wartete. Und das bereitete mir ehrlich gesagt etwas Angst.
Marvin checkte noch aus, während Patrick und ich bereits vor dem Hotel warteten. Ellen hatte sich ein paar Schritte weggestellt.
„Der Page mit dem Wagen müsste jeden Augenblick kommen", sagte Marvin, als er hinter uns die Stufen des Hotels hinab ging. Und tatsächlich hörte ich keine zwei Sekunden später ein Motorengeräusch.
„Da ist er ja schon."

„Das ist nicht unser Auto", widersprach ich Patrick. „Ich weiß, mit Autos kenn ich mich nicht besonders gut aus … aber Coles Wagen hat ganz anders ausgesehen."
„Glaubst du wirklich, wir würden mit Coles BMW durch Ecuador düsen?", fragte Patrick ungläubig. „Dann hätte uns Brown schneller als wir schauen könnten. Und schau dir mal das Auto an."
Ich musste nicht einmal zu Patrick hinübersehen um zu wissen, dass seine Augen leuchteten wie die eines kleinen Kindes zur Weihnachtszeit.
„Oh mein Gott! Das ändert natürlich alles!", spottete ich.
Was interessierte mich, was das für ein Auto war? Es war ein dunkelbrauner Geländewagen. Punkt! Man könnte höchstens noch erwähnen, dass er getönte Scheiben hatte. Das war aber auch schon alles.
Patrick lachte.
„Zurzeit mal wieder zickig?"
„Nein!", fuhr ich ihn an und schob mich an ihm vorbei zum Wagen. Wenn jemand etwas war, dann war er das! Und zwar extrem kindisch.
Patrick gab mir einen freundschaftlichen Stoß in die Seite.
„Sauer?"
„Nein, nur etwas gereizt", antwortete ich kalt.
„Das ändert sich, sobald wir im Flieger sind."
Ich musste lächeln. Ja, da könnte er sogar recht haben. Hoffentlich.

Die Stadt Esmeraldas hat über hunderttausend Einwohner und liegt an irgendeinem dummen Fluss, der sich dann später im Pazifik verirrt. So viel zu meinem Erdkundewissen. Wenn ihr mehr Informationen braucht, dann sucht im Internet. Bin ja schließlich kein Atlas …
Am General Rivadeneira Flughafen sollte ein Privatjet warten, der uns – endlich – zurück nach England bringen würde.
„Benutzen wir eigentlich keine Tarnung?", fragte ich erstaunt, als Marvin den Leihwagen auf den Parkplatz lenkte. „Es ist doch sehr auffällig, wenn …"
„Mr. Valentinie hat sich doch um alles gekümmert", sagte Marvin und ich unterdrückte den Impuls mit den Zähnen zu knirschen, als ich in seiner Stimme etwas Fürsorgliches hörte. *Ich bin kein kleines Kind!*

„Außerdem gehen wir jeweils zu zweit rein. Ellen? Bleibst du bei Patrick?"
Ellen zuckte die Achseln.
„Von mir aus."
„Ich lass Lizzie aber nicht allein mit dir", protestierte Patrick. Ich sah, wie Marvin die Augen verdrehte. Aber ich war Patrick sehr dankbar. Immerhin hatte ich mir geschworen, dass ich mich von Marvin fernhalten wollte.
„Ich weiß nicht, ob das so eine gute Idee ist."
„Wieso denn nicht?", fragte ich. „Wenn sich Valentinie wirklich um alles gekümmert hat, dann dürfte doch keine Gefahr drohen, oder?"
Ich lächelte Marvin siegessicher an.
„Von mir aus."
Patrick zwinkerte mir zu.
„Na dann, auf was warten wir noch?"
„Ich muss noch schnell jemanden anrufen, damit er das Auto zurück zur Leihstation bringt", murmelte Marvin und begann, eine Nummer in sein Handy einzutippen.
„Die Firma holt die Wagen doch auf Wunsch wieder ab, oder?", fragte ich. „Stand zumindest auf dem Flyer."
„Ich hab unseren Notfallkoffer noch im Kofferraum."
Ich stutzte.
„Was ist ein Notfallkoffer?"
„Perücken, Schminke, gefälschte Pässe ... die bleiben hier, falls jemand noch einmal Hilfe braucht."
„Vielleicht sollten wir uns gleich maskieren", schlug ich vor. „Brown wird die Flughäfen sicherlich immer noch bewachen lassen."
„Unsinn, Lizzie", meinte Patrick und öffnete auf seiner Seite die Wagentür. „Es wir schon alles glattgehen."
„Ja." Auf Marvins Lippen erschien ein mir viel zu überlegenes Lächeln. Was hatte das zu bedeuten? „Das wird es ganz sicher."

Mieser Betrug

Ich HASSE ihn! Ah!!! Ich trat fest gegen den Rand des Bordsteins. Wie konnte ich nur so dumm sein?
Wütend schüttelte ich mich und legte den Kopf in den Nacken, um die Tränen zu stoppen. Keine Tränen im herkömmlichen Sinn. Tränen der Wut.
Ach, Entschuldigung. Ich greife schon wieder voraus. Blöde Angewohnheit. Aber ich mach es jetzt nicht mehr. Oder versuche es zumindest.
Also ... Ich schlenderte betont lässig neben Patrick durch das große Eingangsportal des Gates. Innen drängten sich viele Menschen mit Koffern und Reisetaschen an die Schalter, auch wenn es bei Weitem nicht so viele wie am Flughafen in Liverpool waren.
Hinter uns sah ich aus dem Augenwinkel, wie Marvin und Ellen nebeneinander den Airport betraten. Wie Mutter und Sohn sahen sie aus: Ellen gestresst auf die Menschenmenge vor ihnen starrend, Marvin genervt Abstand zwischen sich und seine vermeintliche Mutter bringend.
Ich grinste.
Als die beiden an uns vorbei gingen, streifte Marvin kurz mit seiner Hand meinen Ellenbogen.
„Pass auf dich auf", flüsterte er, noch bevor ich mich empört wegdrehen konnte.
Wütend knirschte ich mit den Zähnen. Der sollte sich auf seine Aufgabe konzentrieren und mich nicht durcheinander bringen. Ich weiß – das klingt unprofessionell. Aber es wäre jetzt auch seltsam, wenn mein Herz nicht wie wild geschlagen hätte.
Patrick schien, das auch zu bemerken, denn er grinste spöttisch.
„Ach, sei still", brummte ich. Irgendwie wollte ich nicht, dass Patrick das alles mitbekam.
„Süß und ich dachte, du willst nichts mehr mit dem zu tun haben?"
„Will ich auch nicht!", protestierte ich. „Oder bist du eifersüchtig?"
Patrick kniff die Augen zusammen.
„Nein, sollte ich?"

Er drehte sich weg, viel zu schnell für einen normalen Menschen, viel zu schnell für unsere Tarnung. Hätte ich das gemacht, hätte ich mir dafür wieder jede Menge Kritik anhören können, aber er schien das wohl gerade vergessen zu haben.

Oder ... hatte ich ihn mit meiner Frage beleidigt? Eigentlich war es ja nicht einmal ernst gemeint gewesen. Na ja, vermutlich war er einfach genauso aufgeregt wie ich.

Ich spielte ungeduldig mit einer roten Haarsträhne, während ich den Leuten vor mir zusah. Am interessantesten war die Familie vor mir. Die Mutter zankte sich gerade so laut mit einer anderen Frau, dass sie gar nicht bemerkte, wie ihre Kinder dem Mann vor ihr kleine Steinchen aus den Blumentöpfen in die Jackentasche schmuggelten.

Patrick hingegen setzte seine Maske auf, verschränkte die Arme vor der Brust und starrte durch alle anderen Menschen hindurch, als wären sie nur Luft. Ich *hatte* ihn beleidigt. So viel stand fest.

„Was soll ich der Frau am Schalter sagen?", fragte ich und schnitt dem Mädchen vor mir eine Grimasse, als es mit einer Ladung Steinen in der Hand in meine Richtung sah. *Denk nicht mal dran!*

„Du kannst ihr doch nicht einfach die Zunge rausstrecken!", protestierte Patrick.

„Wieso nicht?"

„Du bist sechzehn. Da sollte man kleinen Kindern ein Beispiel sein."

„Pah! Die Kleine hat doch allein schon genug Mist im Kopf. Wenn ich nichts unternehme, bombardieren die beiden mich gleich mit Steinen."

Patrick schien einen Moment zu überlegen, dann ließ er sein Pokerface fallen und grinste.

„Find ich süß."

„Oh, wenn dir das gefällt, dann bitte ich sie, auf dich zu werfen."

Jetzt hatte sich die Mutter endlich wieder eingeklinkt und schleifte ihre Kinder mit sich nach vorne.

„Achtung, wir sind gleich dran."

„Ich zitter voll", sagte ich und grinste. „Bin jetzt irgendwie total aufgeregt."

„Es wird alles gut gehen", flüsterte Patrick und zwinkerte mir zu. Ich mochte es, wenn er einfach er selbst war. Blödsinnig und frech. So wie ich ihn eben mochte. Aufmunternd lehnte ich mich gegen ihn. Schön, dass ich nicht neben Marvin hier stehen musste. Mit Patrick war das ganz anders. Ich hatte einfach einen Menschen neben mir, dem ich vertraute.
„Der Augenblick der Wahrheit."
Tja, da hatte er recht. Gerade schob sich die Frau mit den Kindern weiter, in ihrer Hand triumphierend drei Flugtickets schwenkend.
„Guten Morgen, für uns ist ein Flug reserviert worden", sagte ich und beugte mich etwas vor, um gegen den Lärm in der Halle anzukommen. „Gregor Valentinie."
„Einen Moment, bitte", erwiderte die Frau, schob sich die Haare hinter die Ohren und tippte etwas in den Computer ein. „Ihr Name?"
„Patrick Smith und Elizabeth Brooks."
„Hm."
Sie verzog ihr Lächeln und suchte den Bildschirm ab.
„Elizabeth Brooks?", wiederholte sie dann.
„Ja, das bin ich."
„Gut, Ihr Name steht hier."
Ich lächelte.
Natürlich stand dort mein Name.
Und ich wusste auch, was das hieß: Lizzie fliegt nach Hause! Jetzt konnte mich nichts mehr aufhalten.
„Und wie war bitte der zweite Name?"
„Patrick Smith. Es müssten aber sowieso nur vier Leute für den Flug angemeldet sein."
„Hm", sagte sie wieder.
Hm. Ich hasste dieses Wort. Was hieß *hm*? Ja? Nein?
„Tut mir leid, aber ich finde hier keinen Patrick Smith", sagte sie und tippte noch einmal etwas ein.
„Wie bitte?"
„Patrick Smith. Patrick mit c und k", mischte sich Patrick ein. Eilig schob er mich zur Seite und lehnte sich an dem Monitor vorbei,

sodass er mitlesen konnte. „Seltsam, der müsste hier irgendwo stehen. Sicher, dass es keine zweite Seite oder so gibt?"
Oh, Gott. Natürlich gab es eine zweite Seite. Wo sollte sonst sein Name stehen? Trotzdem merkte ich, wie meine Schultern bleischwer wurden und auch Patrick schien der Zwischenfall etwas aus der Bahn zu werfen.
„Nein, verzeihen Sie. Für den Flug nach England sind nur drei Personen angemeldet", verteidigte sich die Frau.
„Aber das muss ein Irrtum sein!" Inzwischen schlug auch mein Herz schneller. Verdammt, ein technischer Fehler? Ausgerechnet jetzt? Das durfte doch nicht wahr sein! So viel Pech konnte ja auch nur ich haben. „Vielleicht ist etwas schief gegangen. Kann der Computer einen Namen gelöscht haben? Oder wurde nicht richtig gespeichert?"
„Nein."
„Rufen Sie in England an!", sagte Patrick, seine Stimme bebte. Ich sah, wie sich seine Hände fest ineinander krallten. „Rufen Sie Gregor Valentinie an."
„Entschuldigung, dauert es noch lange?", rief hinter uns ein älterer Mann mit grauem Anzug. „Ich hab einen wichtigen Flug vor mir und ich darf ihn nicht verpassen!"
„Bitte rufen Sie schnell an", drängte ich und setzte eine flehende Miene auf.
„Ich kann Ihnen nicht helfen. Sie sehen, was hier los ist!"
Patrick und ich sahen uns mit derselben Panik in den Augen an.
Verdammt, verdammt, verdammt!
„Warten Sie einen Moment", sagte sie dann und Hoffnung flackerte in Patricks Augen auf. „Ich rufe einen Sicherheitsmann, der kann das dann hoffentlich regeln."
„Vielen Dank!", rief ich und schob Patrick mit mir aus der Reihe.
„Verdammt, Lizzie! Was ist hier los?"
Auf seiner Stirn bildeten sich inzwischen tiefe Sorgenfalten.
„Ich hab keine Ahnung. Aber das wird sich bestimmt gleich klären."
„Ja, hoffentlich!", rief er.
Ungeduldig sah ich mich um.
Wo blieb nur dieser Wachmann?

„Da vorne", sagte Patrick und zeigte auf einen Hundert-Kilo-Mann, der sich zwischen etlichen Touristen hindurch auf uns zubewegte.
„Elizabeth Brooks?", fragte dieser, als er sich endlich schwitzend zu uns durchgeschlagen hatte.
Ich nickte.
„Johnson ist mein Name. Sie haben ein Problem mit einem Sonderflug?"
Sonderflug … Tja, das traf' s ziemlich genau.
„Ja, ich habe auch eine Reservierung, aber im Computer steht nichts davon", sagte Patrick.
„Ah, ok. Folgen Sie mir bitte. Wir klären das am besten in meinem Büro. Bestimmt handelt es sich nur um ein kleines Missverständnis."
Erleichtert lächelte ich.
„Es freut mich, dass Sie das sagen!"

Das Büro war ein kleiner, fensterloser Raum mit nichts als einem Schreibtisch, einem Chefsessel und zwei Stühlen auf der anderen Seite des Tisches.
„Setzen Sie sich", bot uns Johnson an und wischte sich die verfilzten, grauen Haare aus dem Gesicht. „Sie haben eine Reservierung für einen Privatjet?"
Ich nickte, während ich mich neben Patrick setzte, der angespannt mit den Fingern einen leisen Rhythmus schlug.
„Gregor Valentinie hat Ihnen diesen Flug verschafft, ist das korrekt?"
„Ja."
„Und können wir jetzt beide mitfliegen?", platzte Patrick hervor.
„Einen Moment Geduld bitte", erwiderte der Mann scharf und mit gebrochenem Akzent. Sein Englisch schien begrenzt zu sein. „Wir müssen das natürlich zunächst genauestens überprüfen."
Ich hörte, wie Patrick scharf ausatmete. Beruhigend legte ich ihm meine Hand auf den Arm.
„Hey, die schaffen das schon."
Patrick schnaubte.
„Hoffe ich auch."

„Ich werde jetzt diesen Mr. Valentinie anrufen. Ein Freund von Ihnen?"
„Nein", erwiderten Patrick und ich gleichzeitig. Eine unüberlegte Antwort. Sie war uns einfach irgendwie rausgerutscht.
„Geschäftspartner", murmelte ich dann, als ich seine erstaunte Miene sah.
„Gut, warten Sie einen Moment."
Patrick und ich blickten uns stumm an, während wir Johnson dabei zuhörten, wie er nach England telefonierte und versuchte, Valentinies Sekretärin dazu zu bewegen, ihn mit Valentinie persönlich zu verbinden. Nach zehn Minuten gab er auf.
„Dieser Mr. Valentinie scheint eine einflussreiche Persönlichkeit zu sein und kann sich derzeit nicht darum kümmern."
Ich knirschte mit den Zähnen.
Was sollte das? Ich war mir sicher, dass Valentinie sich diesen Flug einiges kosten ließ. Wieso leisteten dann die Leute am Flughafen nicht ordentliche Arbeit?
Irgendwas lief hier gewaltig schief. Und irgendetwas in mir glaubte nicht an ein Versehen.
Ich unterdrückte einen aufsteigenden Gedanken.
„Würde es helfen, wenn Sie die anderen Passagiere des Jets danach fragen?", meinte Patrick, seine Stimme war nur noch ein Krächzen und an seinen Wangen bildeten sich hektische Flecken. Mitleidig sah ich zu ihm hinüber.
„Wir versuchen bereits, den Piloten zu erreichen."
Schweigend saßen wir uns gegenüber. Behutsam nahm ich Patricks Hand, um ihm zu zeigen, dass ich bei ihm war. Außerdem beruhigte mich das selbst auch ein wenig.
Bemüht ungerührt schlug ich die Beine übereinander, doch ich konnte keine zehn Sekunden still sitzen, ohne auf meinem Stuhl herumzurutschen. Jetzt macht schon! Wie lange dauert das denn, bitteschön?
Fünf Minuten. Nicht weniger als endlos lange fünf Minuten vergingen, bis die Tür zum Büro aufflog, eine schwarzhaarige Frau den Raum betrat und sofort begann, dem Mann auf Spanisch etwas zu erklären.

Sie redete sehr schnell und stolperte teilweise über ein paar Wörter. Aber ich hätte sie sowieso nicht verstanden.
Auch Patrick schien nie Spanisch gehabt zu haben. Doch das war gar nicht nötig. Der Tonfall der beiden reichte vollkommen aus, um zu verstehen, dass sich unsere Lage nicht viel gebessert hatte.
„Es tut mir leid", sagte der Mann dann schließlich und ich schloss die Augen.
„Verdammt!"
„Wir haben mit dem Piloten gesprochen und er hat uns auch mit einem der beiden anderen Passagiere verbunden. Einem Mr. Gustafsson. Ist das richtig?"
Ich schwieg. Wieso hatte sich nichts gebessert, wenn sie Marvin gesprochen hatten? Er hatte ihnen doch alles erklärt, oder? ODER?
„Ja", entgegnete Patrick.
„Dieser konnte uns leider nicht bestätigen, dass noch eine vierte Person mitreisen sollte."
„WAS?"
„Wahrscheinlich haben Sie da etwas falsch verstanden", versuchte er uns zu besänftigen.
„Nein, verdammt! Was sollten wir denn falsch verstanden haben?", schrie ich.
„Aber, Miss Brooks! Ich darf doch bitten ..."
„Einen feuchten Dreck dürfen Sie!"
Ich sprang auf und starrte den Mann so hasserfüllt an, dass er vorsichtig einen Schritt zurücktrat.
Patrick saß immer noch auf dem Stuhl, vollkommen regungslos. Sein Gesicht war leichenblass.
„Komm, Patrick. Wir gehen."
„Sir, sind Sie sicher, dass Sie nichts für uns tun können?"
„Nein, Mr. Smith. Es tut mir leid."
„Patrick? Kommst du jetzt?"
„Miss Brooks! Möchten dann nicht wenigstens Sie fliegen und in England dann einstweilen darauf warten, dass Mr. Smith einen zweiten Flug bekommt?"
„Nein, da wird es keinen zweiten Flug geben", sagte ich eiskalt.

„Und was soll ich dann den beiden anderen Passagieren sagen?"
„Nichts", zischte ich und hielt im selben Moment inne. „Moment, sagen Sie Mr. Gustafsson doch bitte, dass er ein Verräter ist. Ein Schwein, ein Mistkerl. Dass ich ihn immer dafür hassen werde, dass er mich manipuliert hat. Und dass er sich von jetzt an vor mir in acht nehmen sollte!"
„War's das?"
„Ja."
„Das kann ich ihm aber doch nicht so sagen", meinte der Flughafenbeamte hilflos.
„Doch. Ist nur die Wahrheit!"
Ich packte Patrick am Arm und zog ihn hinter mir her. Kein einziges Mal drehte ich mich mehr um, bis wir den Airport verlassen hatten.
Draußen hatte das Wetter umgeschlagen. Feine Regentropfen vermischten sich mit meinen Tränen. Wütend schrie ich auf und trat hart gegen den Bordstein.
„Scheiße", flüsterte Patrick.
„Scheiße", entgegnete ich.
„Was machen wir jetzt?"
Ich hielt inne.
Ganz ehrlich? Ich hatte keine Ahnung, was wir jetzt tun sollten!
Wir saßen in der Tinte. Das war ja wohl die harmloseste Umschreibung für unsere derzeitige Situation.
Hinter uns erklang das Motorengeräusch eines startenden Flugzeuges. Wenig später sah ich den kleinen Jet in die Höhe ziehen.
„Verdammt", flüsterte ich und sank auf den Boden. Dass ich nass wurde, interessierte mich nicht. In mir zerbrach etwas, das ich zuvor gar nicht bemerkt hatte.
Verdammt.
Er hatte es wieder geschafft.
Ich hatte ihn ausgeblendet, seine Worte nicht ernst genommen.
Und dennoch wusste ich, wieso ich jetzt so verletzt war.
Weil ich ihm wieder vertraut hatte.
Mein Gott, was war ich dämlich!

Leise Hoffnung

Ich saß einfach nur da.
Ließ den Regen auf mich niederprasseln.
Und fluchte.
Es sprudelte einfach aus mir heraus.
„Lizzie."
„Ach, lasst mich doch einfach alle in Ruhe!", kreischte ich und versuchte, Patricks Arme abzuwehren, mit denen er mich wieder auf die Beine ziehen wollte. Schließlich gab er es auf und setzte sich neben mich.
„Ich bin bei dir", flüsterte er und legte mir beruhigend einen Arm um die Schulter. „Wir schaffen das."
„Ach, ja? Wir schaffen das? Wie willst du das verdammt noch mal schaffen! Da gibt es nichts mehr zu schaffen! Wir haben verspielt. Verloren!"
Ich schluchzte lauter und presste mein Gesicht gegen Patricks Schulter. Mir fehlte einfach die Kraft aufzuhören. Hustend und schluchzend saß ich da, heulte Rotz und Wasser und gab dabei irgendwelche jämmerlichen Töne von mir. Aber Patrick sagte nichts. Er saß einfach nur da und fuhr mir immer und immer wieder über den Rücken, bis ich mich etwas beruhigt hatte und nur noch stumm vor mich hin weinte.
„Mistkerl. Ich hasse ihn", stieß ich schließlich hervor.
„Weißt du, an wen du mich gerade erinnerst?", fragte Patrick und ich sah erschrocken auf, als ich den spöttischen Unterton in seiner Stimme hörte. Konnte er jetzt schon wieder Witze machen? „An deine Urgroßmutter."
„Ha ha!"
Er kannte Beatrix doch nur aus meinen Erzählungen.
„Wir schaffen das." In seiner Stimme lag so viel Überzeugung, dass ich heftig nicken musste. Ich hoffte so sehr, dass er recht hatte. „Komm hoch. Wir müssen weiter."
Schniefend ließ ich zu, dass er mich behutsam auf die Beine zurückzog. Normalerweise hätte ich jetzt protestiert und ihm gesagt,

dass ich sehr gut allein zurechtkäme. Aber irgendwie tat es gut, jemanden zu haben, der auf mich aufpasste, an dessen Schulter ich mich ausweinen konnte (im wahrsten Sinne des Wortes).
„Bleibst du bei mir?"
„Klar, wir sind doch Freunde", flüsterte er.
„Das hast du jetzt aber schön gesagt."
„Außerdem komm ich hier ja sowieso nicht mehr weg", fügte Patrick hinzu.
„Idiot."
Patrick lachte.
„Also, wo bleibt dein Einfallsreichtum für hirnrissige Ideen?"
„Äh, bitte?", fragte ich und wischte mir die letzten Tränen aus den Augenwinkeln. „Das ist doch dein Fachgebiet, oder?"
Dann schwiegen wir beide und wägten unsere Möglichkeiten ab.
„Wir können nicht fliegen."
„Nein", stimmte ich ihm zu.
„Weil Brown uns ja immer noch überwachen lässt. Elizabeth Brooks und Patrick Smith. Wir beide in einem Flugzeug. Wahrscheinlich würden seine Leute spätestens am Zielort auf uns warten."
„Aber wir sind doch gar nicht Patrick Smith und Elizabeth Brooks", platzte ich heraus.
„Was? Wer sollten wir denn sonst sein?"
Ich grinste.
„Das siehst du gleich."

„Du willst jetzt nicht sagen, dass du das Auto knacken willst", brummte Patrick und sah sich schnell um.
„Doch. Du hast doch in England auch das Auto gestohlen!"
„Ich hab es vor einer Polizeiwache abgestellt. Der Schlüssel steckte."
„Sehr vorbildlich. Aber das ist Valentinies Wagen", warf ich ein und wies auf das Auto. „Also ist es ja eigentlich gar nicht so schlimm."
„Gar nicht so schlimm", spottete Patrick.
Ich verdrehe die Augen.
„Der Notfallkoffer ist doch dafür da, wenn etwas schief geht, stimmt's?"

„Stimmt."
„Und da läuft ja gerade etwas schief, oder?"
Patrick zuckte mit den Schultern.
„Also, ich schätze, das war von Anfang an geplant. Das hat Marvin auch mit dem Angebot gemeint. Ellen wird bei Valentinie übernommen, dich hätten sie auch irgendwie eingegliedert und mich hätten sie hier verrotten lassen."
Ich biss mir auf die Lippe. Er hatte recht. Deshalb wollte er auch, dass ich mit ihm gehe. Dann hätte ich nicht bemerkt, dass Patrick nicht kam. Bis es zu spät gewesen wäre ...
„Aber der Plan, den wir ausgemacht hatten, ist schiefgelaufen. Ergo dürfen wir den Koffer verwenden."
„Tja, dann fang mal an!" Patrick wies auf das Auto. „Ich will sehen, wie du ein Auto knackst."
Ich starrte auf den Wagen und dann wieder zu Patrick.
„Wenn ich ein Fenster einschlage, dann geht die Alarmanlage an."
„Ja."
„Ich dachte eigentlich, du kennst dich mit so etwas aus", flüsterte ich.
„Sehr schmeichelhaft."
„War das ein Ja?"
„Ein vielleicht."
Ich grinste.
„Vielleicht hört sich gut an."

Aus einem vielleicht wurde letztendlich ein natürlich.
„Und wo möchtest du hin? Wir haben vielleicht einen Koffer mit gefälschten Ausweisen, aber kein Geld."
„Hm."
Irgendwie hatte er ja recht.
So gut war mein Plan auch wieder nicht gewesen.
„Jemand aus England muss uns den Flug zahlen."
„Du meinst übers Internet reservieren?", fragte Patrick.
„Ja."
„Und wer sollte das deiner Meinung nach machen? Wir haben doch selber keine Ahnung, wo dein Mr. Thomas ist."

Ich biss mir auf die Unterlippe. Und wieder war es *mein* Mr. Thomas. Doch es stimmte. Ich hatte auch nicht die leiseste Idee, wo ich am besten mit dem Suchen anfangen sollte.

„Ich könnte Geoffrey fragen ..."

„Geoffrey fragen", echote Patrick spöttisch. „Was würdest du an Browns Stelle machen? Doch nicht etwa Geoffreys Telefon überwachen lassen? Nein, was für ein Gedanke! *Nie* würde er das machen!"

„Wen soll ich denn dann deiner Meinung nach anrufen?", zischte ich.

„Fang nicht gleich an zu heulen."

„Ich. Weine. Nicht." Meine Stimme war eiskalt, als ich ihn anfunkelte.

„Vergiss es, Lizzie. Ich will jetzt nicht diskutierten. Das endet sowieso bloß wieder in Streit."

„Na und? Und ich will jetzt nicht länger hier rumsitzen."

„Siehst du? Und schon streiten wir wieder."

Ich wandte den Blick ab.

Wir hatten uns ins Auto gesetzt und mussten warten, bis der immer aggressiver prasselnde Regen aufhörte. Wie lang konnte das dauern? Minuten? Stunden? Und das mit Patrick in einem Auto?

Er hatte recht, die Stimmung war praktisch vorprogrammiert.

„Wir könnten deine Eltern um Hilfe bitten", schlug ich vor.

„Auf keinen Fall. Mein Vater lacht mich aus. Da verhungere ich lieber in Ecuador."

Ich seufzte.

Es war aber auch schon nicht leicht, ihm etwas vorzuschlagen.

„Patrick, mir ist egal, dass du und dein Vater wie Hund und Katze seid!"

Dann schwiegen wir wieder.

Irgendwie endeten unsere Gespräche immer gleich. Entweder wir schrien uns an, oder wir schwiegen und grollten vor uns hin.

„Ich könnte Johanna anrufen", sagte ich dann nach einer Weile.

„Wen?"

„Johanna, du erinnerst dich? Die Freundin, der du damals den Brief gebracht hast."

„Und was würde uns das bringen?"

„Sie könnte für uns den Flug buchen."
Patrick schien eine Weile zu überlegen.
„Ich weiß nicht, ob das eine gute Idee ist."
„Wieso nicht?"
„Tja, sie ist doch Waisenkind, genau wie du. Wie viel Geld wird sie schon auf ihrem Sparbuch haben?"
„Sie hat das Erbe ihrer Eltern", meinte ich. „Das müsste reichen. Die beiden hatten eine große Computerfirma, die jetzt von ihrem Onkel geleitet wird."
„Ich weiß nicht ..."
„Komm schon." Ich lächelte ihn aufmunternd an. „Sie ist meine beste Freundin."
„Lizzie, wer würde das hier alles glauben?"
„Was sollte sie mir denn nicht glauben?"
Patrick seufzte.
„Dass du übernatürliche Fähigkeiten hast? Dass du gerade vor dem Polizeipräsidenten flüchtest? Dass du eine Abmachung mit einem Drogenbaron hattest und er dich betrogen hat? Dass du dich zweimal in den größten Idioten auf Gottes Erden verliebt hast?"
„Ich hab mich doch gar nicht ..."
„Dass du gerade in Ecuador ziemlich tief in der Tinte sitzt?", unterbrach er mich energisch.
„Wenn du eine bessere Idee hast, dann sag sie doch einfach und ..."
„Sei still!"
Ich zuckte zusammen. Was war los?
Verdutzt sah ich, wie Patrick sich klein machte.
„Versteck dich!", zischte er.
„Was ist los?"
„Du sollst runter gehen!"
Genervt rutschte ich von meinem Sitz. Was war jetzt schon wieder los?
„Patrick, ich hab keinen Bock auf Versteckspielen. Was soll das?"
Er bedeutete mir zu schweigen.
Eine Weile saß ich mucksmäuschenstill in der Wasserpfütze meiner Schuhe und lauschte.

„Da draußen am Parkplatz war gerade Cole", erklärte er leise.
„Cole?"
Patrick nickte.
„Verdammt. Wie haben die uns gefunden?"
„Wir haben mit unseren Namen den ganzen Flughafen genervt. Sie werden uns überprüft haben und dabei auf Brown gestoßen sein."
„Und irgendjemand hat sich für das Kopfgeld interessiert und bei Cole angerufen", führte ich seinen Gedanken zu Ende.
Stimmt, das klang einleuchtend.
Vorsichtig wagte ich einen Blick aus dem Fenster.
„Du sollst unten bleiben", flüsterte Patrick.
„Und woher soll ich dann wissen, ob er schon in der Nähe ist oder uns gar nicht findet?"
„Keine Ahnung. Bleib unten!"
Ich schnaubte.
Patrick und seine unüberlegten Handlungen. Wenn man etwas nicht verstand oder wenn mal etwas nicht nach seinem Plan lief, dann ignorierte er das einfach. Was nicht da ist, kann auch nicht gefährlich sein.
„Cole geht auf den Airport zu", hauchte ich und senkte schnell meinen Kopf. „Ist das gut oder schlecht?"
„Gut. Sobald er weg ist, laufen wir."
„WAS?"
„Ich hab gesagt …"
„Ich hab verstanden, was du gesagt hast", zischte ich und presste meinen Kopf gegen die Tür. „Aber ich finde es verdammt hirnrissig, das Auto hierzulassen!"
„Wir haben keinen Schlüssel und sie haben die Kennzeichen."
„Und ich hab nasse Füße", brummte ich, aber Patrick reagierte nicht.
„Wir nehmen den Notfallkoffer, suchen uns das nächstbeste Telefon und dann rufst du in England an."
Ich grinste.
„Schau, schau. Ich dachte, Geoffrey anzurufen ist zu gefährlich?"
„Du sollst auch nicht Geoffrey anrufen, sondern deine dumme Freundin."

„Meine dumme Freundin, die dir damit das Leben retten wird?"
Patrick warf mir einen genervten Blick zu und ich verbreitete mein Grinsen. Wow, irgendwie war das genau das Gegenteil von unseren sonstigen Situationen. Normalerweise war ich die Genervte und er der Strahlemann.
„Ok, du darfst noch mal einen Blick wagen", flüsterte er.
„Die Luft ist rein."
„Hast du den Koffer?"
Ich hob die Tasche demonstrativ hoch.
„Sehr gut. Bist du bereit?"
Verunsichert starrte ich in Patricks Augen. Die braunen Augen. Seine Erwartung, seine Abenteuerlust … seine Angst. Unsere Angst.
„Tja, nicht wirklich. Aber das hilft doch nichts, oder?"
„Wir stehen jetzt langsam auf und dann gehen wir zu dem Park dort drüben." Patrick wies in eine ungefähre Richtung.
„Ich hab Angst."
„Wir schaffen das schon. Sind doch nur ein paar Meter."
Ich lächelte.
„Ok sagst du jetzt?"
„Jetzt."
Ich sprang auf.

Irgendwie hatten wir es geschafft.
Na ja, irgendwie schafften wir es immer. Die Frage war nur wie.
Durchnässt, verdreckt, schlotternd und zitternd standen wir schließlich in einem Café, nur wenige Straßen entfernt.
Patrick zerrte mich hinter sich her in eine Ecke, in der ich erst einmal meine durchnässten Schuhe auszog und das Wasser auskippte.
„Sehr appetitlich", meinte Patrick neckend.
Ich verdrehte die Augen.
Wieso war der Kommentar so klar gewesen?
„Wie viel Geld haben wir noch?"
„Du meintest wohl, wie viel Geld ich noch habe."
„Ja."
„Einen Tag kommen wir damit schon noch über die Runden."

„Und wenn sie uns nicht hilft?"
Patrick zuckte die Achseln.
„Es ist *deine* beste Freundin. Du musst doch wohl am besten wissen, was sie tun wird."
Ich nickte.
Wahrscheinlich hatte er da recht. Ziemlich sicher sogar.
Aber irgendwie war ich mir dennoch nicht sicher, wie sie reagieren würde.
Immerhin hatte ich unser Versprechen, immer füreinander da zu sein, gebrochen. Klar, ich hatte es nicht gewollt und keine andere Wahl gehabt ... Doch an ihrer Stelle würde ich jetzt ziemlich sicher auch toben.
„Ich geh dann wohl mal."
Patrick nickte.
Ich hatte auch nicht erwartet, dass er noch etwas Tröstendes sagen würde.
„Telefon?", fragte ich knapp den Mann am Tresen und machte unterstützend mit meiner rechten Hand ein Handy nach.
Grinsend wies er auf ein Münztelefon direkt neben der Eingangstüre.
Verdammt, das hätte ich eigentlich sehen müssen.
Ich lächelte freundlich und nickte einmal als Zeichen meiner Dankbarkeit, dann ging ich zu dem Telefon hinüber. Nachdenklich starrte ich eine Weile auf die Zahlen. Natürlich war für mich – wie wahrscheinlich für jeden halbwegs zivilisierten Menschen – ein Telefon keine Neuheit. Und ich kannte die Nummer des St. Johann Klosters nur zu gut. Aber meine Finger waren eiskalt, als ich sie hob, die Münzen einwarf und vorsichtig begann die ersten Zahlen einzutippen.
Während das vertraute Tuten erklang, versuchte ich mich zu beruhigen. Jetzt hieß es schnell sein. Ich musste eine Nonne dazu bringen, mich an Johanna weiterzugeben und Johanna musste ich davon überzeugen, dass sie mich a) nicht gleich anschrie und damit verriet, dass ich angerufen hatte und b) nicht gleich auflegte. Ich wusste nicht, welche von beiden Möglichkeiten schlimmer war.

„Benediktinerinnen Kloster St. Johann, Schwester Clara am Apparat, guten Tag!"
„Guten Tag, Schwester Clara. Mein Name ist Sina Henderson. Ich bin eine Verwandte von Johanna Henderson. Soweit ich weiß, müsste sie Ihr Klosterinternat besuchen."
Eine Weile herrschte Stille am Ende der Leitung. Die Schwestern kannten alle ihre Kinder mit Namen, besonders Johanna und mich, die beiden notorischen Ausreißer und Unruhestifter.
„Johanna Henderson?", erwiderte sie zweifelnd. Vor meinem geistigen Auge sah ich ihr verrunzeltes Gesicht und die nachdenklichen Falten auf ihrer Stirn. „Verzeihen Sie, aber soweit ich weiß, hat sie nur einen Verwandten."
„Ihren Onkel, den Leiter der Firma ihrer Eltern. Das ist richtig. Ich bin die Stiefschwester des verstorbenen Mr. Henderson."
Sie schien sich nicht ganz sicher zu sein, ob sie mir meine Lüge wirklich abkaufen sollte. Die Nonnen achteten immer sehr genau auf den Umgang, den ihre „Problemkinder" pflegten.
„Nun gut, warten Sie bitte einen Moment. Ich werde sie holen."
Ich seufzte erleichtert.
Punkt eins auf der Liste der möglichen Bedrohungen schon abgehakt. Aber leider war es ja nicht nur ein Punkt, den ich noch vor mir hatte. Hoffentlich würde alles glattgehen.
„Ja, hallo?", schnauzte Johanna wenig freundlich. Ich zuckte zusammen. Der Klang ihrer Stimme. Vielleicht etwas gereizter als sonst. Aber immer noch ganz unverkennbar. „Ich weiß zwar nicht, was für eine Betrügerin Sie sind, aber ich habe keine Tante, die sich Sina Henderson nennt."
„Doch, die hast du, Johanna", widersprach ich. „Ist der Lautsprecher an, oder rede ich mit dir allein?"
„Mit mir allein, du falsche Schlange!"
„Wenn ich dir sage, wer ich bin, legst du dann auf?"
„Nein, verdammt!"
„Du darfst auch nicht meinen Namen schreien. Das ist ganz wichtig."
„Jetzt spann mich nicht auf die Folter, oder soll ich auch noch raten. Du klingst wie …", sie brach ab. „Scheiße."

„Hallo Johanna", meinte ich und grinste. Sie hatte es begriffen. „Bitte tu mir nur einen Gefallen. Ich weiß, ich hab kein Recht darauf. Aber bitte: Hör mir zu! Ich erklär dir alles. Niemand darf bemerken, dass ich dich angerufen habe."
Johanna schwieg. Angespannt zählte ich die Sekunden. Ich wusste, dass sie darüber nachdachte, ob sie mich entweder nie wieder sehen wollte, oder zumindest den Grund brauchte, für all das, was in den letzten Monaten passiert war.
„Natürlich erinnere ich mich an dich!", stieß sie dann plötzlich heraus. „Die mit den vielen braunen Locken. Sina. Klar, du warst letztes Mal doch auch mit bei meinem Onkel, nicht wahr?"
Ich seufzte.
„Du schuldest mir eine Erklärung", setzte sie dann nach, dieses Mal lag etwas Tadel in ihrer Stimme. „Du hast versprochen, du rufst früher an."
„Ich weiß", flüsterte ich. „Es tut mir leid. Ich muss dir aber einiges erzählen."
„Da könntest du recht haben. Schieß los!"
Ich überlegte.
„Johanna, ich kann dir das am Telefon vielleicht nicht ganz erklären."
„Dann komm vorbei, oder traust du dich nicht?"
Ich ignorierte den Spott in ihrer Stimme. Klar, ich wäre an ihrer Stelle jetzt sicherlich auch zickig. Aber irgendwie verpasste mir ihre Wut einen kleinen Dämpfer.
„Das geht nicht, deshalb rufe ich dich ja an."
„Aha. Du sitzt also in Schwierigkeiten und plötzlich ist dir die gute, alte Johanna doch wieder Recht."
„Tja. Weißt du noch, als wir uns einmal geschworen haben, dass wir zusammenbleiben?"
„Was immer auch kommt. Ich bin ja nicht die, die das anscheinend vergessen hat."
Ich presste meine Lippen zusammen.
„Es tut mir leid, Johanna. Aber ich muss dir etwas zeigen. Am Telefon kann ich es dir nicht erklären. Aber ich wollte dich nie allein lassen. Verstehst du? Ich kenn den Schwur auch noch!"

Johanna schwieg eisern und ich wartete und schätzte gleichzeitig die Situation ab. Würde sie uns helfen? *Ja, nein, vielleicht ...*
Ich hörte hinter mir ein feines Trippeln. Fast wie Mäuse auf Holz. Nein, Finger! Finger auf Holz. Jemand spielte ungeduldig mit seinen Fingern. Patrick. Für den Bruchteil einer Sekunde streckte ich meine flache Hand aus, um ihn zu bedeuten, dass es noch etwas dauern würde, und senkte sie wieder, bevor irgendjemand die Bewegung ausgemacht hätte.
„Wieso kommst du nicht vorbei?", flüsterte Johanna endlich. Dieses Mal klang sie weder wütend, noch verletzt.
„Ich sitze mit einem guten Freund in Ecuador fest, verstecke mich vor einer Gruppe Krimineller und kann nicht heim, weil ich kein Geld und keine Papiere hab."
„WAS? Sina, du hattest schon immer einen Hang zur Dramatik, aber jetzt übertreibst du."
„Ich wünschte, du hättest recht."
„Komm schon, was ist los? Drogenabhängig? Bist du mit einem Typen durchgebrannt, von dem du mir noch nie erzählt hast, oder was ist los?"
„Johanna, bitte. Du musst mir glauben."
Am anderen Ende hörte ich einen Fluch.
„Du weißt, dass du im Kloster nicht fluchen sollst?", fragte ich neckend.
„Das hast du gehört?"
„Ich höre so einiges, Johanna. Und ich sehe mehr, als ich sehen sollte. Bitte, du musst mir hier weghelfen und dann kann ich dir alles erklären."
Sie seufzte.
„Was soll ich für dich tun?"
„Du musst für zwei Personen einen Flug von Ecuador nach England buchen. Für das Ehepaar", ich griff schnell in meine Hosentasche und suchte die beiden Pässe raus, die ich aus dem Notfallkoffer „geliehen" hatte, „Wilson."
Wilson. Mit dem Namen verband ich noch ganz andere Erinnerungen. Meine erste Tarnung hatte Catherine Wilson geheißen.

„Für das Ehepaar Wilson einen Flug", wiederholte Johanna rhetorisch.
„Sonst noch was?"
„Nein, aber du kriegst das Geld wieder, sobald wir in England sind. Und dann komme ich auch zum Kloster und erzähle dir die ganze Geschichte!"
„Woher willst du das Geld für zwei Flugtickets haben?"
„Ich hab da einen Verwandten, der wird mir das bezahlen. Und ich schwöre dir, dass ich vorbei komme."
Johanna schwieg wieder.
„Und ich kann dir vertrauen?"
„Ja", entgegnete ich schlicht. „Ich muss außerdem bei jemandem für eine Weile unterkriechen und das Kloster ist dafür der perfekte Ort."
„Bringst du *deinen Freund* auch mit?"
„Er ist nicht die Art von Freund, an die du jetzt denkst."
„Ist doch egal. Kommt er mit?"
„Ja."
„Ok, dann sag mir, was ich tun soll."

„Es geht klar", sagte ich, nachdem ich Johanna viermal erklärt hatte, was sie für mich tun musste.
Überrascht sah Patrick auf.
„Sicher?"
„Ganz sicher."
Wir verließen das Restaurant zwei Tassen Tee und eine Pizza später und machten uns auf den Weg zu einem kleinen Hotel. Am Tresen hatte sich Patrick einen Flyer für Touristen besorgt und war so auf das Haus aufmerksam geworden.
„Eine Übernachtung", meinte er, als wir nebeneinander am Straßenrand entlang schlenderten. Der Teer war noch nass und die Luft roch nach frischem Regen. Irgendwie fühlte ich mich plötzlich pudelwohl hier.
„Haben wir dafür noch genügend Geld?", fragte ich und hängte mich an seiner Seite ein. Ich machte mir gar keine großen Gedanken darüber, immerhin war Patrick mein bester Freund und wenn ich in den letzten Monaten eines gelernt hatte, dann war es dies, dass ich

den Leuten Vertrauen entgegenbringen musste, die dasselbe mit mir machten.
„Ich weiß nicht. Zwei Einzelzimmer wären schon teuer ..."
„Patrick rede nicht um den heißen Brei herum. Wir sitzen jetzt gemeinsam in der Tinte. Wir können es uns nicht leisten, oder?"
„Nein."
Er seufzte.
„Und ein Doppelzimmer?"
„Ich schlafe auf dem Sofa", sagte er, bevor ich ihm zuvorkommen konnte. „Aber laut Prospekt gibt es ein Angebot für Kurzurlauber. Eine günstige Suite mit 2 getrennten Schlafzimmern."
„Dann ist doch alles geklärt, oder?" Ich grinste.
„Woher kommt denn der plötzliche Gefühlswechsel?"
„Darf man nicht mehr glücklich sein?"
Patrick schüttelte spöttisch den Kopf.
„Ganz im Gegenteil. Ich freu mich, wenn du glücklich bist."
„Schon verrückt, was? Wie uns dieser ganze Kuddelmuddel wieder zusammenschweißt."
„Das hört sich an, als hätten wir eine ganze Zeit lang nicht mehr miteinander gesprochen."
„Du weißt, was ich meine."
Patrick schwieg. Natürlich wusste er es. Mir ging es nicht halb so gut, wie ich mir gerade selbst einredete. Klar, ich kam hier weg, ich sah meine beste Freundin wieder. Aber ich konnte nicht leugnen, dass es mich verletzt hatte, dass ausgerechnet Marvin mich betrogen hatte. Wieder. Wieder hatte er gelogen und meine Naivität ausgenutzt. Tja, naiv sein war eine meiner speziellen Eigenschaften und es fiel mir ganz sicher nicht leicht, diese einzugestehen.
„Danke, dass du für mich da bist", flüsterte ich.
„Hey, hey, hey! Die Lizzie, die ich kenne, würde nie etwas Nettes zu mir sagen."
„Dann freu dich darüber, solange die alte Lizzie nicht wieder zurückkommt."

Schweigend gingen wir weiter. Ich fragte mich, wie weit das Hotel noch entfernt war. Aber ich wollte gar nicht ankommen. Ich wollte einfach weitergehen, an Patricks Seite.
„Danke, dass du mit mir dageblieben bist", flüsterte Patrick.
„Hm, ich weiß auch nicht, wieso ich das getan habe."
„Wo es doch so verlockend wäre, bei Valentinie zu arbeiten", warf er ein.
Sehr witzig.
Doch mich beschäftigte etwas anderes.
„Mal ernsthaft, wieso ist Ellen auf den Handel eingegangen?"
Er zuckte die Achseln.
„Ich bin kein Wahrsager. Aber wahrscheinlich will sie einfach nur Rache. Und wie wahrscheinlich ist es, dass wir nahe genug an Brown rankommen, um ihn ins Gefängnis zu bringen? Bei Valentinie hat sie da schon ganz andere Möglichkeiten."
„Wir haben nichts zu verlieren. Das macht uns unberechenbar, oder?"
„Du warst schon immer unberechenbar!"
Ich stieß ihn freundschaftlich in die Seite.
„Da vorne ist es."
„Johanna hat im Internet den nächsten Flug rausgesucht", erklärte ich ihm. „Morgen um acht Uhr dieser Zeit."
„Perfekt."
„Patrick, ich hab echt Schiss davor, nach Hause zu kommen."
„Kommt drauf an, wie du zu Hause definierst."
„Irgendwie kommt es mir so lange her vor, dass Brown vor mir gestanden hat. Er war direkt vor mir ... Ich hätte ihn greifen können! Und jetzt ist er plötzlich so unerreichbar weit weg. Und ich hab keine Ahnung ..." Ich schüttelte den Kopf. „Ich habe einfach keine Ahnung, was er im Moment wieder denkt."
„Du meinst, du möchtest seine Schritte voraussehen", meinte Patrick und nickte zustimmend.
„Ich habe immer gedacht, ich wäre lange bei Brown gewesen, ich hätte so viel von ihm gelernt. Aber ehrlich gesagt weiß ich nicht einmal, wer er wirklich ist. Es ist doch immer nur diese Maske, die er trägt."

„Aber auch er ist immer noch ein normaler Mensch und nicht unfehlbar."
„Tja, wenn er mal einen Fehler gebaut haben sollte und wenn wir den finden könnten, dann wären wir schon mal ein gutes Stück weiter."
„Das sind zwei fette *wenn*."
Wir überquerten die Straße und hielten auf das kleine Hotel zu. Rechts daneben war ein kleiner Supermarkt, links ein Friseur. Patrick hielt mir die Tür auf und wir betraten gemeinsam den kleinen Empfangsraum.
Jetzt wusste ich, wieso wir das Glück hatten, dass das Hotel so ausgesprochen billig war. Die letzte Renovierung war vermutlich vor meiner Geburt gewesen. Während Patrick mit vollem Elan dem Mann an der Rezeption erklärte, dass wir ein Zimmer brauchten und dann weniger begeistert feststellen musste, dass wir mal wieder in einer englischfreien Zone gelandet waren, sah ich mich angespannt um.
Cole war am Flughafen gewesen. Ganz in der Nähe. Ein Katzensprung, wenn man bedachte, dass wir die Strecke hierher in weniger als einer halben Stunde zu Fuß zurückgelegt hatten.
Ich wusste nicht, ob es wirklich schlau war, sich so nahe einzuquartieren und dann auch noch zu demselben Airport zurückzukehren, an dem Cole jetzt vermutlich Sicherheitsvorkehrungen in die Wege leiten ließ.
„So, ich hab's!", riss mich Patrick aus den Gedanken. „Ich hab ewig gebraucht, um ihm klarzumachen, dass ich die Angebotssuite möchte."
Er wedelte mit dem Hotelflyer vor meiner Nase herum.
„Und?"
„Wir haben's!"
„Ich bin stolz auf dich, Patrick. Bei dem Ansturm, der hier herrscht, war das mal wieder eine reife Leistung."
Patrick schnalzte verächtlich mit der Zunge.
Stolz schob er sich an mir vorbei ins Treppenhaus. Ich seufzte. Inzwischen kannte ich Patrick gut genug um zu merken, dass er mal wieder mit sich im Reinen war und mich die ganze Nacht über vollquatschen würde. Zum Glück hatten wir getrennte Zimmer.

Ich hatte keine Ahnung, wie ein Hotel in einem so kleinen Haus so viele Suiten anbieten konnte. Die Antwort auf diese Frage bekam ich wenige Sekunden später, als ich den Gang entlang zu der noch geöffneten Türe ging, in der Patrick verschwunden war.

„Lizzie krieg jetzt keinen Schock, wenn du reinkommst!"

„Krieg ich nicht, versprochen", sagte ich, betrat den Raum und stolperte zurück.

Kein kleiner Gang, der in ein Wohnzimmer führte. Ein kleines Zimmer, ein Hochbett, ein Schreibtisch unter einem stark verdreckten Fenster, ein Schrank und eine Tür, die anscheinend zu einem Bad führte.

Nichts mit den zwei getrennten Zimmern und dem Freiraum, den ich mir gerade vorgestellt hatte.

„Na, wenigstens haben wir uns gerade darauf geeinigt, dass wir ja eigentlich ganz gut miteinander zurechtkommen", meinte Patrick optimistisch.

„Oh ja", stimmte ich zu, auch wenn meine Begeisterung sich sichtlich in Grenzen hielt. „Das wird eine lange Nacht!"

„Nur" beste Freunde

„Ich schlaf oben!"
Ich verdrehte die Augen. Wieso hatte ich mir schon gedacht, dass ein Tag mit Patrick ungefähr so enden würde, wie ein Schulausflug mit einer hyperaktiven Freundin?
„Vergiss es. Da lieg ich."
„Wir könnten es auswürfeln", schlug Patrick vor.
„Wir haben keine Würfel."
„Du bist mal wieder sehr kreativ!"
„Oh, natürlich", spottete ich. „Ich stell mir jetzt einen Würfel vor. Du hast eine eins, ich eine sechs. Und voilà, ich bekomme das Bett oben!"
„So meinte ich das nicht. Wir könnten den Flyer zerkleinern und losen."
Ich gab auf.
„Schon gut, du darfst rauf!"
Die beste Möglichkeit mit Patrick auszukommen war, Streitereien aus dem Weg zu gehen.
„Also, im Notfallkoffer sind ein paar Perücken, Schminke und die Ausweise."
„Mr. und Mrs Wilson", unterbrach ich ihn. „Ich brauch lange, schwarze Haare."
„Brauchst du auch Hilfe beim Schminken?", bot Patrick an.
„Damit ich am Ende aussehe, wie ein Clown? Danke fürs Angebot."
Ich kletterte behände auf das Hochbett und setzte mich neben Patrick, der gerade den Inhalt des Koffers begutachtete. Ich mochte sein Gesicht, wenn er dieses seltsame Leuchten in den Augen hatte. Ein verräterisches Zeichen dafür, dass er wieder etwas vorhatte.
„Oh, perfekt. Sogar Zahnbürsten gibt es."
„Zahnbürsten", äffte mich Patrick nach. „Und zu mir sagst du, ich sei ein kleines Kind."
Ich kicherte und stieß ihn an.
„Hör auf, mich zu veräppeln. Ich bin heute echt geladen."
„Merkt man."

„Hm."

Ich lehnte mich gegen die Wand und sah Patrick dabei zu, wie er den Inhalt zurück in den Koffer stapelte.

„Ich kann heute Nacht wahrscheinlich nicht schlafen", sagte ich dann.

„Es ist noch Abend. Wer denkt denn da schon ans Schlafen?"

Ich zog die Beine an und legte mein Kinn auf die Knie. Eine Weile musterte ich ihn.

„Erzähl mir mehr von dir", flüsterte ich dann.

„Äh was?" Erschrocken sah sich Patrick um. „Redest du mit mir?"

„Nein, sind ja so viele andere da", entgegnete ich bissig. „Du kennst mich, Patrick. Ich hab dir praktisch meine ganze Lebensgeschichte erzählt. Aber ich weiß nichts über dich."

„Lizzie – ganz ehrlich – man kann dich über Jahre hinweg kennen und man wird nie sicher vorhersagen können, wie du eigentlich tickst."

„War das jetzt ein Kompliment?"

„Willst du die Antwort wirklich wissen?"

Ich grinste noch breiter. Ich liebte unsere Wortgefechte.

„Komm schon, hast du Geschwister? Lebst du schon immer in England?"

Patrick schien einen Moment zu überlegen, dann klappte er den Koffer zu, drehte sich zu mir um und stützte sich auf seine Ellenbogen.

„Ich habe einen großen Bruder. Nebelgestalt, wie du dir denken kannst. Er hat auch blonde Haare, ist aber ungefähr eineinhalb Köpfe größer als ich. Und er wird von meinen Eltern auch gern als perfekt dargestellt."

„Werden große Geschwister doch immer. Und ist er perfekt?"

„Nathan ist ganz in Ordnung. Er arbeitet für Finning, aber im Ausland. In Frankreich."

„Echt? Find ich cool! Nathan ist ein schöner Name."

„Tja, den hat mein Vater ausgesucht. Und bei meinem hatte dann meine Mutter freie Hand."

„Dein Vater und deine Mutter, wie ist ihre Beziehung?"

„Sie lieben sich, auch wenn ich keine Ahnung habe, wie ein Mensch wie mein Vater Gefühle aufbringen kann."

„Ich glaube, wenn ich erst einmal zwanzig Jahre unter Nebelgestalten leben muss, bin ich auch ein grantiger alter Drache. Schau dir mal meine Urgroßmutter an! Ist anscheinend normal."
„Da kommen bei dir wohl die Gene durch."
„He!"
Ich schnalzte beleidigt mit der Zunge. Patrick grinste. Wie sehr mir sein Lächeln doch gefehlt hatte. Auch, wenn ich schon viel zu oft erwähnt hatte, das es mich auf Dauer nervte. Aber ich mochte es trotzdem, wenn er mich durch die blonden Haarsträhnen, die ihm ins Gesicht fielen, neckend angrinste.
Es dauerte, bis ich kapierte, was ich da gerade für einen Mist zusammendachte. Mein bester Freund. Klar fand ich in hübsch. Deshalb musste ich ihn doch nicht so anstarren!
Eilig wandte ich den Blick ab.
„Alles in Ordnung, du schaust gerade so besorgt?", fragte Patrick. Er wirkte tatsächlich etwas verwirrt, als er meinen Blick bemerkte. Auch der spöttische Unterton in seiner Stimme war auf einmal verschwunden. „Lizzie?"
Ich zuckte zusammen, als Patrick nach meiner Hand griff, als wolle er sich versichern, dass ich noch da war. Eilig zog ich meine Hand zurück. Ich spürte, wie mein Gesicht heiß wurde. Scheiße, was war denn das?
„Alles klar, keine Sorge."
Für einen Moment bewegte sich keiner von uns. Von der einen Sekunde auf die andere: Klack. Und dann war plötzlich alles anders. Ich schüttelte den Kopf. Irgendwas bildete ich mir hier ein.
„Du bist echt wunderlich, Lizzie. Weißt du das?"
Ich presste meine Lippen (wenn möglich) noch fester zusammen. Echt wunderlich ... Da sprach er mir aus der Seele. Gerade wunderte ich mich über mich selbst. Fassungslos starrte ich auf meine Hand, die Patrick gerade berührt hatte. Kein Fleck, kein abgestorbener Finger. Wieso reagierte ich plötzlich so über? *Das ist nur der Jetlag, nur der Jetlag!*
„Ich glaub, ich versuch trotzdem noch einmal, eine Runde zu schlafen", krächzte ich. Hey, was sollte das? Ich war doch gerade noch nicht heiser gewesen!

„Ok, von mir aus."
Patrick zuckte mit den Schultern und ließ mich an sich vorbei das Bett hinunterklettern, aber nicht, ohne mich noch einmal intensiv zu mustern.
„Sicher, dass es dir gut geht?"
Ich wollte ihm möglichst aufrichtig in die Augen schauen und ihm lässig versichern, dass alles bestens war, aber ich konnte nicht. Wie gelähmt stand ich da. Hielt die Luft an. Sagte nichts.
„Äh, ja geht. Ganz ok."
Nichts war ok! Meine Hormone gingen gerade wieder mit mir durch und ich hatte keine Ahnung, wieso. Ich legte mich auf mein Bett und presste mir das Kissen vors Gesicht. Wahrscheinlich war ich auch noch knallrot geworden – und alles nur, weil Patrick flüchtig meine Hand gestreift hatte. Gut, nur die Nerven. Weil heute so ein schwerer Tag war und alles.
Ich schloss die Augen. Johanna würde mir jetzt sagen, dass ich mir nur wieder einredete, dass das nichts war. *Nur der Schock, Lizzie. Die Sache mit dem Flieger, mit Marvin ... So schnell geht das nicht!* Andererseits hatte ich schon ungefähr einhundert Geschichten über die Liebe auf den ersten Blick gelesen. Wobei das hier natürlich kein erster Blick, sondern eher ein Blitzschlag war.
Merkt ihr was? Ich plappere schon wieder. Schlechtes Zeichen.
„Ah!" Ich trat gegen meinen Bettpfosten. Ruhig durchatmen! Einfach nicht daran denken und dann würde das schon wieder werden.
„Lizzie, schläfst du eigentlich immer mit Kissen über dem Gesicht?"
„Beobachtest du mich beim Schlafen?", fragte ich erschrocken.
„Na klar, kann mir ja nichts Interessanteres vorstellen!"
„Patrick, sei still. Ich kann sonst nicht schlafen", sagte ich und drehte mich zur Seite. Wie sollte ich nicht an Patrick denken, wenn er mich vollquasselte?
„Soll ich dir ein Schlaflied singen?"
Am liebsten hätte ich laut aufgestöhnt, aber ich konnte mir ein Kichern nicht verkneifen. Fehlte es hier irgendwie an Ernsthaftigkeit, oder kam mir das nur so vor?

„Nein, untersteh dich!", rief ich gespielt genervt und ging damit auf sein Spiel ein.
„Ich kann gut singen."
Wütend trat ich mit meinem rechten Fuß gegen die Matratze über mir.
„Patrick!"
„Schon gut, war ja nur ein Angebot."
Ich starrte eine Weile ruhig auf die Wand und konzentrierte mich darauf, an nichts zu denken.
Wie lange konnte ich hier noch liegen, ohne völlig durchzudrehen? Vielleicht sollte ich mir schnell die Beine vertreten? Auf der Straße auf und ab laufen? Das würde sicherlich einiges bringen!
Entschlossen schwang ich mich aus meinem Bett und sprang auf. Dummerweise war ich nicht die Einzige, die von ihrer Matratze kletterte und stieß frontal gegen Patrick.
„Oh, Entschuldigung!"
„Tut mir leid, Lizzie. Unfall."
„Sorry, meine Schuld ..."
„Nein, ich hätte ..."
Wir brachen beide gleichzeitig in unserem Gebrabbel ab und starrten uns erschrocken an. Patricks braune Augen. Die großen, braunen Augen. Und er starrte ungefähr genauso perplex wie ich.
„Scheiße", flüsterte ich.
„Scheiße", erwiderte er, beugte sich vor und drückte seine Lippen ohne jede Vorwarnung auf die meinigen. Oh, verdammt! Erst erfasste mich der Reflex, mich schnell von ihm wegzustoßen, doch dann schaltete mein Gehirn aus, bevor ich irgendwas unternehmen konnte. Und ich stand nur da, schwerelos in der Mitte eines großen Raumes. Nur mit Patrick. Nur mit seinen Lippen auf meinen und diesem Kribbeln, das mir über die Haut lief. Ich spürte, wie meine Beine bleischwer wurden, doch als mir der Boden unter den Füßen wegrutschen wollte, fiel ich sanft in Patricks Arme.
Dann fuhr der Monitor wieder hoch. Mein Hirn erwachte und gab eine Eilmeldung raus: Achtung, Lizzie! Du küsst gerade deinen besten Freund!

„Verdammt." Ich stieß mich von ihm weg. „Patrick, ich ..."
„Tut mir leid, ich weiß auch nicht, wieso ..."
Ich schüttelte den Kopf. Ich wusste genau wieso. Nur zu gut.
Da reichten mir schon unsere Herzen, die wieder verräterisch schlugen. Viel zu schnell. Viel zu laut.
„Ich geh kurz raus", flüsterte ich und schob mich an ihm vorbei.
Nein, stopp! Lizzie, bleib stehen! Sag was!
Ich blieb stehen und drehte mich um. Holte tief Luft, um etwas zu sagen. Klappte meinen Mund auf ... Dann schüttelte ich den Kopf. Was um alles in der Welt sollte ich jetzt sagen?
Unwirsch machte ich wieder kehrt und verließ das Zimmer.

Wütend trat ich gegen den Bordstein.
Was war da nur über mich gekommen?
Wie hatte ich Patrick küssen können?
Ich hatte heute noch Liebeskummer wegen einem anderen Typen und jetzt ... Ehrlich. Ich hatte doch keine Ahnung, was ich wirklich wollte.
Und dann einfach abhauen!
Ich stöhnte und ließ mich auf die Knie sinken. Toll gemacht, Lizzie!
Und jetzt? Noch so einen blöden Plan?
Ich lehnte mich auf meine Ellenbogen zurück und streckte die Beine aus. Inzwischen hatte sich der Himmel über mir verfinstert.
Wie konnte ich nur so doof sein! Die ganze Zeit über ... irgendwie war es doch von Anfang an klar gewesen, dass Patrick total mein Typ war. Und trotzdem hatte ich es die ganze Zeit ignoriert. Und jetzt, wo es natürlich am allerwenigsten passte, stieg mein Hirn aus.
Es ging einfach alles zu schnell.
Schweigend starrte ich in den Himmel. Wieso eigentlich immer ich? Wieso musste immer ich das Mädchen mit den Problemen sein?

Ich sah Patrick nicht an, als ich zurück in das Hotelzimmer ging. Und auch er sprach kein Wort mehr. Es dauerte noch lange, bis ich einschlafen konnte. Aber erst als ich am anderen Morgen im Bad dabei war, mich etwas älter zu gestalten und meine Perücke zu befestigen, kam ein verschlafenes: „Guten Morgen!" von Patrick.

Er klang ungefähr so müde, wie ich mich fühlte. Hatte er wie ich die ganze Nacht wach gelegen? Oder hatte er sich keine Gedanken mehr um mich gemacht?
Ich überlegte, ob ich ihn darauf ansprechen sollte. Entschied mich dann jedoch dagegen. Wir waren beide völlig neben der Spur gewesen … und Patrick hatte das sicher auch nicht so ernst genommen, wie ich!
„Ich bin fast fertig. Dann kannst du her", sagte ich und tupfte das Make-up von meiner Stirn, um etwas authentischer zu wirken.
Unser heutiger Flughafenaufenthalt war wesentlich kürzer. Erst suchten wir uns einen Schalter, an dem niemand saß, der uns gestern schon einmal gesehen hatte. Nur um sicherzugehen. Und nach weniger als fünf Minuten hatten wir unsere Flugtickets in den Händen.
Ich hätte Johanna die Füße küssen können, als ich mir mit den Karten Luft zufächelte.
„Wir haben's geschafft, Patrick! Wir haben's …", ich brach ab. Natürlich. Patrick und ich. Wie hatte ich das vergessen können? Ich schüttelte den Kopf. „Komm, lass uns den richtigen Flieger suchen."
Eine halbe Stunde später saß ich auf meinem Platz. Erste Klasse. Und ich hatte auch noch den Platz am Fenster. Ich war begeistert. Super Arbeit, Johanna!
Patrick hatte die Beine angezogen und beobachtete scheinbar interessiert die anderen Passagiere, aber ich wusste, dass er meinem Blick auswich. Genau wie umgekehrt.
„Lizzie, wir müssen reden", sagte er plötzlich unvermittelt und riss mich damit aus allen Wolken.
„Äh, was?"
„Du weißt, was ich meine. Das, was gestern Abend passiert ist …"
„Champagner?", mischte sich die Stewardess hinter ihm ein. Verwirrt wandte er sich um. Champagner … sicher nicht das geeignete Getränk für so eine Unterhaltung. Andererseits würde ich sie ganz nüchtern nicht überleben.
„Ja, bitte", rief ich.
„Für mich nichts."

Patrick verzog keine Miene, während sie mir mein Glas reichte und dann weiterging.
„Also ..."
Ich nippte vorsichtig. Ganz ehrlich? Ich hatte in meinem Leben noch NIE Champagner getrunken. Allgemein waren meine Trinkerfahrungen bescheiden. Im Kloster angetrunken nach Hause kommen ... ein absolutes Unding, das mit mindestens zwei Wochen Küchendienst bestraft wurde.
„Lizzie, hörst du mir zu?"
„Äh ja."
„Gut. Ich weiß nicht, wieso ich dich geküsst habe."
„Dann war das also bloß ein unüberlegter Zwischenfall", unterbrach ich ihn. Er wollte doch jetzt nicht ernsthaft sagen, dass ihm das nichts ausgemacht hatte?
„Tja, wie ein Unfall, nehme ich an."
Na, toll. Bravo, mein Lieber! War ja nur mein Herz. Macht ja nichts.
„Und bei dir?"
Bei mir? Ich kippte den Inhalt meines Glases in einem Zug hinunter.
„Nichts, wieso?", fragte ich möglichst unbehelligt. Unfall! Dass ich nicht lache!
Ich spürte, wie mir das einen Stich versetzte.
„Also geht das in Ordnung?"
Nichts ging in Ordnung. Aber was hätte ich jetzt sagen sollen? Dass ich damit nicht klar kam? Dass er sich von mir fernhalten sollte? Wir waren im Moment aneinandergeschweißt und ich würde ihn so schnell nicht los-werden.
Wo blieb die Stewardess? Ich brauchte unbedingt noch einen Schluck Champagner. Das Zeug schmeckt echt gut.
„Äh, Lizzie. Was hast du mit dem Champagner gemacht?"
„Getrunken, das macht man meistens mit dem Zeug."
„Es ist noch nicht einmal acht Uhr morgens."
Erinnere mich nicht daran. Der Tag würde noch lang genug werden.
Aber er hatte recht. Ein Gläschen auf Ex ... irgendwie fühlte ich mich plötzlich wesentlich leichter.

„Du weißt schon, dass der Flug über elfeinhalb Stunden dauert und wir noch nicht einmal gestartet sind?"
„Glaubst du, ich bekomm noch ein Glas?"
„Lizzie!"
Ich verdrehte die Augen. Was regte er sich eigentlich so auf? Sollte ich mich wirklich betrinken – was ich wirklich nicht vorhatte – wäre ich bis zum Landeanflug auf Liverpool schon wieder nüchtern.
„Wenn ich zu grölen anfange, kannst du ja deinen Musikplayer anschalten. Dann musst du mir nicht zuhören."
Patrick angelte das Glas aus meiner Hand, während ich es bedrohlich hin und her schwenkte.
„Du schläfst jetzt wohl noch einmal."
„Bin ich ein kleines Kind?"
Aber Patrick schenkte meinem Grummeln gar keine Beachtung. Super. Erst der Gefühlsunfall und dann spielte er sich als mein großer Bruder auf.
Von Weitem sah ich die nette Stewardess, doch bevor sie mich nach einem zweiten Glas fragen konnte, teilte ihr Patrick mit, dass wir nicht weiter gestört werden sollten.
Schade eigentlich.
Ich schloss die Augen.
Wieso hast du mich überhaupt geküsst? – Unfall!
Das nenn ich doch mal eine Antwort.

Erst als ich wieder aufwachte, wurde mir klar, dass ich eingeschlafen sein musste. Geschlafen. Tief und fest sogar. Ich hatte ein paar Stunden verpennt und konnte mich an keinen Traum erinnern.
Gähnend streckte ich meine Glieder. Inzwischen war es Mittag und wir waren gerade über ... über dem Nichts. Graue Wolken rauschten neben dem Fenster vorbei.
„Oh, guten Morgen!", meinte Patrick unbekümmert.
Scheiße. Den gab es ja auch noch. Fast hätte ich ihn vergessen. Und – ich hatte doch nicht geschnarcht? Manchmal hatte mich Johanna damit aufgezogen, dass ich schnarche oder im Schlaf reden würde. Ich war mir nie ganz sicher, ob sie es ernst gemeint hatte. Zumindest schien ich nicht gesabbert zu haben. Ein Anfang ...

„Du hast das Essen verpasst und ich wollte dich nicht wecken", erklärte mir Patrick. Wie auf Kommando knurrte mein Magen und ich sah, wie er sich ein Grinsen verkneifen musste. „Aber die Stewardess würde dir noch einmal etwas bringen."
„Oh, das wäre super. Ich frag sie gleich."
„Lass nur, mach ich."
Patrick stand auf und ging zu der Stewardess, die angestrengt mit einem anderen Reisenden diskutierte. Flugangst, so viel verstand ich ohne Schwierigkeiten, außerdem krallte er sich regelrecht in seinen Sitz. Ich schaute Patrick dabei zu, wie er für mich etwas zu essen bestellte und sich dann zurück auf seinen Platz neben mir setzte.
„Mir ist schlecht", brummte ich.
„Liegt bestimmt nur am Champagner."
„Wegen einem Glas?"
„Wegen einem Glas vorm Frühstück? Hm, keine Ahnung, ob das was ausmacht."
„Ich glaube, es liegt am Hunger", erwiderte ich trotzig.
Patrick lächelte.
„Essen kommt gleich."
Und weitere zwei Stunden später kam dann endlich die Durchsage mit dem „Bitte sitzen bleiben" und „Wir sind im Landeanflug auf Liverpool".
In England prasselte der Regen – mal wieder – unerbittlich gegen die Scheibe. Aber als ich aus dem Flugzeug stieg und meine Nase in den Himmel hielt, fühlte ich mich so befreit, wie noch nie zuvor. Wir hatten es geschafft! Ich war wieder zu Hause.
„Komm, Lizzie. Du holst dir nur eine Erkältung", meinte Patrick und zog mich am Arm mit sich. „Wir müssen jetzt schleunigst einen Unterschlupf finden."
„Im Kloster, schon vergessen?"
Patrick schnaubte.
„Du willst da echt hingehen?"
„Natürlich!" Ich schüttelte seine Hand von meinem Arm. Er etwa nicht?
„Wir verdanken Johanna unser Leben!"
„Jetzt übertreib mal nicht."

„Stimmt, du hättest ja immer noch deinen Vater anrufen können!", zischte ich. „Ich hab ihr versprochen, dass wir kommen."
„Lizzie, ich ..."
„Du kannst ja hier bleiben, wenn du willst."
„Ich lass dich nicht allein", entgegnete er.
„Tja, wenn du mich nicht betäubst und irgendwo einsperrst, gehe ich ins St. Johann."
Patrick seufzte.
„Und wenn sie uns dort suchen?"
Ich zuckte mit den Schultern.
„Sehen wir, wenn es soweit ist. Und jetzt komm!"

Im versteck

„Da vorne rechts."
„Jaja. Schon klar."
„Rechts, Patrick! Rechts!" Ich fluchte. „Jetzt haben wir die Abzweigung verpasst. Gut gemacht, Patrick!"
„Auf der Karte steht, dass wir links entlang fahren können."
„Und ich bin hier aufgewachsen. Ich kenn mich wohl ein bisschen besser aus!"
Ah! Verdammt, wie hatte ich mich auch nur so täuschen können? Gefühle für Patrick. Auf die Nerven ging er mir. Wie immer! Wir hatten uns wieder einmal ein Auto besorgt. Wahrscheinlich wurde ich am Ende noch genauso kriminell wie Brown. Aber wirklich wichtig war im Moment nur eines: Patrick fuhr Auto, ich kannte mich aus und Patrick fuhr seinen eigenen Weg.
„So kommst du nie zum Kloster."
„Ich hab die Straßenkarte gelesen, Lizzie."
Gereizt stöhnte ich auf.
„Patrick … da vorne kommst du zu einer kleinen Allee und da ist wahrscheinlich schon seit Urzeiten keiner mehr entlang gefahren", ich hielt inne, „mit Ausnahme eines Idioten, der mich mal fast über den Haufen gefahren hätte. Vertrau mir und bieg bei der nächsten rechts ab."
„Lizzie, dein Orientierungssinn in allen Ehren, aber du würdest dich vermutlich in deinem Zimmer bei Brown verlaufen. Und so groß ist das auch wieder nicht."
„Bieg rechts ab!"
„Nein!"
Jetzt reichte es. Waren wir hier im Kindergarten?
Gereizt riss ich am Lenkrad an und begann, es nach rechts zu steuern.
„Wir. Biegen. Hier. NICHT. Ab!", stieß Patrick heraus und begann sich mit mir um die Kontrolle über den Wagen zu prügeln.
„Lass los, verdammt noch mal! Oder bieg da ab!"
„Ok."
Patrick drehte das Lenkrad und machte eine beleidigte Geste.

„Müssen wir uns immer streiten?", fragte ich. Also, eigentlich war das ja eine rhetorische Frage gewesen. Und auf rhetorische Fragen brauchte man keine Antwort. Patrick hatte davon noch nichts gehört.
„Du hast angefangen", behauptete er.
„Oh, nein! Du hast dich geweigert richtig abzubiegen!"
„Überhaupt nicht, du …"
„Jetzt links Patrick! Links!", unterbrach ich ihn.
Patrick fuhr nach links, biss sich auf die Lippen und starrte ungerührt auf die Straße.
Keiner von uns sagte etwas.
Dann kicherten wir beide los.
„Du bist doof, Lizzie. Weißt du das eigentlich?", fragte Patrick.
„Danke, gleichfalls. Hast du mir ja auch noch nie gesagt."
„Da lang?"
Ich sah auf und mein Herz machte einen Sprung. Diese Straßen! Die Eisdiele dort vorne! Ich hätte weinen können. Es war alles wie immer. Alles war da, wo es hingehörte – ich jetzt auch.
„Lizzie?"
„Äh … ja. Dort vorne bleibst du am besten stehen und dann gehen wir zu Fuß weiter."
Der Weg zum Kloster war plötzlich unglaublich lang. Immer wieder begann ich zu laufen und sprang hoch in die Luft, nur damit ich schon die oberen Dachziegel des alten Gemäuers erblicken konnte.
„Immer ruhig bleiben, Lizzie", meinte Patrick und grinste. Er griff nach meiner Hand, also wolle er mich beruhigen, aber ich zog sie reflexartig weg.
Hatte er nicht vor Kurzem noch etwas gesagt? Etwas mit Gefühlsunfall.
„Kann ich da einfach reingehen?"
„Nein, irgendwer sieht uns immer. Wir klopfen am Fenster." Ich grinste. „Hoffentlich macht es dir nichts aus, wenn wir etwas klettern müssen."
„Eigentlich hab ich schon fast so etwas gedacht."
Unser Zimmer – Pardon, ich meine natürlich Johannas Zimmer – lag an der Ostseite des Klosters. Wir mussten es also über die zwei Meter

hohe Mauer (von aggressiven, stacheligen Rosen überzogen) schaffen und das Blumenmeer im Vorgarten überqueren, ohne allzu großes Chaos zu stiften. Ein wahres Bild der Verwüstung hatte ich jedes Mal hinterlassen, als ich nachts mit Johanna nach der Ausgangssperre durch das Fenster eingestiegen war und seitdem hatten die Schwestern die Angewohnheit, zerrupfte Beete und Sträucher gern als „Lizzie-Inferno" zu bezeichnen.

„Welches – Fenster war es denn noch mal? – Autsch!", zischte Patrick hinter mir, während er sich durch die Rosen schlug.

„Gleich da vorne. Pass auf, da ist eine kleine Grube."

Ich verdrehte die Augen, als ich ein Rumpeln hörte.

„Ich hab doch gesagt, dass du aufpassen sollst. Tolle Nebelgestalt."

„Ach, halt die Klappe und hilf mir lieber hoch", brummte Patrick.

„Na klar und jetzt wieder ...", ich hielt inne und auch Patrick war von einer Sekunde auf die andere still. Irgendetwas stimmte nicht.

„Elizabeth Brooks? Klar kenn ich die", sagte Johannas Stimme. Aus ihrem Zimmer. Sie redete über mich. Über mich! Die Frage war nur: Wer hatte sie nach mir gefragt?

„Hören Sie, Miss Henderson, entschuldigen Sie die Unannehmlichkeiten und dass wir erst jetzt auf Sie zurückkommen."

„Ich versteh das nicht!", unterbrach ihn Johanna. „Lizzie hat keine Familie. Keine anderen Bekannten. Wir hier im Kloster sind ihre einzigen Angehörigen. Hätten Sie da nicht schon längst hier sein müssen?"

„Wir sind natürlich zunächst den aktuellen Spuren nachgegangen, solange dies noch möglich war."

Johanna schnaubte.

„Verzeihen Sie, aber wir haben in diesen Dingen schon Einiges an Erfahrung."

„Natürlich, Sie sind die Polizei – nicht ich!"

Ich hielt die Luft an. Das gab es doch nicht! Keine Sekunde zu früh hatten wir es hierher geschafft. Anscheinend erkundigte sich gerade die Polizei nach mir. Und ich wusste, was das hieß: Brown suchte mich.

„Genau das wollte ich damit sagen."
Ich versuchte, die fremde Stimme einzuordnen. Schätzungsweise fünfzig, männlich, unbekannt.
„Aber Lizzie ist jetzt schon seit über vier Monaten verschwunden! Und erst jetzt befragen Sie die Angehörigen?"
„Das alles würde natürlich viel schneller gehen, wenn Sie kooperieren würden."
„Kooperieren." Ich wusste, wie sehr Johanna Leute hasste, die wie dieser Mann näselnd von oben herab sprachen. Und an dem Ton, den sie bei diesem Wort anschlug, wurde mir klar, dass sie sich gerade nicht besonders wohl fühlte. „Es tut mir leid, aber ich muss Sie enttäuschen."
„Inwiefern?"
„Ich habe seit vier Monaten keinen Kontakt mehr mit meiner ehemaligen Zimmermitbewohnerin. Da müssen Sie schon woanders suchen."
„Und Sie können sich nicht denken, bei wem sie Unterschlupf suchen würde?"
Johanna überlegte einen Moment.
Sag jetzt nichts Dummes. Sag nichts Dummes!
„Nein."
Der Polizist seufzte.
„Bitte rufen Sie mich an, wenn Ihnen doch noch etwas einfällt, was für mich von Wichtigkeit sein könnte."
„Klar, mach ich."
„Auf Wiedersehen."
„Tschüss!"
Ich hörte, wie Johanna die Zimmertür schloss und anschließend verriegelte.
Sie fluchte.
„Verdammt, Lizzie. Was hast du nur getan?"
Ich schluckte. Wie sollte ich ihr das erklären? Eine Weile blieb ich noch eng an die Wand gepresst sitzen und wartete, bis in der Nähe ein Auto davonfuhr. Die letzten Meter waren die schwersten meines Lebens. Mein persönlicher Gang zum Schafott.

„Auf was wartest du?"
Ja. Eine ziemlich berechtigte Frage. Auf was um alles in der Welt wartete ich eigentlich?
Keine Ahnung. Ich hörte Johanna. Ich hörte sie drinnen an ihrem Computer hocken und tippen. Hätte mich auch gewundert, wenn sie aus der Schülerzeitung ein für alle Mal ausgestiegen wäre. Johanna leitete den Kummerkasten, der für sein offenes Ohr, für sein Mitgefühl und für seine teilweise bissigen Bemerkungen weit über unser Internat bekannt war.
„Ich weiß nicht ... Vielleicht war es doch keine so gute Idee."
„Du hast darauf bestanden."
Jaja. Jetzt reit nur weiter darauf herum!
„Hey, Lizzie. Schau mal da!", meinte Patrick und wies zur Mauer. Erschrocken fuhr ich herum, aber ich konnte nichts sehen, außer Hunderten von bunten Blütenblättern.
„Was zum ...?"
Da spürte ich einen Luftzug, sah Patrick an mir vorbeischießen und bevor ich eingreifen konnte, klopfte er an die Scheibe.
„Gern geschehen", sagte er, als ich den Mund aufklappte.
„Du bist so ein ..."
„Lizzie?"
Als ich ihre Stimme hörte, schubste ich Patrick zur Seite.
„Johanna!"
Im Bruchteil einer Sekunde war ich über das Fensterbrett gesprungen und an ihrer Seite – so schnell, dass Johanna für einen kurzen Moment geschockt von meiner Geschwindigkeit schien, doch als ich sie stürmisch umarmte, presste sie sich fest an mich.
„Lizzie, ich hab dich so vermisst", schluchzte sie. Und wie ich sie vermisst hatte!
„Es tut mir so leid, so unglaublich leid!"
„Ist egal. Ab jetzt erzählen wir uns wieder alles und ..."
Patrick räusperte sich.
Grinsend löste ich mich aus Johannas Umarmung.
„Darf ich vorstellen, mein ..." Ich überlegte einen Moment, bis ich das Wort Freund benutzte. „Das ist Patrick Smith, mein bester Freund."

„Freut mich", sagte Johanna, aber die tiefe Falte auf ihrer Stirn sagte etwas anderes. Nämlich: *Wo zum Geier hat Lizzie den Typen her?*
„Patrick, lässt du uns kurz allein?", fragte ich. „Ich muss Johanna wohl einiges erklären."
„Na klar", brummte er. „Ich bin im Weg. Schon verstanden."
Freundschaftlich boxte er mir in die Seite und verschwand dann, bevor Johanna auch nur zwinkern konnte.
„Äh, Lizzie? Wo ist der hin?"
„Wollte ich dir gerade erzählen."
Die nächste ganze Stunde verging mit einem detaillierten Lagebericht. Erst die Sache mit dem Motorradfahrer, die mir Johanna nicht ganz abkaufte, dann Mr. Thomas, schließlich Browns Anwesen und dann noch einmal eine ausführliche Schilderung von den *Fantômes de la nébuleuse*. Der Fall Valentinie interessierte Johanna brennend. Vor allem, weil ich kurz erwähnte, auch er hätte eine Nebelgestalt in seinem Besitz und dann rasch das Thema wechselte.
„Du bist sicher, dass du mir hier nichts verschweigst?"
Ich seufzte. Meine beste Freundin. Tückisch. Sie kannte mich ungefähr so gut, wie ich mich selbst. Oder sogar noch besser. Also begann ich mit dem Wohltätigkeitsball und allem, was danach so dazugehörte.
„Marvin heißt er also", meinte sie und grinste. „Und er hat dich einfach in Ecuador ausgesetzt? Krass!"
„Ich wusste, dass dir das gefallen würde. Ist ja auch nur mein Leben, das da gerade den Bach runter geht."
„Und?"
„Und was?"
„Erzähl weiter!"
„Nichts weiter", sagte ich verwirrt. „Hier bin ich. Die Geschichte geht jetzt in Echtzeit weiter!"
„Was ist mit dem anderen ... Patrick heißt er, oder?"
Ich spürte, wie ich rot wurde.
„Ich weiß nicht, wovon du sprichst."
„Freunde? Beste Freunde?"
„Hör auf, Johanna!"
Ein unschuldiges Achselzucken folgte.

„Ich mein ja bloß ... hübsch ist er ja schon!"
Ich stöhnte. Es war klar gewesen, dass es darauf hinauslaufen würde!
„Du musst es ihm ja nicht gleich erzählen", fuhr sie fort.
„Johanna. Nebelgestalt. Gutes Gehör. Er weiß es bereits."
Für einen Moment schien sie nicht ganz zu begreifen, dann kicherte sie.
„Ach ja, stimmt. Hab ich vergessen. Wieso hast du ihn dann überhaupt weggeschickt?"
„Weil er nervt."
Ich hörte in einiger Entfernung das Knacken eines Astes und drehte grinsend den Kopf.
„Was ist los?"
„Er wird ungeduldig", erklärte ich ihr.
„Aber nervig ist er nicht."
„Du kennst ihn ja auch noch nicht", brummte ich. „Patrick? Komm!"
„Bin ich neuerdings dein Hündchen, oder so?", erwiderte er keck und saß plötzlich neben Johanna auf ihrem Schreibtischstuhl. Ich konnte mir ein Lächeln nicht verkneifen, als ihre Augen immer größer wurden.
„Freut mich übrigens sehr, dich kennenzulernen", sagte er und reichte ihr die Hand. Johanna starrte sie nur abschätzend an.
„Äh ja. Mich auch", sie klang immer noch etwas erschrocken. „Und was wollt ihr jetzt hier?"
„Wir brauchen einen Unterschlupf. Brown lässt uns überall suchen, als Polizeipräsident hat er da seine Verbindungen."
„Eine von ihnen hast du ja gerade kennengelernt", fiel mir Patrick ins Wort.
„Genau."
Johanna fluchte.
„Und wenn sie wiederkommen?"
„Sind wir schneller verschwunden, als sie schauen können."
„Ich wollte dich da nie mit reinziehen", sagte ich bekümmert. „Aber wir haben jetzt einfach keine andere Wahl."
Johanna nickte.

Die nächste Diskussion zog sich über eineinhalb Stunden hinweg ... Viel zu lang, um sie jetzt wiederzugeben. Und zu trocken. Fakt sind nur die Ergebnisse: Patrick und ich würden hier bleiben, uns aber nicht allzu häuslich einrichten, für den Fall, dass Johanna wieder ungebetenen Besuch bekommen würde. Von hier aus hatten wir aber auch die Möglichkeit, Recherchen anzustellen. Leider waren wir viel zu weit von Browns Anwesen entfernt, um ihn direkt zu beschatten. Deshalb galt es, möglichst viel von seiner Vergangenheit in Erfahrung zu bringen.

Johanna war vielleicht lange Zeit aktiver Teil einer Schülerzeitschrift gewesen, trotzdem war auch sie kein geschulter Reporter, der sich mit solch brisanten Themen befasste.

Aber eines hatte sie, was sich vielleicht als nützlich erweisen konnte:
„Ich hab noch meinen alten Ausweis, der mich als Mitglied der Schülerzeitung ausweist."
„Oh, schön. Sehr hilfreich", spottete Patrick. „Damit wirst du allen bösen Jungen das Fürchten lehren. *Achtung, ich bin bei der Schülerzeitung!*"
Ich versetzte ihm einen heftigen Tritt gegen das Schienbein.
„Sie hat Recht, Patrick. Der könnte wirklich gut sein. Sie kann damit in Archive unter dem Vorwand, dass sie einen kleinen Bericht schreibt. Wer misstraut schon einem sechzehnjährigen Mädchen von der Schülerzeitung eines Klosterinternats?"
Über Johannas Gesicht breitete sich ein zufriedenes Lächeln aus. Detektiv spielen. Das war ganz nach ihrem Geschmack!
„Klosterinternat!" Patrick grinste. „Wenn sie damit wirklich durchgehen will, muss sie sich mal das Fluchen abgewöhnen."
Johanna schnitt ihm eine Grimasse.
„Ich kann mich ja mal darauf konzentrieren, was Brown bisher in seinem inoffiziellen Krieg gegen diesen Valentinie geleistet hat", schlug sie vor. „Wenn er damit dauernd von sich reden macht, muss schon ganz schön was geschehen sein."
„Verdächtige Interviews, Zeitungsberichte, Erfolge ..." Ich hörte den Zweifel in Patricks Stimme. „Brown ist nicht dumm. Wenn er einen Fehler gemacht hat, dann wird es sicherlich nicht einfach werden, den

zu finden. Und ich denke nicht, dass er ihn unbedingt in der Öffentlichkeit gemacht hat."
„Einen Versuch ist es wert", hielt Johanna dagegen.
Auch ich nickte zustimmend.
„Wir haben zurzeit keinen anderen Anlaufpunkt. Und auf irgendetwas müssen wir uns am Anfang konzentrieren."
„Und wie bekommen wir hier was zu essen?"
„Gute Frage, ich kann ein bisschen was aus der Küche abzweigen, aber natürlich nicht immer."
„Das würde auffallen", stimmte ich ihr zu. „Ich muss aber sowieso irgendwie Kontakt mit Geoffrey aufnehmen. Wir müssen dir ja auch noch dein Geld für die Tickets zurückzahlen."
Johanna machte eine wegwerfende Geste.
„Das krieg ich schon noch."

Nachdem Johanna gleich mal von ihrem Talent als Lebensmitteldiebin Gebrauch gemacht hatte und Patrick und ich alles gierig verschlungen hatten (Hört sich schlimm an, dabei hatten wir ja eigentlich erst im Flugzeug gegessen!), druckte ich über Johannas Laptop einen Busfahrplan aus.
„Was hast du vor?"
„Ich kann schlecht bei Geoffrey anrufen. Ich steige oft um und benutz die öffentlichen Verkehrsmittel. Dann müsste ich es bis zu ihm schaffen."
„Hirnrissig", sagte Johanna.
„Aber immerhin eine Möglichkeit."
Sie seufzte.
„Und du willst mich mit Patrick allein lassen?"
„Pass gut auf ihn auf!"
„Hab ich gehört", kam vom Hochbett ein Brummen.
Ich lächelte.
„Versprich mir aber, dass du dann auf dich aufpasst", sagte Johanna und hob tadelnd den Finger. „Wehe, du kommst nicht wieder!"
„Hab ich nicht vor."

Ich hatte Johanna gesagt, dass ich fortgehen musste, aber ich hatte einfach zu viel Angst zu sagen: „Tschüss, ich mach mich dann mal auf den Weg!"
Stattdessen lag ich lange wach und überlegte, wann wohl der geeignete Augenblick gekommen wäre. Je früher desto besser. Das war die einfache Antwort, obwohl es mir dann doch schwer fiel, das einzusehen. Vorsichtig steckte ich meine roten Haare im Nacken nach oben, schob die schwarze Mütze über meinen Kopf und schlüpfte in den langen Jeansmantel, den Johanna mir geliehen hatte. Ich fühlte mich einmal mehr wie eine Geheimagentin.
Dann schnappte ich mir den Rucksack, den ich bereits unter dem Schreibtisch gelagert hatte, schob das Fenster einen Spaltbreit nach oben und kletterte raus in die milde Nacht.
Ich schauderte, als ein kalter Luftzug mich erfasste. Es war irgendwie unheimlich, wieder den Weg durch die Kastanienallee zu nehmen. Aber ich musste es einfach tun. Ein seltsames Gefühl.
Plötzlich hörte ich hinter mir ein feines Knacken und wirbelte herum. Irgendetwas – oder irgendjemand – war da. Irgendwo zwischen den Bäumen. Ich kniff die Augen zusammen, konnte aber nichts erkennen und auch sonst nichts hören.
Gar nicht gut. Wieso hörte ich nichts?
„Hallo?", rief ich vorsichtig, meine Stimme krächzte. Als keine Antwort kam, fühlte ich mich reichlich dumm.
Wurde ich jetzt etwa schon paranoid?
„Hallo?", sagte ich noch einmal, dieses Mal etwas selbstsicherer.
„Ich bin's", hörte ich dann eine vertraute Stimme.
„Patrick!" Es war mehr ein Fluchen, als ein erleichterter Ausruf. „Was zur Hölle machst du hier?"
„Du wolltest dich nicht verabschieden?"
Ich sah seine schlaksige Gestalt zwischen zwei Bäumen auftauchen und langsam auf mich zu kommen. Dann erkannte ich die blonden, verstrubbelten Haare und das schiefe Grinsen auf seinen Lippen.
„Und deshalb jagst du mir so einen Schrecken ein?"
Patrick zuckte die Achseln.
„Wieso hast du mich nicht gefragt, ob ich mit dir gehe?"

„Weil jemand da bleiben muss, um auf Johanna aufzupassen."
„Hm."
Ich merkte, wie unglücklich er mit dieser Aufgabe war.
„Du degradierst mich also zum Babysitter."
„Falls du damit sagen willst, dass Johanna ein Baby ..."
„Sei nicht gleich wieder eingeschnappt", fiel er mir ins Wort, war im nächsten Augenblick an meiner Seite und schlenderte dann lässig weiter. Ich schaute Patrick nur mit offenem Mund hinterher.
„Kommst du?"
Wütend stapfte ich los.
„Und jetzt?"
„Ich begleite dich nur ein Stück", verteidigte sich Patrick.
Er begleitete mich nur?
Ich lächelte. Egal, was passiert war. Wir waren immer noch Freunde. Das sollte ich nicht vergessen. Wir gingen eine ganze Weile so nebeneinander her, beide überlegten wir, wie wir ein Gespräch anfangen sollten, aber keiner von uns sagte etwas.
„Manchmal ist man sich einfach nicht sicher, was man eigentlich will, Eisprinzessin", flüsterte er dann und ich zuckte zusammen, als er meinen Kosenamen nannte. Den Kosenamen, den ich eigentlich immer gehasst hatte. „Und wenn man es endlich begreift, ist es zu spät."
„Jetzt werd nicht sentimental", zog ich ihn auf und grinste.
„Es ist auch schon nicht leicht, dich zu verstehen. Erst soll ich nicht immer so ernst sein, dann bin ich zu sentimental ..."
Ich rempelte ihn spielerisch an und so torkelten wir ein Stück weiter.
„Ich will nur, dass du auf dich aufpasst. Und eigentlich würde ich auch gern mit dir gehen, weil ich mir jetzt schon denken kann, was für ein Chaos du wieder veranstaltest."
„Na, danke!"
Patrick überhörte meinen Ausruf. Er blieb stehen und drehte sich zu mir um. Ich sah ihm lange in seine braunen Augen, bis ich schließlich aufmunternd lächelte, ihn auf die Wange küsste und dann eiligen Schrittes weiterging.

Ich drehte mich nicht um, bis ich schon fast die Abzweigung zum alten Bahnhof erreicht hatte und als ich dort den Kopf wandte, war Patrick verschwunden.

Ich schlug die Beine übereinander und legte den Kopf gegen die Scheibe des Busses. Hundemüde war gar kein Ausdruck, obwohl ich heute den halben Tag im Flugzeug verschlafen hatte. Aber ich war einfach erschöpft. Ich konnte nicht mehr. Nicht mehr weglaufen. Mich nicht mehr verstecken. Dafür war ich nicht gemacht.
Außerdem war es bitterkalt hier. So warm, wie es gewesen war, bevor ich nach Ecuador gefahren war, so kalt war es heute in England um 23:25 Uhr. Die ganze Zeit über starrte ich wie gebannt auf die großen, roten Zahlen, die über der Fahrerkabine des Busses leuchteten. Immer wieder wechselte ich den Bus, besorgte mir von dem Geld, das mir Johanna für alle Fälle gegeben hatte, U-Bahn-Karten und nahm hin und wieder sogar ein Taxi.
Schlotternd wickelte ich mich enger in den Mantel.
Es war schon fast fünf Uhr morgens, als ich an einer nur zu bekannten Stadt vorbeikam.
Browns Stadt, die ich eigentlich nicht wieder betreten wollte. Ich musste mir einen Bus suchen, der weit außenherum fuhr.
Schon aus rein sentimentalen Gründen. Außerdem fand ich es einfach zu gefährlich, Brown noch einmal zu nahe zu kommen. So kühn war ich jetzt doch nicht.
Leider endete meine Fahrt knapp fünfzig Meter weiter ganz unerwartet.
Ich fluchte.
Der nächste Bus fuhr erst in fünf Stunden! Ich kontrollierte das Geld in meiner Tasche und rief von dem Münztelefon an der Bushaltestelle ein Taxi.
Die Aussicht, endlich einmal in einem gut beheizten Wagen und in keinem klapprigen, kalten Bus mitfahren zu müssen, war einfach zu verlockend gewesen. Ich kletterte auf den Sitz, legte meine Tasche neben mir ab und nannte dem Fahrer eine Adresse, von wo aus ich den letzten Bus nehmen könnte.

„Und wären Sie vielleicht so freundlich und würden um die Stadt herumfahren?"
„Das würde aber erheblich länger dauern."
„Bitte, seien Sie so freundlich", erwiderte ich mit stark amerikanischem Akzent. Die Tarnung als Touristin schien er mir sogar abzukaufen. Ich schwieg eisern, während wir durch die Landschaft holperten, bis der Wagen plötzlich vor einem blinkenden Schild hielt.
„Verdammt, was ist denn da vorne los?"
Ich reckte den Kopf, um besser sehen zu können.
„Baustelle", sagte der Taxifahrer und dreht sich zu mir um. „Wir müssen wohl doch durch die Stadt."
Ich schloss die Augen. Das konnte doch nicht wahr sein! Bisher war alles so gut gelaufen!
„Von mir aus", murmelte ich.
Was hatte ich schon groß für eine Wahl.
„Und Sie kommen aus Amerika?", fragte der Fahrer im Versuch, etwas Small Talk zu betreiben.
„Ja, ich mache hier zurzeit Urlaub", erklärte ich ihm.
„Und von woher genau kommen Sie dann?"
Ich überlegte kurz.
„Äh, aus New Jersey."
„Ist ja witzig, ich komme aus Jersey."
Ja, witzig.
Ich lächelte etwas gekünstelt.
Im Verstellen wurde ich langsam richtig gut!
„Ich war auch mal in New Jersey."
„Aha."
„Und wo wollen Sie heute an einem so jungen Tag hin?"
„Ach, keine Ahnung. Ich pendle ein bisschen durch England und schau mir alles an."
„Soso."
Die Art, wie er dieses soso sagte, machte mir irgendwie Sorgen. So … bedrohlich. Oder wissend! Als wüsste er etwas, was ich noch nicht wusste. Viel zu unangenehm für einen freundlichen Taxifahrer.

„Entschuldigung, kennen wir uns vielleicht von irgendwoher?", fragte ich zweifelnd.
„Miss Brooks, Ihnen ist schon bewusst, dass Mr. Valentinie überall um die Stadt Wachen postiert hat, die ziemlich gut darin sind, eine Nebelgestalt zu erkennen?"
Mir wurde es plötzlich eiskalt.
Scheiße.
Er wollte doch nicht sagen, ... Doch. Es war ganz eindeutig, was er sagen wollte! Ich hatte mich gerade zu einem von Valentinies Leuten ins Auto gesetzt.
Scheiße.
Dann hörte ich, wie die Zentralverriegelung betätigt wurde.
Perfekt, Lizzie! Du hast es mal wieder geschafft.
Ich versuchte, meine zitternden Knie zu verstecken.
Jetzt lass dir bloß nichts anmerken, Lizzie!
„Und was machen Sie jetzt mit mir?", fragte ich und versuchte, meine Stimme etwas spöttisch klingen zu lassen. Dummerweise kaufte er mir das nicht ab.
„Ich weiß auch nicht, was Valentinie mit einer dummen Nebelgestalt anfangen sollte."
„Hey!"
Dumme Nebelgestalt, was sollte das?
„Normalerweise sollen wir alle *Fantômes de la nébuleuse* in eine unserer Zellen sperren." Er warf mir einen kritischen Blick zu. „Aber falls wir auf die berüchtigte Elizabeth Brooks stoßen, die Nebelgestalt mit dem roten Haar, dann sollen wir sie doch bitte direkt zu Mr. Valentinie bringen."
„Einen feinen Job haben Sie sich da ausgesucht", entgegnete ich kühl. „Andere Leute entführen."
„Und wieso sind Sie hierher zurückgekehrt?"
„Machen Sie die Tür auf, sonst zeig ich Ihnen, wieso man sich mit *Fantômes de la nébuleuse* nicht anlegen sollte!"
Er reagierte auf meine Drohung gar nicht erst, sondern grinste nur gelassen.

„Was ist an Ihnen so besonders, dass man Ihnen eine so spezielle Behandlung widmet?"

„Keine Ahnung, aber jetzt machen Sie verdammt noch mal die blöde Tür auf!"

Ich hatte kein Problem damit, aus einem fahrenden Auto zu springen. In meinem Training bei Brown hatte ich gelernt, dass ich als Nebelgestalt so etwas ganz gut wegstecken konnte. Doch es half nichts, der Mann schien keine Sekunde lang besorgt zu sein.

„Na, schön! Wie Sie wollen!", zischte ich und trat mit meinem Fuß so fest gegen die Tür, dass meine Superkräfte sie eigentlich hätten herausreißen müssen, doch an der Stelle, an der ich sie getroffen hatte, war nur das feine Muster meines Schuhprofils zu sehen. Verdammt, was sollte das? Irgendetwas stimmte hier nicht!

Dafür kam der Mann vor mir ganz auf seine Kosten. Er brach in schallendes Gelächter aus.

„Glauben Sie ernsthaft, wir fangen Nebelgestalten mit einem normalen Wagen ab? Alles speziell für kleine Unruhestifter wie Sie ausgerichtet."

Idiot. Doch ich unternahm keinen weiteren Versuch mehr.

Wenn Valentinie mich unbedingt sehen wollte, dann durfte er mich ruhig sehen.

Ich würde aufkreuzen und ihm gehörig meine Meinung geigen.

Eine Abmachung zu brechen und jemand anderen in Ecuador verrotten zu lassen war die eine Sache – mich entführen zu wollen, war eine ganz andere.

Nebelgestalten in Aktion

„Das machen sie immer, wenn sie merken, dass es sinnlos ist", brummte der Fahrer und grinste säuerlich. „Sie hören auf sich zu wehren und wimmern vor sich hin."
„Ich wimmer nicht", entgegnete ich giftig. Ehrlich gesagt strengte ich mich sogar an, eine ganz gelassene Miene zu ziehen, als hätte ich keine Angst und alles ... Einer Brooks würdig, würde meine Urgroßmutter an dieser Stelle sagen.
Das Auto preschte jetzt schneller durch die Straßen, nahm Abzweigungen und Seitenwege, die ich noch nie zuvor betreten hatte und fuhr einen wilden Zickzack-Parcours, als wolle es eventuelle Verfolger abschütteln.
„Sie müssen sich gar keine Mühe machen", meinte ich gähnend und lehnte mich entspannt zurück. Es würde wahrscheinlich noch anstrengend genug werden, bei Valentinies gleichgültiger Miene nicht auszurasten.
„Wir müssen annehmen, dass jemand Ihnen folgt, um auf Sie aufzupassen."
„Ja, an Ihrer Stelle würde ich auch aufpassen", sagte ich spöttisch.
„Ich werde rund um die Uhr bewacht und sobald Sie einmal nicht aufpassen" – ich machte eine schnelle Bewegung mit der Hand, die seine Augen nicht wahrnehmen konnten – „haben wir Sie."
„Wie Furcht einflößend."
Ich verzog keine Miene, auch wenn ich mir erhofft hatte, dass er langsam etwas angespannter reagieren würde. Aber er schien mich nicht im Geringsten ernst zu nehmen.
Doch sein dämliches Grinsen würde ihm schon noch vergehen, wenn er mich endlich weit genug gebracht hatte.
Wenig später bogen wir in eine Tiefgarage ab und fuhren im untersten Geschoss in eine freie Parklücke. Plötzlich verschloss sich hinter uns automatisch das Tor und der Boden begann sich zu bewegen.
„Was zur Hölle ...?"
„Glauben Sie wirklich, wir spazieren einfach schnell durch den Vordereingang von Mr. Valentinies Grundstück?"

Als sich der Boden der Parklücke zwei Meter tiefer abgesenkt hatte, startete er den Motor wieder und fuhr von der Plattform, die sofort wieder auf ihren Ursprungsplatz zurückglitt.
Ich brauchte einen Moment, bis ich meinen Mund schließen konnte. Beeindruckend. Das musste ich schon zugeben.
„Da schauen Sie, was? Wir sind eben gut geschützt, in einem Fall wie diesem."
Jetzt war ich es, die grinsen musste.
„Ein geheimer Eingang, gesicherte Türen ... und wie sind Sie geschützt?"
Der Mann schien nicht ganz zu begreifen. Verwirrt runzelte er die Stirn. Doch er konnte nicht mehr rechtzeitig reagieren. Flink lehnte ich mich zurück, holte mit meinem rechten Fuß weit aus und trat nach vorne, fest gegen seinen Hinterkopf. Er krachte mit der Schläfe gegen die Scheibe und glitt dann langsam zur Seite.
Angespannt lauschte ich auf den Puls. Schwach, aber regelmäßig. Bewusstlos.
Erleichtert kletterte ich auf den Beifahrersitz und machte mich an der Tür zu schaffen. Vergebens.
Ich fluchte.
Neben dem Türgriff war ein Schlüsselloch angebracht. Verdammt gut gesichert, das musste ich ihnen mal lassen.
Ich zog den Schlüsselbund aus dem Zündschloss und probierte einen Schlüssel nach dem anderen aus, bis die Tür schließlich mit einem leisen Klacken entriegelt wurde.
„Bingo."
Einmal drehte ich mich noch nach meinem „Fast"-Entführer um, aber ich empfand nicht die geringste Reue für ihn. Selber schuld, wenn er für jemanden wie Valentinie arbeitete.
Aber ich war von Valentinies Angestellten schon einiges an Boshaftigkeiten gewöhnt.
Ich verkniff mir ein Lächeln, als mir ein Gedanke durch den Kopf schoss.

Die Hintertür war vermutlich nicht so gut gesichert wie der Haupteingang. Was, wenn ich es schaffte, unbemerkt in das Zentrum von Valentinies kleinen Geschäften vorzustoßen?
In den Bereich, in dem nur die engsten Mitarbeiter beschäftigt waren? Ich würde sicherlich einiges Unheil stiften können.
Ein verlockender Gedanke.
Und von hier aus konnte ich ohnehin nicht abhauen. Ich schauderte.
Hier bleiben konnte ich unmöglich. Die einzige Lichtquelle waren jetzt die Scheinwerfer des Autos und es war bitterkalt.

Fünf Minuten später drückte ich mich an der Wand entlang und „witterte" (Sorry, bei dem Wort komme ich mir immer noch vor wie ein Hund!) nach Kameras.
Ich entdeckte einen Bewegungsmelder. Allerdings hatte ich in dem Unterricht bei Brown schon einmal von dieser Marke gehört: Wenn ich schnell genug war, konnte ich die überwachte Zone ohne Schwierigkeiten überqueren.
Alles in allem war ich mir am Ende gar nicht mehr so sicher, ob ich nicht schon längst entdeckt worden war. Es war einfach zu leicht gewesen.
Wobei der wirklich schwierige Teil noch vor mir lag. Valentinies Anwesen mit den vielen Gängen, die für meinen (kaum vorhandenen) Orientierungssinn nicht gemacht waren und dann noch die ganzen Angestellten, denen ich in die Arme laufen konnte.
Ich stolperte also weiter durch die Finsternis, in der ich trotz meiner guten Augen alles nur schemenhaft wahrnehmen konnte. Wahrscheinlich stellte ich mich für eine Nebelgestalt wieder extrem dämlich an, als ich mit dem Kopf gegen die Decke stieß und über meine eigenen Füße stolperte. Die übrigen *Fantômes de la nébuleuse* würden wahrscheinlich die Hände über dem Kopf zusammenschlagen, aber mich sah ja niemand ...
Trotzdem war ich schwer erleichtert, als ich vor mir endlich eine Tür erspähen konnte, sie aufriss und in einen hellen Raum taumelte. Erst zwinkerte ich verwirrt, dann sah ich die weißen Fliesen, Waschbecken

und die ... Pissoirs? Nein. Ich war nicht ernsthaft ... Na, toll! Der Gang endete in der Männertoilette von Valentinies Personalbereich.
Ich stapfte durch den Raum (Glück gehabt: kein Mann weit und breit) und spähte vorsichtig in den Flur hinaus. Keine Kameras in der Nähe. Kein Mensch, der mir gefährlich werden konnte. Mucksmäuschenstill huschte ich durch den Gang, eng an die Wand geschmiegt, hinter Pflanzen Deckung suchend. Es dauerte nicht lange, bis ich mich auskannte. Hier war ich schon einmal entlang gegangen, als mich eine Person hier durchgeführt hatte, die ich NICHT namentlich erwähnen wollte. *Hüstel, hüstel ...* Marvin!
Von Weitem hörte ich aufgebrachte Stimmen. Sehr bekannte Stimmen.
„Sind Sie sicher?"
„Absolut sicher."
„Sie können gar nicht entkommen sein! Wenn sie sich nicht gerade zu Fuß von Ecuador nach England durchgeschlagen haben, hocken sie immer noch irgendwo in der Nähe von diesem verdammten Flughafen!"
Marvin. Wenn man vom Teufel sprach ... Ich erkannte seine Stimme auf Anhieb, auch wenn sie mich völlig kalt ließ. Er musste im Security-Flügel sein. Gerade mal einen Gang weiter.
„Es tut mir leid, aber Mr. Valentinie hat ausdrücklich befohlen, dass wir jegliche Unternehmungen im Fall Brooks und Smith einstellen sollen."
„Es sind zwei feindliche Nebelgestalten, die zu überwachen ..."
„Es sind zwei feindliche Nebelgestalten, die weit weg sind, also endlich außerhalb der Gefahrenzone und für uns absolut unschädlich", erwiderte die Frauenstimme gereizt. Sie schien sich einiges zu trauen – so mit einer Nebelgestalt umzugehen! Allgemein hatte ihre Stimme einen extrem dominanten und herrischen Klang.
Sie musste ein hohes Tier bei Valentinie zu sein.
„Miss Evans, bitte, ich ..."
„Sie bleiben da, befolgen die Befehle, die man Ihnen gibt und verhalten sich wie eine Nebelgestalt, so wie Sie es die letzten sieben

Jahre getan haben, bevor dieses verdammte, rothaarige Gör auf der Bildfläche erschienen ist."
Ich konnte mir ein Grinsen nicht verkneifen.
Marvin bekam Ärger ... Wegen mir! Irgendwie gefiel mir das. Immerhin hatte ich mir seinetwegen auch schon einiges gefallen lassen müssen.
„Was ist mit der anderen Brooks?"
„Ellen Brooks? Was soll mit ihr sein?"
„Wenn ich nicht nach Ecuador gegangen wäre, dann hättet ihr jetzt nur eine Nebelgestalt."
„Eine Nebelgestalt auf die man getrost verzichten kann! Marvin, ich bitte Sie. Ich habe Sie in den letzten Jahren sehr gut kennengelernt und ich habe immer größte Achtung vor Ihnen gehabt. Mit zwölf waren die wenigsten *Fantômes de la nébuleuse* so weit wie Sie. Ihre Arbeiten waren immer absolut zuverlässig", sie brach ab und schien sich einen Moment fangen zu müssen. „Das ist auch der einzige Grund, wieso Sie überhaupt noch einen Herrn haben und jetzt nicht in einer der Zellen im Kellergeschoss schmoren."
„Aber Ellen Brooks..."
„Soll uns Ellen Brooks etwa trösten?"
„Sie ist eine erfahrende Nebelgestalt mit einem berüchtigten Namen!"
„Sie ist ein Nervenbündel. Wie ein Wrack steht sie da in der medizinischen Abteilung und lässt sich zitternd untersuchen. Was sollen wir mit so jemandem? Bis wir die wieder aufgepäppelt haben, reißt sie doch aus und sucht sich einen anderen Herrn."
„Brooks hat nichts zu verlieren. Sie muss sich nur an Brown für das rächen, was er ihrer Familie angetan hat. Und auszureißen wäre gegen ihre Ehre."
„Das ändert gar nichts", entgegnete diese Evans kühl. „Sie war schon Mr. Valentinies Feindin, als Sie noch in den Windeln lagen. Dass er sie trotzdem hier aufnimmt, ist entweder auf absolute Dummheit zurückzuführen oder einfach nur ein gut durchdachter Schachzug."
Marvin schnaubte unwirsch.

Ich schlich mich etwas näher heran, um die beiden Gestalten sehen zu können. Aber ich musste vorsichtig sein: Marvin war eine Nebelgestalt. Eine verdammt clevere Nebelgestalt. Das sollte ich nicht unterschätzen.

Trotzdem beugte ich mich soweit vor, dass ich seine lange, schlanke Gestalt, das feine schwarze Haar und die glatte, helle Haut sehen konnte. Er trug wieder ein weites Hemd und Jeans. Evans war wirklich über fünfzig, klein, dürr, faltig ... Nicht gerade attraktiv. Aber sie strahlte eine Autorität aus, für die sie meine höchste Achtung hatte.

„Und trotzdem können wir sie ausbauen."

„Ach, Marvin. Gehen Sie in Ihr Zimmer. Genießen Sie die freie Woche."

„Ich muss weiterarbeiten. Mr. Valentinie braucht mich."

„Mr. Valentinie wünscht Sie nicht zu sehen. Er hat erst für nächsten Montag einen Termin mit Ihnen vereinbart."

„Einen Termin vereinbart", spottete Marvin. „Wieso muss ich mir einen extra Termin geben lassen, wenn ich Mr. Valentinie doch sowieso jeden Tag treffe?"

„Er möchte sich nicht mit Ihnen ausführlich über Ihre Fehlentscheidungen unterhalten, sondern dem normalen Tagesablauf nachgehen."

„Mit anderen Worten: Er will mir keine weitere Beachtung schenken und so tun, als wäre nichts passiert."

Evans zuckte die Achseln.

„Bis Montag."

Dann schnappte sie sich den Stapel Akten, den sie davor auf einem Schreibtisch abgelegt hatte und schritt unwirsch in meine Richtung. Eilig zog ich meinen Kopf zurück, bevor Marvin ihr mit seinem Blick folgen konnte. Doch es war zu spät. Ich hörte, wie er erschrocken keuchte und wusste sofort, dass er mich bemerkt hatte.

Scheiße.

„Miss Evans! Weg da!"

Ich stolperte rückwärts weiter, den Blick auf die Abzweigung zur anderen Abteilung geheftet.

Dann drehte ich mich um und begann zu laufen.

„Elizabeth! Bleib stehen!"
Ich hörte, wie hinter mir die Hölle losbrach. Evans, die ein Kreischen von sich gab und aus allen Wolken fiel. „Der Alarm! Löst den Alarm aus und bringt Mr. Valentinie in Sicherheit!"
Ich beschleunigte meine Schritte und drehte mich nicht noch einmal um.
Verdammt, verdammt, verdammt! Wieso hatte ich auch näher heranschleichen müssen!
„Elizabeth!"
Für den Bruchteil einer Sekunde wandte ich den Kopf um zu sehen, wie lange es noch dauerte, bis er mich eingeholt hätte, aber ich konnte ihn nicht sehen. Dann krachte ich gegen etwas Hartes.
„Aus dem Weg!", kreischte ich und wollte mich aus dem Gewirr aus Armen und Beinen befreien, doch der Mensch, der da wie aus dem Nichts vor mir aufgetaucht war, dachte gar nicht daran, sondern packte mich fest an den Schultern und so fielen wir gemeinsam hart auf den Boden.
Ich fluchte.
„Hallo, Elizabeth", sagte er spöttisch.
Ich sah auf. Marvin.
„Verdammt, wie ...?"
„Ich dich eingeholt habe? Ich kenn mich hier ein bisschen besser aus. Und jetzt komm!"
Er riss mich auf die Beine und versuchte, mich hinter sich her zu schleifen.
„Vergiss es! Ich gehe nicht mit dir!"
Entschlossen stemmte ich mich dagegen.
„Du kommst hier nicht weg, Elizabeth."
„Lass los!"
Ich krallte mich in einen Türrahmen und biss die Zähne fest zusammen.
„Komm mit, ich ..."
Plötzlich übertönte ein anderes Geräusch seinen Satz. Der schrille Alarm begann zu heulen. Erstarrt schauten wir uns an. Beide mit dem gleichen Entsetzen in den Augen.

Dann wurde der Ultraschall eingeschaltet.
Ich schrie auf, als sich der markerschütternde Ton durch mein Trommelfell bohrte.
Scheiße, den hatte ich ganz vergessen!
Verzweifelt presste ich meine Hände auf die Ohren und versuchte weiterzulaufen, doch ich konnte mich nicht bewegen. Auch Marvins Griff an meinem Arm lockerte sich.
Ich sank auf die Knie und fing an, mich mit den Füßen nach vorne zu schieben.
Verdammt brannte das in den Ohren! Wie hatte ich das nur vergessen können?
Es dauerte, bis ich mich wieder soweit unter Kontrolle hatte, dass ich auf die Beine springen und weiter torkeln konnte. Irgendwie hatte ich das Gefühl, wie in einem der Träume, in denen man kaum vom Fleck kommt, als würde alles nur noch in Zeitlupe geschehen. Die Luft hüllte mich ein wie Gelatine.
„Elizabeth!", hörte ich Marvin rufen, aber ich blieb nicht stehen. Es war ein Fehler gewesen, in dieses Taxi zu steigen. Es war ein Fehler gewesen, den Fahrer nicht früher bewusstlos zu schlagen, damit ich gar nicht erst in dieser verdammten Parklücke gelandet wäre. Und es war ein Fehler gewesen, nicht einfach so schnell wie möglich von hier zu verschwinden, sondern erst dem Gespräch eines alten Feindes zu lauschen.
Wie hatte ich auch nur so dumm sein können?
„Elizabeth!"
Ich drehte mich um.
„Was?"
„Bitte bleib da. Wo willst du hin? Jede Nebelgestalt braucht einen Herrn! Bitte."
Marvin sprang auf die Beine und hechtete mir hinterher. Ich fluchte und blieb stehen. Ewig konnte ich ihm nicht davonlaufen. Für mich war es schon schwer genug, hier einigermaßen die Richtung zu behalten. Marvin kannte unzählige Abkürzungen.
„Elizabeth", keuchte er wieder, als er neben mir war und mich an der Schulter herumzog, sodass ich ihm direkt in die Augen sehen musste.

Diese dunklen, braunen Augen. Das schwarzbraune Haar, das ihm ins Gesicht fiel. Ich schüttelte kaum merklich den Kopf, als ich daran dachte, was er mir bis vor Kurzem noch bedeutet hatte. Und als mir klar wurde, dass mich sein Blick plötzlich kalt ließ, weil es da etwas anderes gab, an dem mein Herz hing. Oder jemand anderen.
„Es tut mir leid."
„Was tut dir leid? Ich weiß, es war dumm Smith einfach am Flughafen zurückzulassen."
„Das war nicht nur dumm, sondern auch verdammt egoistisch!"
„Und jetzt?"
Ich schnaubte. Was hieß da: Und jetzt?
„Jetzt bring ich das zu Ende."
„Und du willst keine Hilfe?"
„Nicht von dir", entgegnete ich kühl. Als ob ich noch jemals von ihm Hilfe annehmen würde, ohne daran zu denken, wie er mich jedes Mal über den Tisch zog.
Fassungslos starrte er mich an, als würde er nicht begreifen, dass ich ihn gerade wirklich loswerden wollte. Dann nickte er langsam.
„Dann war's das wohl."
Dann war's das wohl. Ja, das hoffte ich auch. Aber jetzt musste ich hier erst noch rauskommen, bevor ich das so getrost sagen konnte. Marvin schien meinen Gedanken folgen zu können.
„Wenn du den Gang entlang gehst", sagte er, bereits dabei sich umzudrehen und davon zu gehen, „siehst du links eine Glastür. Die führt zur Kanalisation, ein geheimer Eingang, den niemand bewacht."
Ich nickte und hob den Blick, um ihm noch einmal in die Augen zu sehen und mich zu einem schwachen Lächeln zu zwingen.
„Machs gut. Wir werden uns bestimmt mal wieder irgendwann über den Weg laufen."
„Pass auf dich auf", flüsterte er und streckte die Hand aus, als wollte er mir eine Haarsträhne aus dem Gesicht streichen, entschied sich dann aber dagegen. Er sah zur Decke auf und als ich seinem Blick folgte, sah ich einen Lautsprecher, aus dem noch immer Ultraschall drang.
„Marvin weißt du, ich ..."

Ich wandte den Kopf und brach ab. Plötzlich war er verschwunden. Eine Sekunde davor hatte er doch noch vor mir gestanden!
„Nebelgestalt", brummte ich und machte mich auf den Weg.
Igittigitt. Heute war wirklich nicht mein Glückstag. Erst eine Herrentoilette und jetzt die stinkende Kanalisation.
Ich stemmte den Schachtdeckel hoch und zog mich ins Freie. Ja, ich weiß: Meine Pläne gehen meistens schief. Aber einen etwas stilvolleren Abgang konnte man sogar von mir erwarten. Inzwischen befand ich mich irgendwo in einer kleinen Siedlung. Um mich herum nichts als gepflegte Vorgärten, weiß gestrichene Häuser. Und dann war da eben noch ich. Stinkend, verdreckt und keuchend lag ich auf dem Rücken neben dem offenen Kanaldecke und starrte in den Himmel. Ein typisch englischer Tag. Bewölkt mit Aussicht auf Regen. Aber mir wäre es egal gewesen, wenn der Regen in Strömen auf mich herab geprasselt wäre.
Ich rieb mir immer noch die Schläfen. Als ich das erste Mal auf Valentinies Grundstück war, hatte mich der Ultraschall schon hart getroffen, aber für einen solchen Vorfall stellten sie ihn sicherlich noch einmal eine Stufe aggressiver.
Inzwischen hatten mich die ersten Anwohner bemerkt. Ich konnte ihre gaffenden Blicke durch die weißen Vorhänger praktisch spüren. Wie Insektenstiche auf der Haut. Und ich hörte bereits die Ersten mit der Polizei telefonieren.
„Verdammt."
Mühsam rappelte ich mich auf.
Wenn man mich hier aufgriff, war Brown sicherlich nicht weit.
Ich zog den Schachtdeckel wieder auf seine Position und schleppte mich die Straße runter. Egal, wie lange ich jetzt auf diesen blöden Bus warten musste, ich würde ihn nehmen. Und ganz sicher kein Taxi!
Mit zusammengebissenen Zähnen und konzentrierter Miene stocherte ich mit einer Haarnadel am Fensterschloss herum, bis es mit einem Klacken aufschwang. Dann kletterte ich in den Raum und sah mich um. Geoffreys Arbeitszimmer. Der hölzerne Schreibtisch, das Gemälde, der Sessel.

Ich lehnte mich gegen die Tür und presste das Ohr gegen das Holz. Stimmen drangen aus der großen Halle. Bald hatte ich auch rausbekommen, um was es ging. War ich eigentlich das Hauptgesprächsthema in dieser Familie?
„Nein, verdammt!", fluchte Beatrix gerade, gefolgt von einigen anderen Ausdrücken, die ich ihr niemals zugetraut hätte.
„Mutter!"
„Sei still, du Waschlappen! Ich wünschte, ich hätte jetzt eine Nebelgestalt an meiner Seite. Die könnte mir wenigstens helfen!"
„Mutter! Sie ist in Sicherheit."
„In Sicherheit? Sie war wochenlang verschwunden, nachdem du sie allein gelassen hast!"
„Ich weiß, dass das ein Fehler war", brummte Geoffrey. „Und was soll ich jetzt machen?"
„Gregor Valentinie hat meinem Herrn eine Nachricht übermittelt und der hat sie dann an mich weitergegeben!", fuhr sie ihn an.
„Dein Herr", spottete Geoffrey. „Was der nur an dir hat? Wann hast du das letzte Mal einen Auftrag für den Alten übernommen?"
„Spar dir deinen Hohn! Ich hab in meinem Leben schon genug getan. Interessiert dich denn gar nicht, was Valentinie sagt?"
„Kann nichts allzu Interessantes sein."
Ich überlegte eine Weile. Hörte sich nicht so an, als ob jemand in der Nähe war, der Verdacht schöpfen würde. Vor Therese oder Linda Harrington hätten sie auf jeden Fall nicht über Beatrix´s Existenz bei den *Fantômes de la nébuleuse* gesprochen.
Ich öffnete die Tür und durchquerte leise die Gänge auf dem Weg zur Eingangshalle, in der die beiden sich gerade stritten.
„Er sagt, dass Elizabeth in Ecuador wäre, dass eine seiner Nebelgestalten sie holen wollte!", kreischte sie. „Kannst du dir das vorstellen?"
„Ich dachte, Valentinie wäre ein Feind?"
„Ist er auch, du Hornochse! Und trotzdem haben sie Elizabeth befreit. Und jetzt rate einmal, von wem der feine Herr Valentinie noch gesprochen hat."
Geoffrey schnaubte.

„Keine Ahnung. Und es interessiert mich auch nicht wirklich. Sind doch alles nur leere Drohungen. Als ob der Lizzie helfen würde."
„Er sprach von Ellen."
Jetzt schwiegen beide.
„Ellen?"
„Ellen", entgegnete Beatrix kühl.
„Ellen", stimmte ich zu und sprang leichtfüßig die Treppen runter. Beide wirbelten zu mir herum. Dabei hatte Geoffrey schon beinahe die Geschwindigkeit einer Nebelgestalt erreicht. „Hey, Leute!"
„Elizabeth!", schrien sie wie aus einem Mund.
„Ich muss mit euch reden."

Abschied

„Na, das wird aber auch langsam mal Zeit!"
Wie hatte ich die Wiedersehensfreude meiner Urgroßmutter doch vermisst.
„Beatrix würdest du das Mädchen bitte erst einmal richtig nach Hause kommen lassen?"
Nach Hause. Das klang wie Musik in meinen Ohren.
„Stell dich nicht so an, Geoffrey. Weiß du, wie sie mich auf Trab gehalten hat? Schämen sollte sie sich, immerhin bin ich auch nicht mehr die jüngste!"
Geoffrey seufzte.
„Hallo, Lizzie. Freut mich, dass du wieder da bist. Aber an deiner Stelle würde ich schnell reden."
„Hallo", sagte ich und ließ mich auf die unterste Stufe fallen, Beatrix's bösen Blick („Eine Brooks bewahrt stets Haltung!") ignorierend.
„Schöne Grüße von Ellen."
Geschockt suchten die beiden nach den passenden Worten.
„Elizabeth, bitte. Zügle deine Zunge", ermahnte mich meine Urgroßmutter.
„Beatrix ..."
„Du bist jetzt still, Geoffrey! Weißt du, was wir alles durchmachen mussten? Wegen Ellen? Und jetzt kommst du her und wirfst einfach ihren Namen in den Raum."
„Mutter, bitte ..."
„Weißt du nicht, dass damit alte Wunden aufreißen können? Bist du wirklich so herzlos?"
„Mutter!", protestierte Geoffrey wieder. „Ich denke, Lizzie hat schon eine gute Begründung."
„Und wieso sagt sie sie dann nicht?"
„Weil du mich nicht zu Wort kommen lässt", schlug ich vor.
„Jetzt werde ja nicht frech!"
Ich schüttelte unwirsch den Kopf. Es war schon nicht leicht mit ihr.
„Ich habe Ellen in Ecuador getroffen."
„In Ecuador."

„Ja", erwiderte ich schlicht. Ich wusste, wie sich das in den Ohren meiner Urgroßmutter anhören musste. So, als hätte ich die vergangenen Wochen Urlaub gemacht und es nicht für nötig gehalten, sie vorzuwarnen, dass ich verschwinden würde. „Ich habe Brown gesehen. Damals in der Stadt, als ich mit Geoffrey unterwegs war."
„Ehrlich?" Geoffrey war gleich Feuer und Flamme. Da kam der unterdrückte Geheimagent bei ihm durch. Er wäre eine fantastische Nebelgestalt geworden, nicht so gelangweilt und desinteressiert wie ich. „Und was hat er gemacht?"
„Sich mit ein paar dubiosen Typen getroffen. Er hat sie bezahlt und mit dem Transport von irgendetwas beauftragt."
„Von was?"
„Falschgeld."
Geoffrey stieß einen leisen Pfiff aus. Genau nach seinem Geschmack. Was hatte ich gesagt?
„Geoffrey, unterlässt du bitte dieses undisziplinierte Geräusch?"
Wir seufzten beide gleichzeitig, vor allem weil wir genau wussten, dass ein Seufzen auch zu den „undisziplinierten Geräuschen" gehörte.
„Wenn das euer Sinn für Humor ist ..."
„Darf ich weitererzählen?"
„Ich bitte darum!"
Mein Gott, mit der Frau würde ich noch irgendwann wahnsinnig werden!
„Ich habe gemeinsam mit Patrick – den ich getroffen habe, als er ebenfalls Brown beschattete – die Verfolgung aufgenommen, wollte mir Zutritt zu den geschmuggelten Containern verschaffen und bin dabei ... na ja, mehr oder weniger gefangen genommen worden!"
„Wie kann man mehr oder weniger gefangen genommen werden?", fragte Geoffrey erstaunt.
„Sie meint damit, dass sie sich selbst eingesperrt hat", antwortete Beatrix für mich.
Geoffrey grinste.
„Liegt wohl in der Familie. Ich bin auch so ein Tollpatsch."
„Wenn die Bemerkung eine Anspielung darauf war, dass die Familie Brooks aus Tollpatschen besteht ..."

„Auf jeden Fall bin ich dann irgendwie mit nach Ecuador gereist", unterbrach ich sie, bevor ein erneuter Mutter-Sohn-Krieg ausbrechen konnte. „Dort hat man mich überraschen können, mich in eine Zelle geschleift und dort bin ich Ellen begegnet."
„Wow", sagte Geoffrey.
Ich grinste. Geoffrey war vielleicht nicht so altertümlich wie Beatrix, aber ein „Wow" gehörte eigentlich auch nicht zu seinem Wortschatz.
„Tja. Irgendwann kam Brown nach Ecuador und wollte uns zur Rede stellen oder keine Ahnung was erzählen. Dazu ist er aber nicht mehr gekommen, weil man zwei *Fantômes de la nébuleuse* ganz in der Nähe gesichtet hatte und er fliehen musste."
„Zwei?", wiederholten Beatrix und Geoffrey wie aus einem Mund.
„Ja, ich wusste erst auch nicht, wer die andere Nebelgestalt sein sollte. Aber es waren Patrick und Marvin. Eine Nebelgestalt unter Valentinie."
Marvins Nachnahmen hielt ich geheim. Die Gustafssons waren ungefähr so berühmt wie meine Familie. Und dementsprechend verfeindet. Wenn Beatrix mitbekommen würde, dass ich mich mit einem seiner Sippe abgegeben hatte, würde sie vollkommen austicken. Also: Noch mehr austicken, als sie es ohnehin schon immer tat!
„Wieso hat dir ein Feind geholfen?", fragte Geoffrey verwirrt.
„Weil Elizabeth ein Mädchen ist", entgegnete Beatrix. „Schau nicht so, ich war selbst einmal jung."
Wahrscheinlich konnte man das Scheppern meines Unterkiefers hören, der auf dem Boden aufschlug, soweit stand mir der Mund gerade offen.
„Schwer zu glauben", bemerkte Geoffrey und rückte sich seine Brille zurecht.
Ich grinste.
„Ich werde jetzt so tun, als hätte ich nichts gehört. Elizabeth? Weiter, bitte!"
„Äh, ja ... natürlich." Ich brauchte etwas, bis ich mich wieder gefangen hatte. Danach erzählte ich ihnen alles, was ihr ja sowieso schon wisst. Viel zu langatmig, um das noch mal alles wiederzugeben.

Und mit den vielen Unterbrechungen von Geoffrey und Beatrix wahrscheinlich zehn Seiten lang.

„Wir brauchen eure Hilfe. Nur finanziell, ich werde euch nicht in Gefahr bringen. Und glaubt mir: Ich bitte euch nicht gern um Geld."

„Das Geld ist kein Problem", unterbrach mich Geoffrey eifrig. Wahrscheinlich spekulierte er immer noch darauf, dass er einmal eine weit wichtigere Rolle in diesem Kampf übernehmen durfte. „Darum kümmere ich mich. Brown wollte schon Kontakt mit uns aufnehmen, aber wir haben selbstverständlich abgelehnt. Doch es ist sicherlich nur eine Frage der Zeit, bis er mit einem Durchsuchungsbeschluss hier auftaucht und dann kann mir mein Jurastudium auch nicht weiterhelfen."

„Es ist nur wichtig, dass nichts hier ist, das auf mich hindeutet."

„Jetzt gibt es noch etwas anderes, was wir erledigen sollten", sagte Beatrix.

„Was denn?"

Geoffrey warf seiner Mutter einen strengen Blick zu.

Von was redeten die beiden nur?

„Wir haben einem alten Bekannten von dir geholfen. Und wenn du ihn noch einmal sehen willst, sollten wir uns beeilen", erklärte er mir.

Hä? Ich verstand nur Bahnhof. Was wollten die von mir?

„Wen?"

Ich sah zwischen den beiden hin und her, keiner von ihnen schien antworten zu wollen.

„Wer ist es?", wiederholte ich meine Frage.

„Mr. Thomas."

„WAS?" Mein Kreischen hallte durch die Hallen, warf sich gespenstisch an den Wänden wider. Betretende Stille machte sich breit.

Ich fluchte.

War das gut? Ja, wahrscheinlich schon. Ich musste ihn nicht suchen, er war vermutlich in Sicherheit ... was störte mich?

„Wieso müssen wir uns beeilen?", fragte ich. In meiner Stimme schwang Panik mit.

„Er muss verschwinden", erklärte Geoffrey betreten. „Es wird hier zu gefährlich. Er lässt dich nicht gern allein zurück – glaub das ja nicht – aber er muss weg. Browns Männer sind wie versessen hinter ihm her."
Ich nickte.
„Sogar bei Johanna waren sie schon."
„Solange es noch irgendwie geht, müssen wir die beiden in Sicherheit bringen. Morgen startet ein Flugzeug, das Thomas wegbringt."
Ich biss mir auf die Lippe.
Mr. Thomas musste fliehen. Wegen mir. Diese Gewissheit traf mich wie ein Faustschlag.
Wieder ... Das hatte ja alles schon einmal so begonnen. Er war mit mir geflohen, um Brown zu entkommen, hatte alles aufgegeben, was er sich je aufgebaut hatte.
Und jetzt auch Johanna? Eine jämmerliche Freundin war ich.
„Wir können Johanna nicht einfach in einen Flieger stecken", erklärte ich. „Man würde sie vermissen."
„Aber Patrick und du, ihr solltet sie nicht unnötig in Gefahr bringen."
„Das machen wir nicht", sagte ich schnell. „Auf gar keinen Fall."
Dann schwiegen wir wieder.
„Kann ich noch einmal mit ihm sprechen?"
Beatrix nickte langsam.
„Ja, er will dich bestimmt sehen, bevor er abreist."
„Na, komm." Geoffrey legte mir fürsorglich die Hand auf die Schulter. „Wir bringen dich zu ihm."
Und ich ließ mich von ihm führen.

Ich presste meinen Kopf gegen die Scheibe und starrte zu den Regentropfen auf, die gegen das Glas schlugen und ein Muster aus Linien zeichneten.
„Sauwetter", flüsterte ich. Aber irgendwie passte der Regen ja. Sonnenschein wäre jetzt ganz sicher nicht das Richtige. „Wie weit müssen wir fahren?"
Geoffrey drehte den Kopf zu mir und lächelte besänftigend.
„Nicht weit. Das Versteck ist gleich am Rand der Stadt."

Beatrix räusperte sich.
„Geoffrey würdest du bitte wieder auf die Straße sehen? Du kannst ruhig in den vierten Gang schalten."
„Mutter, nur weil ich keine Nebelgestalt bin, heißt das nicht, dass ich zu dumm zum Autofahren bin!"
Sie drehte beleidigt den Kopf zur Seite. Meine Urgroßmutter hatte darauf bestanden, dass sie auf dem Beifahrersitz sitzen durfte. Um ihrem Sohn ein paar Lektionen in Sachen Verkehrserziehung beizubringen.
„Jetzt bitte den Blinker setzen!"
Geoffrey stöhnte.
„Ich werde sie nie wieder mitnehmen! Erinnere mich daran, Lizzie."
„Klar mach ich."
Mit ausdrucksloser Miene spielte ich mit meinen Fingern.
Würde Mr. Thomas sauer auf mich sein? Würde er mir erklären, dass das alles meine Schuld war?
Ein Holpern schreckte mich aus meinen Gedanken, als Geoffrey von der Straße abfuhr und auf einen kleinen Feldweg wechselte.
„Wir haben ihn im alten Forsthaus untergebracht", erklärte mir meine Urgroßmutter und richtete ihr Hütchen zurecht, das über ihrem braun-grauen Haar verrutscht war. Natürlich war Beatrix gut gekleidet, wenn sie das Haus verließ.
Das Forsthaus (oder vielmehr das Forsthäuschen) stand neben einer Wiese, die seit dem letzten Sommer nicht mehr gemäht worden war und jetzt aus langen, verwitterten Grashalmen bestand. Der Putz bröckelte von den Wänden, das Dach machte einen mitgenommenen Eindruck und die Fensterscheiben waren teilweise eingeschlagen.
Ich hatte ein mulmiges Gefühl, als ich die Tür mit dem Schlüssel, den mir Geoffrey gereicht hatte, aufschloss und mit einem lauten Knarren aufstemmte. Staubfusel tanzten über den Boden, ein muffiger Geruch schob sich durch den Raum und an den Wänden hingen – Bäh! – Spinnweben. Ich schauderte, als ich direkt über mir die Bewegung einer fetten Spinne wahrnehmen konnte, die mich durch ihre (für mich hungrig wirkenden) Augen anstarrte. Möglichst unerschrocken funkelte ich zurück.

Klar, ich hatte schon einiges Abscheuliches gesehen und die Tiere haben mehr Angst vor uns als wir vor ihnen ... Bla, bla! Hab ich natürlich schon alles hundertmal gehört. Ich würde mich trotzdem nie ganz mit ihnen anfreunden.

„Elizabeth bist du am Boden festgefroren? Beweg dich!", fuhr mich Beatrix an und versetzte mir einen ungeduldigen Schlag in den Rücken. Sie folgte meinem Blick und schnaubte missbilligend. „Spinnen. Ach, Gott. Erzähl mir bitte nicht, dass du Angst vor Spinnen hast!"

Ich biss die Zähne zusammen. Natürlich nicht! *Fantômes de la nébuleuse.* Furchtlos und alles drum und dran. Dummerweise war ich nicht halb so unerschrocken, wie meine Fähigkeiten es eigentlich vorschreiben würden. Aber ich war ja schon immer ein Sonderfall gewesen ...

„Geoffrey? Sei so nett und sag für mich das Codewort."

„Barbarossa!"

Ich verdrehte die Augen. Friedrich Barbarossa. Natürlich kannte Geoffrey, der ehemalige Streber, den und auch ich wusste, dass er den Beinamen „Rotbart" trug. Wie ironisch.

Mit einem kritischen Blick musterte ich die Decke, von der ich schon zuvor einige unruhige Geräusche gehört hatte.

„Geoffrey?", krächzte Mr. Thomas und ich zuckte zusammen. Seine Stimme klang so ... gebrechlich. Gar nicht so, wie ich sie in Erinnerung hatte. „Ist etwas passiert?"

Ich hörte schleppende Schritte über den Boden schlurfen und sah den Staub von der Decke rieseln.

Dann kletterte er die Leiter zum Erdgeschoss herunter.

Ich schüttelte den Kopf, als ich ihn sah. Immer noch groß und es hatte sich auch nichts daran geändert, dass er mein persönlicher Spezialagent war, wie ich öfters gern betont hatte.

Seine dunklen Augen wurden groß, als sie mich erblickten.

„Lizzie!"

„Mr. Thomas", schniefte ich, rauschte durch den Raum und warf mich gegen ihn. „Oh, Mr. Thomas. Ich habe Sie so vermisst!"

„Lizzie", flüsterte er und umarmte mich. Ich presste meinen Kopf schniefend gegen seine Brust. Mann war der groß! Das hatte ich schon fast wieder vergessen.

„Was um alles in der Welt machst du hier?"

Ich wischte mir Tränen aus den Augenwinkeln. Hinter ihm sah ich bereits einen Koffer stehen. So war das also.

„Tja, ich habe nicht mehr lang, wie du siehst."

Er zuckte die Schultern, eine Geste, die gar nicht zu ihm passte und ihn irgendwie bedrohlich wirken ließ. „In zwei Stunden fährt mein Zug und dann ab in den Flieger, schätze ich."

„Mr. Thomas, es tut mir so leid."

Aber er winkte ab.

„Hör auf, Lizzie. Du kannst doch auch nichts dafür. Was hättest du schon groß unternehmen können?"

Nichts. Aber davon können Sie sich auch nichts kaufen!

Ich unterdrückte mir diesen Kommentar.

Mr. Thomas schnaubte und klopfte mir freundschaftlich auf die Schulter.

„Lizzie, morgen bin ich vielleicht schon irgendwo auf einer schönen Insel, halte mein Gesicht in die Sonne und schlürfe Cocktails."

Er setzte zu einem neuen, verpatzten Lachversuch an.

„Kann ich mir nur schwer vorstellen", neckte ich ihn. Aber Mr. Thomas am weißen Sandstrand war schon irgendwie ein ... na ja ... amüsantes Bild?

Geoffrey räusperte sich hinter uns.

„Ich bring dich dann zum Bahnhof", erklärte er. „Browns Spitzel werden ja hoffentlich nicht schon wieder an mir kleben."

„Die sind nicht dumm", bemerkte mein ehemaliger Selbstverteidigungslehrer. „Haben mich in den letzten Wochen ganz schön auf Trab gehalten!"

Das konnte ich mir vorstellen. Wenn ich daran dachte, was ich alles durchgemacht hätte, wenn Patrick nicht bei mir gewesen wäre, musste ich glatt schaudern. Zum Glück hatte ich ihn an meiner Seite gehabt – beziehungsweise hatte ihn immer noch am Hals.

Apropos Patrick ...

„Was gibt es bei dir Neues, Lizzie?"
Hm, nichts? Ich schaute auf. Etwas Neues? Außer, dass mir die Probleme bis zum Hals standen, ich der guten alten Hollywoodtradition folgte und als wichtige Spielfigur meine Freunde gefährdete (Kommt wirklich in jedem Film vor. Manchmal denke ich, mein Leben ist nur ein chaotisches Remake.) und dass ich mich jetzt auch noch – ausgerechnet JETZT – in meinen besten Freund verliebt hatte?
„Nichts."
„Nichts ist schon mal nichts Schlechtes."
Ich lächelte. Ein sehr weiser Spruch. Ich sollte ihn mir merken. *Nichts ist schon mal nichts Schlechtes, gesagt von Mr. Thomas.* Gefiel mir.
„Du wirst mir fehlen, Lizzie."
Er nahm mich fest in seine Arme und strich mir über das rote Haar.
„Danke, Mr. Thomas. Für alles."
„Du warst für mich immer meine kleine Tochter", flüsterte er. „Und das wird sich auch niemals ändern."
„Was auch immer kommt", bestätige ich ihm kleinlaut.
Es ist schön, wenn man eine Familie hat. So traurig wie es auch war, sie wieder verlieren zu müssen.

Die erste Spur

Geoffrey schnürte den Rucksack zu und warf ihn zu mir herüber. Ich fing ihn ohne Schwierigkeiten auf.
„Danke, Geoffrey."
„Schon gut. Ich hoffe, das reicht. Melde dich, wenn ich wieder etwas für dich tun kann."
„Danke", flüsterte ich noch einmal und umklammerte die Tasche. Ich hatte nicht gefragt, wie viel er mir gab. Über Geld hatte ich noch nie gern gesprochen. Doch wahrscheinlich sollte ich extrem gut darauf aufpassen.
Stunden später – es war schon wieder dunkel – schlich ich durch den Klostergarten.
„Johanna?", zischte ich und klopfte leise gegen die Fensterscheibe.
„Johanna!"
„Lizzie! Ich hab mir schon Sorgen gemacht."
Schon Sorge gemacht?
Ich war gerade seit eineinhalb Tagen unterwegs! Na ja, wenn man daran dachte, welchen kleinen Umweg ich zwischendrin eingelegt hatte, war diese Aussage vermutlich sogar berechtigt.
„Ach, die hättest du dir wirklich nicht machen müssen. Ist doch alles gut gegangen."
Mehr oder weniger.
Ich hasste es, Johanna anzulügen. Aber erstens wäre das sicherlich gar nicht gut für sie, weil sie sich dann wieder fürchterlich aufregen würde und zweitens würde ich dann einen stundenlangen Monolog anhören müssen und dann wäre die Frage „Wie viel Schlaf bekomme ich heute ab?" auch schon wieder geklärt.
Ich hopste leichtfüßig auf den Fenstersims. Johanna stieß einen anerkennenden Pfiff aus.
„Du solltest die verpatzte Hochsprungnote mal nachmachen."
Ich grinste.
„Verlockender Gedanke. Und ich mach es vielleicht sogar, wenn ich das alles hier hinter mich gebracht habe." Ich sah mich stirnrunzelnd um, während ich ins Zimmer kletterte. „Wo ist überhaupt Patrick?"

„Patrick?", entgegnete Johanna verwirrt.
„Patrick." Ich warf ihr einen vielsagenden Blick zu. „Du weißt schon, der blonde, nervende, aufdringliche Patrick, den du nicht aus den Augen lassen solltest."
Johanna schnitt mir eine Grimasse.
„Ich weiß, wer Patrick ist."
Na, dann bin ich aber mal beruhigt!
„Und wo ist er?"
Ich schmiss mich auf mein altes Bett und rieb mir die Augen.
„Er wollte noch schnell etwas für mich aus einem Pressearchiv holen."
„Was?" Ich stöhnte. „Johanna, niemand darf uns sehen."
„Ach ja?" Sie zog demonstrativ eine Augenbraue hoch. „Und du denkst, es ist leicht zwei stinklangweilige Tage in einem Zimmer zu sitzen und absolut nichts zu tun?"
„Mit Patrick? Nein, das ist nicht leicht!"
„Er musste auch mal raus", erklärte sie mir mit einem Schulterzucken.
„Und du sollst nicht immer so gemein sein."
Ich schwieg.
Nicht gemein sein. Ich dachte daran, wie sehr mich manche *seiner* Aussagen schon verletzt hatten.
„Er mag dich", sagte sie bestimmt.
„Nein."
„Natürlich!"
Ich schüttelte den Kopf.
„Als hätten wir das nicht schon alles mal gehabt."
Johanna seufzte und setzte sich neben mich. Ich streckte grinsend meine Hand nach einer ihrer Locken aus und rollte ihre Haare spielend um meine Finger. Auch sie musste lächeln.
Drei Stunden später saßen wir immer noch quatschend nebeneinander, als Patrick durchs Fenster kletterte.
„Hey, Lizzie! Du bist wieder da!" Er lächelte mich an.
„Tja, schaut so aus."
„Hallo Patrick", bemerkte Johanna.
„Oh, hi."
Sie seufzte.

„Haben sie dir die Sachen mitgegeben?"
„Ja." Er hievte eine schwer aussehende Schachtel auf den Fenstersims. „Die Zeitungsberichte, Fernseh- und Radiointerviews aus der gewünschten Zeit."
Johanna nickte.
„Wofür brauchen wir all das Zeugs?"
Sie seufzte.
„Lizzie. Das ist die Zeit, in der Brown von seinem Studium zurückkam bis zu dem Tod seines Vaters. In dieser Zeit muss er seine ersten Beziehungen aufgebaut haben, muss seine ersten Geschäfte abgewickelt haben."
„Ah", jetzt kam auch ich mit. „Ihr meint also, wenn er einen Fehler gemacht hat ..."
„Dann damals, als er noch unerfahren in solchen Dingen war", fuhr Patrick fort. „Genau das meinen wir."
„Ok." Johanna schloss die unterste Schublade ihres Schreibtisches auf. „Ich habe einen Laptop für die Fernsehaufnahmen. Bitte Kopfhörer benutzen. Nicht, dass die Nonnen sich noch fragen, wieso ich mich plötzlich so intensiv für einen Politiker interessiere. Und das hier ..." Sie angelte einen tragbaren CD-Player aus der Schublade. „Ist zwar schon uralt, aber für die Radiomitschnitte. Und einer geht die Zeitungsberichte durch."
„Ich nehm den CD-Player!", rief ich als erstes, in der Hoffnung, damit die ganze Nacht rumliegen zu können und die angenehmste Aufgabe zu haben.
„War ja klar", sagte Johanna und grinste.
„Dann nehm ich den Laptop", sagte Patrick schnell.
„Scheint, als würde für dich nur der Papierkram übrig bleiben", zog ich sie auf.
„Keine Sorge, ihr habt sowieso weniger Arbeit und wenn ihr fertig seid, dürft ihr mir helfen."
Patrick öffnete die Schachtel und verteilte die Blätter und CDs.
„Leute, ich glaub das wird eine lange Nacht."
„Das glaubst nicht nur du."
Wir sahen uns erschöpft an.

„Hat jemand von euch eine Uhr?"
Patrick und ich drehten uns zu Johanna um.
„Neunzehn Uhr. Wieso?"
Sie zuckte die Schultern.
„Keine Ahnung, hab nur so gefragt."
Ich kniff die Augenbrauen zusammen.
Nur so gefragt? Das klang aber gar nicht so. Sonst würde sie nicht so zu Boden blicken, wie sie es gerade tat.
„Was ist los, Johanna."
„Nichts?"
Ich schlug mir mit der flachen Hand auf die Stirn.
„Wie konnte ich nur so dumm sein?"
„Was?", fragte Patrick.
„Heute ist Abschlussball. Hast du eine Einladung?"
Johanna verzog keine Miene, während sie weiter betreten zu Boden schaute.
„Ja, aber das kann ich auch verschieben."
„Blödsinn", sagte Patrick.
„Absoluter Blödsinn", verbesserte ich ihn.
„Weißt du, was du für uns alles schon getan hast?"
„Wenn du eine Verabredung hast, dann mach das!"
Sie schüttelte aber nur den Kopf.
„Ich lass euch hier nicht allein. Immerhin ist die Arbeit jetzt sehr wichtig und alles."
„Es ist wichtig, dass niemand Verdacht schöpft", erklärte ich ihr. „Und wenn du nicht auf dem Ball auftauchst, wie all die anderen Jahre, dann ist das höchst verdächtig."
Zweifelnd runzelte Johanna die Stirn.
„Meinst du wirklich?"
„Ja", antworteten Patrick und ich wie aus einem Mund.
Einen Augenblick lang schien sie zu überlegen.
„Ok, ich geh hin. Aber ihr ruht euch auch etwas aus. Lizzie sieht aus, als könnte sie etwas Schlaf gebrauchen und wenn wir uns heute Abend auf andere Sachen konzentrieren, können wir morgen frisch in den Tag starten."

Ich lächelte.
„Hört sich doch gut an. Soll ich dir mit den Haaren helfen?"

Inzwischen hatte das Orchester eingesetzt und ich konnte vor meinem geistigen Auge die große Halle sehen, die schönen Kleider, die Häppchen ...
Ich seufzte.
„Alles ok mit dir, Lizzie?"
Ich hob den Kopf.
Patrick hatte sich über mich gebeugt und grinste.
„Ja, klar. Alles paletti."
„Wär schön, wenn man jetzt auch bei denen auf ihrem Ball sein könnte."
„Besser als hier im Zimmer", stimmte ich ihm zu.
„Weißt du, mein einzig richtiger Ball war der bei Valentinie."
„Der war ... na ja." Ich zuckte die Achseln. „Sagen wir mal, man konnte ihn nicht wirklich genießen."
„Hat dich ja nicht davon abgehalten."
Ich biss mir auf die Unterlippe.
Der Unterton gefiel mir ganz und gar nicht. Ich drehte mich zur Seite.
„Tut mir leid", flüsterte Patrick. „Das hätte ich jetzt nicht sagen sollen."
Nein, hättest du nicht!
„Ist schon gut."
„Nein, ist es nicht."
Irgendwie gefiel mir seine Stimme gerade nicht. Er hörte sich mal wieder an, als hätte er etwas vor.
„Komm mit, Lizzie."
„Was hast du vor?"
„Du sollst mitkommen!", beharrte er energisch.
„Patrick, ich hab heute wirklich keine Nerven mehr für irgendwelche seltsamen Ausflüge."
„Das wird dir gefallen, ich versprech es dir."

Er zog mich auf die Beine, sodass ich direkt in seine Augen sehen musste. Ich seufzte. Wenn er mich so ansah, konnte ich ja auch schlecht Nein sagen.
„Wo gehen wir hin, Patrick?"
„Lass dich überraschen."
Lass dich überraschen ... Das war die einzige Antwort gewesen, seit er mich aus dem Fenster gehoben hatte, seine Hände über meine Augen gelegt hatte und mich irgendwo durch die Klosteranlage führte.
„Du könntest ja erraten, wo wir gerade sind."
„Hm."
Ich überlegte.
Hier roch es unglaublich gut. Nach vielen Blüten, fast so wie in einer Blumenhandlung, in der der Boden feucht und erdig war und die schwüle Luft unter der Decke stand.
Und ich hörte einen Springbrunnen.
„Wir sind in einem der Gärten."
„Gar nicht so dumm."
„Und was machen wir hier?"
In dieser Sekunde begann in der Halle das nächste Stück. Ich hatte mit meinen Ohren ja schon von Johannas Zimmer aus die Lieder gehört, aber hier war es noch einmal etwas ganz anderes. Die Musik drang ganz nah an mich und dennoch war ich mir sicher, dass wir weit genug weg und tief genug in einem Garten drin waren, dass uns niemand sehen konnte. Leise begann das Klavier die ersten Töne der Melodie zu klimpern, bis die Streicher mit der zweiten Stimme einsetzten.
Behutsam nahm mir Patrick die Hände von den Augen.
„Augen auf", flüsterte er mir ins Ohr.
„Wow."
Ich war nie ein Mondexperte gewesen und hatte dementsprechend mal wieder keinen Plan gehabt, dass Vollmond war. Aber jetzt sah ich ihn, gigantisch groß. Das weiße Licht strahlte über dem klaren Himmel und tauchte das Wasser des Springbrunnens in ein gespenstisches Lichtermeer.
„Das sieht wunderschön aus."

Ich hätte schluchzen können und es war mir vollkommen gleich, dass ich jegliche romantische Aktivitäten im Normalfall als „kitschig" bezeichnete.

Vorsichtig legte Patrick mir seine Hand an die Taille, drehte mich herum, griff nach meiner Hand und begann (zugegeben: etwas ungeübt) die ersten Tanzschritte. Es war mir auch egal, dass er eher ein ungeschickter Tänzer war. Wäre es anders gewesen, hätte er mich bloß in Verlegenheit gebracht. So stolperten wir eben beide über unsere eigenen Füße und über die des jeweils anderen und kicherten jedes Mal.

Wie gesagt: alles egal. Nach den ersten paar Takten hatte ich den Rhythmus gefunden, konnte von meinen tollpatschigen Füßen auf und in sein Gesicht sehen.

„Du hattest recht", stellte ich verwundert fest. „Hier ist es echt schön. Viel schöner, als in dieser Halle."

„Ich weiß, Eisprinzessin", flüsterte er und zwinkerte mir verschwörerisch zu.

Ich biss mir grinsend auf die Unterlippe. Zum ersten Mal hatte ich nichts gegen diesen spöttischen Spitznamen.

„Weißt du, ich glaube, inzwischen bin ich gerne deine Eisprinzessin."

Er lächelte.

„Stell dir mal vor, das hätte dir jemand vor fast einem halben Jahr gesagt."

„Ich hätte ihn vermutlich ausgelacht."

„Oder frech angeschnauzt."

„Ich schnauze niemanden frech an", verteidigte ich mich.

„Doch, ich kenn da jemanden, der das aus Erfahrung sagen kann."

Ich grinste.

„Du meinst doch wohl nicht dich selbst, oder?"

„Meine Quelle bleibt geheim", erwiderte er trotzig und drehte mich weiterhin herum.

Ich fühlte mich so sicher hier. Bei Patrick. In seinen Armen.

„Patrick, es ist mir absolut egal, dass du eigentlich mein bester Freund bist", sagte ich dann entschieden und wunderte mich selbst über meine sachliche Stimme.

„Und mir ist es egal, dass du eigentlich meine beste Freundin bist."
Ich grinste.
„Patrick, ich liebe dich."
„Sei still, das muss der Junge als erstes sagen."
„Pech gehabt. Wer zuerst kommt, mahlt zuerst."
Dann stellte ich mich auf meine Zehenspitzen und küsste ihn vorsichtig auf den Mund. Die Berührung dauerte nur wenige Sekunden und zugegeben: Dieses Mal war ich die Schuldige und hätte eigentlich darauf gefasst sein müssen.
Dennoch geriet ich leicht ins Torkeln.
„Ich liebe dich, Lizzie."
Ich legte meinen Kopf gegen seine Schulter und sog sanft seinen Geruch in mich auf.
Von mir aus konnte dieser Augenblick ewig dauern.

Am nächsten Morgen wurde ich von Johanna geweckt. Ich hatte so fest geschlafen, dass ich nicht einmal bemerkt hatte, wie sie wieder zurück ins Zimmer geschlichen war, sich die vielen Haarklammern aus den Haaren gezogen und die Schminke abgewaschen hatte.
„Frühstück", sagte sie und stellte ein Tablett auf dem Schreibtisch ab.
„Guten Morgen auch!", gähnte ich und versuchte, meine Augen einen Spaltbreit zu öffnen. Auf Johannas Wecker war es gerade acht Uhr morgens. Viel zu früh. „Was gibt's zu essen?"
„Brot, Wurst und Tee", sagte sie und wies stolz auf ihre Beute. „Alles unauffällig beiseite geschafft."
„Ich bin stolz auf dich, Johanna."
Ich kletterte ungelenk aus dem Bett und stellte fest, dass ich immer noch dieselben Klamotten wie am Abend zuvor trug. Um ehrlich zu sein, erinnerte ich mich nicht mehr daran, wie ich ins Bett gekommen war.
„Guten Morgen, Eisprinzessin", rief Patrick. Er saß am Fensterbrett, den Laptop am Schoß, ein Brot in der linken Hand. Ich grinste, als ich ihn sah.
„Guten Morgen."

„Was habt ihr gestern Abend noch gemacht?", fragte Johanna und ich zuckte zusammen.
Was hatten wir gestern noch gleich wieder gemacht?
„Ich bin mit den Radiointerviews fertig", sagte ich schnell. Dafür hatte ich auch kaum eine Stunde gebraucht. Anscheinend war Brown mehr im Fernsehen. Aber Patricks Grinsen verbreiterte sich.
„Und? Was Interessantes gefunden?"
„Nein. Wie schaut's bei dir aus?"
Patrick zuckte die Achseln.
„Hundert langweilige Frühstückssendungen, in denen Politiker und irgendwelche abgebrannten Stars dem Moderator ihr Herz ausschütten."
Ich nahm Johanna ein Brot ab und biss gierig hinein.
„Was haben wir heute für einen Tag?"
„Sonntag, morgen muss ich wieder in die Schule", stöhnte Johanna. „Ich wünschte, ich könnte mich noch einen Tag krankmelden, aber dann würden die Nonnen langsam Verdacht schöpfen."
Ich grinste. Wenigstens etwas, was ich hinter mir hatte. Während Johanna mir einen Stapel alter Zeitungen zuwarf, klopfte ich mir die Brösel von der Hose.
„Leute", sagte Patrick und begann auf seinem Laptop herumzutippen. „Ich glaub, ich hab was."
„WAS?", kreischte ich, sprang auf, rannte die genauso verdutzte Johanna über den Haufen und drängte mich neben Patrick. „Sag schon, was ist es?"
Ich starrte auf die Aufnahme einer Fernsehshow, in der Brown es sich gerade im schönsten Anzug in einem Sessel bequem gemacht hatte, mit einer Porzellantasse in seiner Hand.
Patrick spulte zurück.
„Das müsst ihr euch anhören", sagte er, zog die Kopfhörer aus dem Laptop und stellte den Ton leise, sodass niemand am Gang hören konnte, was wir uns gerade anschauten. Auch Johanna stellte sich jetzt hinter uns.
…

„... Tja, unsere Jugend. Wir haben doch alle unsere kleinen Geheimnisse, die wir gern unentdeckt lassen würden", säuselte der Moderator gerade und schenkte Brown etwas Tee nach.
„Kann ich nur bestätigen."
„Aber soweit ich weiß, sind Sie doch ein wahrer Wunderknabe, ohne jeden Makel!"
Brown lachte sein helles Lachen und wischte sich eine Strähne aus dem Gesicht, die seine tadellose Frisur verlassen hatte.
„Wenn Sie wüssten ..."
Jetzt schien das Interesse des Fernsehtypen geweckt.
„Na, hören Sie mal! Das sind ja ganz andere Töne!"
Brown lachte wieder.
„Mein Vater – Gott sei ihm gnädig – könnte Ihnen da einige wirklich dubiose Geschichten erzählen", sagte Brown, doch sein dauerhaftes Lächeln nahm einen etwas gequälten Ausdruck an. Die Zuschauer könnten meinen, es handle sich dabei um Trauer um den verstorbenen Vater, doch wahrscheinlich waren es doch eher die Geschichten, die er nie jemandem erzählen würde.
„Das wäre sicherlich eine erfolgreiche Sendung geworden, wenn er noch hier wäre", flüsterte der Moderator und schien sich dabei ewig fromm vorzukommen.
„Aber meine Geheimnisse hat er mit ins Grab genommen", sagte Brown.

Patrick betätigte noch einmal eine Taste und ließ den Film zurücklaufen.
„Aber meine Geheimnisse hat er mit ins Grab genommen!"
Johanna riss die Augen auf.
„Wow."
„Wow?", wiederholte ich und schaute zwischen den beiden hin und her. Ich hatte keine Ahnung, was daran bitteschön Wow sein sollte.
„Aber meine Geheimnisse hat er mit ins Grab genommen", wiederholte Patrick und machte eine auffordernde Geste. „Verstehst du nicht?"
Nein, verdammt! Ich verstand gar nichts. Konnten die sich mal nicht etwas genauer ausdrücken.
„Lizzie", mischte sich Johanna aufgeregt ein. „Wo würde kein Mensch nach Browns Vergangenheit suchen? Wo würde niemand hingehen?"

„Keine Ahnung! Was wollt ihr überhaupt?"
„Hör dir den Satz genau an: Aber meine Geheimnisse hat er mit ins Grab genommen", sagte Patrick.
„Ich verstehe nicht …"
Dann erstarrte ich. Nein. Das gab es doch nicht.
Ich spürte, wie mir die Farbe aus dem Gesicht wich.
„Genau!", sagte Patrick.
„Ihr meint …" Ich schüttelte den Kopf. „Augustin Brown ist eingeäschert worden."
„Und in der familieneigenen Gruft beigesetzt", fuhr Johanna für mich fort.
Ich schüttelte den Kopf. Das war widerlich. Mal abgesehen davon, dass ihr Verdacht an den Haaren herbeigezogen war.
„Wer würde die Tür zu einer Gruft knacken und dort nach Beweisen suchen?", fragte Patrick.
„Das ist widerlich."
„Und genau deshalb würde es niemand machen!"
Das war zu leicht. Viel zu leicht. Vollkommener Blödsinn!
„Und das sagt er mitten in einer Fernsehsendung, bei der x-Tausend Menschen zusehen?"
Patrick nickte.
„Wenn man etwas auffällig genug macht, wird es wieder unauffällig."
„Hammer", sagte Johanna.
Mein Herz raste und so sehr ich mich auch gegen diese Gedanken sträubte, sah ich mich schon über schwarze Rosen hinweg steigen und in eine Gruft einbrechen.
„Ihr seid verrückt, alle beide!", kreischte ich und tapste ein paar Schritte rückwärts. „Absolut verrückt!"
„Es ist genial", meinte Patrick und ich konnte das Funkeln in seinen Augen sehen.
Oh, nein! Das war nicht gut. Ganz und gar nicht gut!
„Du willst nicht ernsthaft …"
Ich schüttelte wieder unwirsch den Kopf und kam mir inzwischen schon etwas wie ein Wackeldackel vor.

„Wir brechen da ein", sagte Johanna und ich traute meinen Ohren nicht, als ich auch bei ihr diese Abenteuerlust in der Stimme mitschwingen hörte. Was war nur aus dem kleinen, ängstlichen Mädchen geworden, das ich in Erinnerung hatte?
„Johanna", meinte ich. „Denk mal darüber nach, was du gerade gesagt hast!"
Sie zuckte die Achseln.
„Dass wir in eine Gruft einbrechen und uns da ein wenig umsehen?"
Ich fluchte.
„Seid ihr verrückt?", schrie ich. „Verdammt, vermutlich hat Brown die Beweise oder was immer er da versteckt haben könnte, sogar mit in die Urne gesteckt."
Verdammt, jetzt glaubte ich ja schon fast selbst an eine heiße Spur!
„Wir gehen heute Nacht, wenn es dunkel ist", sagte Patrick, ohne mich zu beachten und warf Johanna einen vielsagenden Blick zu. „Bist du dabei?"
„Nein, verdammt! Das ist sie nicht", drängte ich mich dazwischen. „Und ich auch nicht!"
„Natürlich komme ich mit", sagte Johanna.
Sie strahlte von einem Ohr bis zum anderen.
„Johanna ..."
„Lizzie, das wird super spannend! Im Dunkeln auf einen Friedhof gehen."
„Leichenschändung", wandte ich ein. „Habt ihr eine Ahnung, was wir da machen?"
„Wir decken ein Verbrechen auf", sagte Patrick und ich hörte nicht den geringsten Gewissensbiss.
Ich schüttelte den Kopf.
„Wir sind so weit gekommen, Lizzie", meinte Johanna. „Wir können jetzt nicht einfach aufhören."
„Und wenn du da bleiben willst, kannst du ja jederzeit hier bleiben."
Ich fluchte wieder.
Er wusste ganz genau, dass ich hier nicht rumsitzen würde, während die beiden in der Dunkelheit über einen Friedhof schlichen.
Das war absolut hirnrissig.

„Also?", fragte Patrick und sah mich erwartungsvoll an.
Ich starrte in sein entschlossenes Gesicht, in die braunen Augen, die vor Begeisterung gerade zu leuchteten.
„Na gut, ich bin dabei."

Leichenfledderei (klingt viel zu brutal!)

„Ich hab mich ja schon damit abgefunden, dass wir über den Friedhof laufen ...", brummte ich.
„Aber?", fragte Patrick und schaute sich nach allen Seiten um, ob uns auch wirklich niemand beobachtete.
„Wieso müssen wir *das* unbedingt um Mitternacht machen?", stöhnte ich und zog mir die Mütze tiefer ins Gesicht. Die Sache war mir nicht ganz geheuer. Ich betone an dieser Stelle mal das „das Machen". Wie bezeichnete man einen nächtlichen Ausflug auf den Friedhof, bei dem es darum ging in eine Gruft einzubrechen?
„Ich wollte *es* ja auch nicht um Mitternacht machen, aber die Damen müssen ja wieder früh ins Bett", sagte er und begann, sich am Schloss zu schaffen zu machen. Wieso sperrte man den Friedhof nachts zu? Hatte man Angst, dass die Toten rauskommen könnten?
Ich schauderte, als ich die roten Grablichter zwischen den Grabsteinen erkannte. Wirklich gruselig. Da war unser Ausflug gestern um einiges romantischer.
„Was heißt da, weil die Damen früh ins Bett müssen? Nur weil ich als Einzige keine Nebelgestalt bin und morgen in die Schule muss!", giftete Johanna.
„Das heißt, dass ich erst in zwei Stunden aufbrechen wollte."
Natürlich würde das an der Tatsache, dass wir uns auf einem Friedhof herumtrieben nichts ändern. Aber zumindest wäre es nicht Geisterstunde!
Mit einem Klacken sprang das Schloss auf.
„Na, wer sagt's denn?", fragte Patrick und stieß das Tor auf, das gleich ein lang gezogenes Quietschen von sich gab.
„Wieso ölt niemand diese verdammte Tür?"
„Johanna, man darf auf dem Friedhof nicht fluchen!"
„Ich darf auch im Kloster nicht fluchen, aber Friedhöfe find ich so schon viel zu gruselig. Kann man da nicht wenigstens das Tor ölen?"
Ich seufzte.

Unser Vorhaben war von vorneherein zum Scheitern verurteilt, dessen war ich mir absolut sicher. Leider hielt das keinen der anderen beiden davon ab, es trotzdem zu tun.
Und alleine würde ich ganz sicher nicht in Johannas Bett liegen und mir Gedanken darüber machen, welche Geister sie gerade zum Leben erweckten.
„Weißt du, wo Augustin Brown begraben wurde?", fragte ich. Patrick und ich gaben keinen Laut von uns, aber bei jedem von Johannas Schritten knirschte der Kies unter ihren Füßen. Einmal geriet sie ins Straucheln, als sie in eine kleine Mulde trat und erschreckte mich zu Tode, als sie aufschrie.
„Sorry, ich sehe im Dunkel nicht so gut wie ihr."
„Die Gruften müssten irgendwo da hinten sein", sagt Patrick und wies in eine ungefähre Richtung.
Entschlossen stapfte er weiter.
Meine Beine schlotterten, als ich ihm folgte. Und es war mir vollkommen egal, was Johanna dachte, als ich nach seiner Hand griff. Ich fühlte mich gleich um einiges sicherer.
„Du kannst mich ruhig einen kleinen Schisser nennen", meinte ich, als er mich neckend angrinste.
Wir begannen, systematisch eine Gruft mit der Aufschrift „Augustin Brown" zu suchen. Gar nicht so einfach. Teilweise standen große Blumensträuße und andere Sträucher vor den Grabplatten und verdeckten die Namen.
„Leute, ich glaub, ich hab ihn", rief Johanna und winkte zwischen zwei großen Steinengeln hervor.
In Sekundenschnelle waren wir bei ihr.
Ich nickte.
„Das muss es sein."
Patrick griff nach dem gewundenen Anhänger auf der Grabplatte und begutachtete das Schlüsselloch.
„Nicht besonders schwer zu öffnen. Ich hätte an Browns Stelle das Ganze hier ein bisschen besser gesichert."

„Außer er hat den Ausdruck mit dem ins Grab nehmen mehr metaphorisch gemeint", sagte ich. „Und dann sind wir hier ganz umsonst." *Was meiner Meinung nach sowieso der Fall war …*
„Sind wir nicht", erwiderte Johanna. „Da bin ich mir ganz sicher. Also, ihr beiden Superhelden: Wo bleibt die übermenschliche Kraft? Ihr müsstet das doch locker aufbekommen, oder?"
Patrick nickte.
„Komm, Lizzie. Hilf mir!"
Ich biss mir auf die Unterlippe. Warum um alles in der Welt hatte ich auch damals mit Johanna den Film *Die Mumie* angeschaut? Na ja, Augustin Browns lebloser Körper würde schon nicht gleich auferstehen und uns heimsuchen. Trotzdem konnte ich mir ein Schaudern nicht verkneifen.
Dann trat ich neben Patrick und half ihm, die schwere Grabplatte aufzustemmen.
„Und? Was seht ihr?", fragte Johanna ungeduldig und lehnte sich an mir vorbei, um in die Dunkelheit hinab zu starren, die sich unter uns auftat. Man konnte – selbst wenn man so gute Augen hatte wie ich – gerade noch die ersten Stufen erkennen.
Johanna schluckte.
„Sicher, dass das immer noch eine so gute Idee ist?", fragte ich.
„Tja, ich schätze mal schon."
„Und wer geht zuerst?"
Johanna und ich tauschten einen gleichermaßen ängstlichen Blick aus und sahen dann gleichzeitig zu Patrick hinüber.
„Wieso war mir das klar gewesen?", murmelte er. „Gibst du mir eine Taschenlampe, Johanna?"
Sie nickte und schnürte ihren Rucksack auf.
„Hier, fang!"
Ich beobachtete, wie der Lichtkegel von Patricks Taschenlampe die Stufen erfasste. Patrick stieg vorsichtig die Treppe hinunter, seine Schuhe gaben auf dem glatten Stein keinen Laut von sich.
Ich fröstelte.
„Sollte nicht jemand hier oben bleiben und aufpassen, dass uns niemand sieht?", fragte ich.

„Willst du allein da oben bleiben?", hallte Patricks Stimme aus dem Grab.

„Na ja ..."

„Ich bleib da", sagte Johanna bestimmt. „Komm schon, Lizzie. Auf was wartest du?"

Keine Ahnung. Vielleicht darauf, dass das alles hier nicht mehr so unheimlich war.

Ich knipste meine Taschenlampe an und kletterte Patrick hinterher.

Sofort erfasste mich ein muffiger Geruch, nach Erde, Staub und ... na ja, Verwesung konnte man nicht wirklich sagen. Aber irgendwie hing diese erdrückende Stille bedrohlich in der Luft. Ich fröstelte wieder.

„Patrick?", hauchte ich zaghaft.

„Ich bin hier."

Patricks Gesicht tauchte vor mir auf. Er lächelte und griff fürsorglich nach meiner Hand.

„Du zitterst ja."

„Ach, nein", entgegnete ich spöttisch, auch wenn mir hier ganz sicher nicht nach Späßen zumute war.

„Komm."

Er zog mich mit sich. Wir betraten einen runden Raum: Links und rechts von uns waren Platten mit Namen in die Wände eingelassen und auf dem Boden davor standen verwelkte und längst vertrocknete Blumen. Die gegenüberliegende Wand war frei, auf ihr hatte man lediglich eine Art Stammbaum aufgemalt.

Ich dachte an den Stammbaum der Brooks, den mir meine Urgroßmutter gegeben hatte.

„Also, dann fangen wir mal an", sagte Patrick und ließ mich wieder los.

„Glaubst du, dass hier irgendwelche seltsamen Fallen eingebaut sein könnten?"

„Lizzie", meinte er und grinste breiter. Wie konnte er jetzt nur grinsen? „Wir sind in England. In einer stinknormalen Familiengruft. Das hier ist keine ägyptische Pyramide!"

Stimmt. Wieso fragte ich auch so etwas?

Ich ging entschlossen auf die hintere Wand zu und begann damit, sie abzuklopfen.
„Suchst du nach einer hohlen Stelle?", fragte Patrick.
Ich nickte.
„Gar nicht dumm."
Gar nicht dumm ... was dachte der denn wieder von mir? Dass ich mich hinstellen und auf meinen schlotternden Fingern herum kauen würde?
„Hier ist nichts", murmelte ich und klopfte weiter. Nichts, absolut gar nichts. In jedem Film hörte man nach jedem zweiten Klopfen bereits diesen verräterisch hohlen Ton. Nur bei mir musste es natürlich wieder anders laufen.
„Gib es auf, Lizzie", meinte Patrick. „Das ist eine normale Wand. Egal, was wir suchen, es muss irgendwo anders versteckt sein."
Super! Wäre ja auch zu schön gewesen.
„Nichts", flüsterte ich wieder und drehte mich um.
Ich fand die Wand trotzdem irgendwie verdächtig. Irgendetwas musste dort doch sein!
„Wenn du noch hundert Mal hinstarrst, ändert sich auch nichts", meinte Patrick. „Das ist eine stinknormale Wand ... Ich bin aber am Überlegen, ob mit dieser Platte hier etwas nicht stimmt."
Patrick begann, den Staub von einer Grabinschrift zu putzen.
Ich ging zu ihm hinüber und ... erstarrte.
„Hier stimmt etwas nicht."
„Es ist ein Friedhof, Lizzie. Aber deswegen muss es hier nicht gleich Geister geben."
Ich sah mich um. Nein, etwas Anderes stimmte hier nicht. Ein mulmiges Gefühl machte sich in mir breit.
„Eisprinzessin?"
„Du hast recht", flüsterte ich und grinste. „Das hier ist eine normale Wand."
Ich ging ein paar Schritte, sprang auf der Stelle auf und ab und grinste breiter. Ein dumpfer Ton erklang unter meinen Füßen.
„Aber das ist kein normaler Boden", sagte Patrick, er schnaubte. „Genial!"

Ich bückte mich und begann hektisch, die Erde vom Boden wegzuwischen.

„Patrick, leuchte mal hierher. Ich glaub da ist eine Inschrift."

Ich presste die Augen zusammen. Zwischen den Steinen war eine kleine Eisentafel mit Tasten eingelassen.

„Schaut aus, wie eine Tastatur", bemerkte Patrick.

„Ja. Und gibt es bei Brown nicht ähnliche Tastaturen an den Türen, zu denen wir keinen Zutritt hatten?", fragte ich.

Patrick nickte.

„Das sind dieselben. Dann hat das Passwort zehn Zeichen."

Ich sah auf.

Zehn Zeichen.

Es dauerte nur wenige Sekunden, bis ich die beiden Wörter abgezählt hatte. Zehn. Ich zählte noch einmal. Das konnte doch kein Zufall sein, oder?

„Patrick, denkst du gerade dasselbe, wie ich?"

Er kniff die Augen zusammen und ich konnte praktisch die Zahnräder in seinem Hirn rattern hören.

„Zehn", sagte er.

„*Sapere aude.*"

Patrick schüttelte den Kopf.

„Bist du dir da sicher, Lizzie?"

Ich sah skeptisch auf. War ich mir da sicher?

„Ja, bin ich. Dann hat Brown doch etwas mit dem Spruch zu tun gehabt."

„Aber das ergibt keinen Sinn. Überleg doch mal: Wir wissen, dass Brown nichts mit Geschichte oder Kunst am Hut hat."

„Und eigentlich ist *sapere aude* vom Sinn her auch eine ganz andere Nachricht."

Patrick nickte.

„Siehst du?"

„Aber Ellen hat gesagt, dass meine Eltern auch etwas gefunden haben müssen. Dass sie dem Rätsel gefolgt sind. Und das ist alles, was sie mir vererbt haben."

„Leute, ist bei euch alles in Ordnung?", rief Johanna von oben. „Mir wird es hier langsam unheimlich. Ich fühle mich so ... beobachtet!"
Ich sah zu Patrick.
„Ja oder nein?"
Er wischte sich nachdenklich das blonde Haar aus dem Gesicht.
„Wenn es falsch ist, geht wahrscheinlich der Alarm auf Browns Handy los. Das weißt du schon, oder?"
Ich nickte.
„Alles in Ordnung, Johanna. Wir kommen gleich."
Eine Zwickmühle. Ich konnte jetzt auch nicht einfach dasitzen und darauf warten, dass sich dieser verdammte Kasten von alleine öffnete.
Meine Hände zitterten, als ich sie ausstreckte und langsam die Buchstaben eintippte.
S A P E R E A U D E
Bevor ich auf „Bestätigen" ging, sah ich noch einmal zu Patrick auf.
„Wenn du denkst, dass das richtig ist, dann vertrau ich dir", flüsterte er und lächelte ermutigend.
Ich hielt die Luft an, schloss die Augen und drückte die Taste.
Nichts passierte. Kein Alarm, keine zufallende Grabplatte. Stattdessen klappte die Tastatur ein kleines Stück nach oben, sodass ich ein Kästchen herausziehen konnte.
Patrick machte große Augen.
„Lizzie, ich glaub, wir haben es."
Ich presste die Hand auf den Mund, um mir ein Schluchzen zu verkneifen.
„Patrick!", kreischte ich dann und fiel ihm um den Hals. Er hatte recht gehabt. Er hatte immer recht gehabt! „Wir haben es!"
Ich lachte und presste ihn fest an mich. Lachend fuhr er mir über das rote Haar.
„Komm schon, mach das blöde Teil auf", meinte er dann und stieß mich auffordernd an.
Schluchzend entriegelte ich das Kästchen und zog einen Stapel Papiere heraus. Langsam begann ich zu lesen, stoppte immer wieder und wischte mir die Tränen aus den Augen.

Patrick lächelte nervös und biss sich fest auf die Unterlippe.
„Was ist das? Lizzie?"
Ich schüttelte den Kopf.
Das waren Verträge. Verträge, in denen Brown Leute erpresste, für ihn zu arbeiten.
„Schau dir das an."
Ich reichte ihm einen Zettel auf dem stand, dass Brown alle Beweise gegen das berüchtigte Geschwisterpaar Cole verschwinden lassen würde, wenn sie für ihn einige Arbeiten erledigten. Damit beide gleichermaßen an den Vertrag gebunden waren, mussten auch beide unterschreiben.
„Die Coles können keinen Rückzieher machen, weil Brown ihr Geständnis hat", sagte Patrick und nickte langsam.
„Und Brown kann sich nicht herausreden, da sein Name auf einer Erpressung steht und er zugibt, dass er Drogenplantagen besitzt, im Waffenhandel tätig ist und …", ich brach ab.
„Und dass er seinen Vater vergiftet hat."
Ich sank auf meinen Hintern zurück.
Das gab es doch nicht. Wie hatte Brown nur so dumm sein können? Andererseits war es genial. Alle waren aneinander gebunden und niemand konnte seinen Vertrag brechen, ohne ins Gefängnis zu wandern.
„Das ist genial", flüsterte Patrick.
Ich nickte.
„Du weißt, was das heißt."
Patrick lachte laut auf.
„Das heißt, dass wir die Beweise haben!"
Jetzt umarmte er mich, presste mich ganz fest an sich und küsste mich auf die Stirn.
„Lizzie, das sind bestimmt fünfzehn solcher Verträge!"
Ich nickte langsam.
„Und weißt du, was das heißt? Dass wir hier so schnell wie möglich mit dem ganzen Zeug verschwinden sollten, bevor uns jemand erwischt und uns das alles abnimmt."
Patrick nickte und steckte sich die Papiere in die Brusttasche.

„Hier, die andere Hälfte davon nimmst du, für den Fall, dass wir getrennt werden."
Ich schob die Zettel in meine Hosentasche, während Patrick das Kästchen wieder im Boden versenkte, die Sicherung einstellte und wieder Erde über die Stelle streute.
„Lizzie?" Patrick hielt mich am Arm zurück und grinste. „Ich liebe dich."
Ich lächelte.
„Das ist jetzt echt der denkbar schlechteste Ort für ein Liebesgeständnis."
Patrick zuckte die Schultern.
„Die Toten juckt das auch nicht mehr."
Dann zog er mich an sich und küsste mich sanft auf die Lippen.
„Leute! Beeilt euch mal! Ich weiß nicht, was hier ist, aber ich glaub, irgendjemand ist da noch auf dem verdammten Friedhof."
Ich machte mich schnell los und lief die Treppen wieder hoch.
„Wer sollte denn hier sein?", fragte ich und sah mich um. Niemand zu sehen.
Nur Johanna, die sich misstrauisch nach allen Seiten umsah und dabei ihre Stirn in Falten legte.
„Du glaubst nicht, was wir gefunden haben!", tönte Patrick.
Plötzlich hörte ich eine Bewegung hinter einem der Grabsteine, das feine Geräusch von schnellen Schritten auf Kies. Auch Patrick sah auf und packte mich am Arm.
Hier war jemand. Johanna hatte sich das nicht einfach nur eingebildet. Irgendetwas war da noch außer uns. Ich starrte zu Patrick, als würde ich hoffen, er würde eine Entscheidung treffen.
„Scheiße", flüsterte er. „Lauft!"
Ich wirbelte herum und stieß Johanna weiter.
„Los! Da ist jemand!"
„Was? WER?!"
„Stehen bleiben!", schrie jemand und sprang aus seinem Versteck. Ich stolperte beinahe über meine eigenen Füße. Entsetzt riss ich die Augen auf, als die vermummte Gestalt eine Pistole aus der Tasche

zog. Verdammt, Johanna hatte recht gehabt. Da war noch jemand. Mir lief es eiskalt über den Rücken.

„Na, wenn das mal kein kleiner Freund vom großen Mr. Brown ist", höhnte ich möglichst mutig und zog Johanna hinter mich. Patrick und ich könnten einfach laufen. In der Dunkelheit würde er uns nicht treffen können. Aber Johanna war bei Weitem nicht schnell genug. Ich überlegte, wen Brown dafür angeheuert hatte, um uns zu überwachen. John fiel schon mal weg, der war um einiges größer als die vermummte Gestalt.

„Du sollst deinen Mund halten, Brooks!"

Ein unheimliches Lächeln trat auf meine Lippen, als er meinen Namen nannte. Brooks. Wie meine Eltern. Meine Familie. Plötzlich war ich wirklich stolz auf meinen Nachnamen.

„Macht euch bereit", zischte Patrick, so leise, dass nur ich ihn hören konnte. Ich kniff Johanna in den Ellenbogen, damit sie Bescheid wusste. „Ich trage Johanna."

„Ich werde euch nicht so einfach gehen lassen!", schrie der Mann.

„Ach, machen Sie sich keine Sorgen!", meinte Patrick spöttisch. „Wir sehen uns wieder. Sehr bald schon."

Dann wirbelte er herum, gab mir das Zeichen und warf sich Johanna über die Schulter, wie einen Sandsack. Das alles geschah so schnell, dass weder Pistolenmann (wer auch immer er sein mochte), noch die völlig perplexe Johanna irgendetwas bemerkten.

Erst als Patrick über den ersten Grabstein gesprungen war, begann sie zu kreischen und der Unbekannte drückte ab. Ich zuckte zusammen, als der Knall die Stille zerriss. Mein Herz blieb für einen Sekundenbruchteil vollkommen reglos.

Dann sah ich, dass der Schuss Patrick verfehlt hatte.

„Lauf, Lizzie!", schrie Patrick und hechtete weiter. Ich stand immer noch salzsäulenmäßig da und bewegte mich nicht.

„Verdammt!", fluchte ich, als sich der Schütze jetzt nach mir umdrehte. Ich sah in Zeitlupe, wie er seine Waffe hob und auf mich richtete, wie er den Abzug betätigte. Erschrocken ließ ich mich auf den harten Kies fallen, aber ich war zu langsam. Die Kugel streifte

meinen Arm und ich spürte einen lähmenden Schmerz über meine Schulter laufen.
Ich schrie auf. Scheiße, tat das weh.
Es dauerte ein paar Sekunden, bis mich der Schmerz in seiner vollen Pracht (volle Pracht ist wirklich eine perverse Beschreibung für eine Verletzung) traf.
Doch im nächsten Moment erfasste mich ein panischer Trieb. Laufen! Wie ein Blitz schlug dieses Wort in meinem Kopf ein. Ich sprang auf und begann gebückt zu rennen, schlug Haken und wich den weiteren Schüssen aus, bis ich mit Anlauf über die Friedhofsmauer hechtete. Ich stöhnte, als mein Arm den Stein streifte. Die Wunde brannte höllisch!
„Lizzie!", schrie Patrick. Ich hörte, wie ein Motor aufheulte und wirbelte herum.
Keine Ahnung, woher er es hatte, aber Patrick hatte sich mal wieder ein Auto besorgt. Ich begann zu laufen und sprang schnell in den Wagen, als er auch schon losschoss. Mit quietschenden Reifen brausten wir in die dunkle Nacht.
„Unser Freund hat seinen Autoschlüssel stecken lassen, kann man wirklich so blöd sein?", meinte Patrick grinsend und warf mir einen stolzen Blick zu. Als er mein bleiches Gesicht sah, erlosch sein Lächeln.
„Scheiße, was ist passiert?"
Ich presste meine linke Hand fest auf den rechten Arm, von dem inzwischen Blut rann.
„Schau auf die Straße", ermahnte ich ihn. „Tut zwar höllisch weh, aber das ist nur ein Streifschuss."
„Nur in Anführungszeichen?", fragte Patrick und beschleunigte das Auto nochmals.
„Ich werde es schon überleben."
Patrick nickte, auch wenn in seinem Gesicht tiefe Sorgenfalten standen. Und ich weiß nicht wieso, doch irgendwie ehrte mich seine Sorge. Vielleicht tat es auch einfach gut, jemanden zu haben, der für mich da war. Egal, was passierte.
Ich lächelte.
Und schon tat mir mein Arm etwas weniger weh.

Maskenball

„Ist wirklich nur ein Kratzer", stellte Johanna erleichtert fest, doch ihr Blick blieb weiterhin kritisch. Vor mir auf dem Boden lag ein Stapel roter Taschentücher. Ich schauderte, als mir klar wurde, was sie so rot gemacht hatte. Die Wunde an meinem Arm brannte immer noch, aber bei Weitem nicht mehr so schlimm, wie vor zwei Stunden, als ich halb tot vor Angst neben Patrick in dem dunklen Geländewagen durch die Straßen geschossen war.
Inzwischen waren wir wieder im Kloster. Um mich herum zwei Freunde, die sich im Moment noch mehr Sorgen machten, als ich selbst. Und das will schon was heißen! Immerhin war ich der Typ, der gleich zu hyperventilieren begann und sich die unmöglichsten Szenarien ausdachte.
„Das hat wirklich übel ausgesehen", bemerkte Patrick. Er saß wie ein Häufchen Elend auf der oberen Etage des Stockbetts, ließ die Beine baumeln und stützte seinen Kopf auf den Händen ab. Sein Gesicht war leichenblass.
„Ich versteh euch gar nicht. Wir sollten uns doch eigentlich freuen! Wisst ihr überhaupt, was wir heute Abend gefunden haben?" Strahlend sah ich in die Runde. „Den entscheidenden Beweis."
„Tja, jetzt müssen wir nur noch rausfinden, wie wir ihn verwenden", sagte Johanna und knotete geschickt den Verband um meinen Arm.
„Es wird gar nicht so einfach werden, die Polizei dazu zu bringen, gegen den Polizeipräsidenten zu ermitteln."
Ich zuckte die Achseln.
„Wir müssen nur ein paar Kopien an die richtige Stelle versenden."
„Und die Originale Brown unterjubeln", führte Johanna meine Gedanken fort. „Ist ja auch nichts einfacher, als auf das Anwesen des Polizeipräsidenten einzudringen, wo euch jeder kennt!"
„Uns fällt schon was ein", versuchte ich sie zu beruhigen.
„Uns fällt schon was ein?", wiederholte Johanna ungläubig und ruderte mit den Händen vor meinem Gesicht herum. „Lizzie, der Kerl hat doch gesehen, dass wir zu dritt waren. Er hat gesehen, dass eine von uns keine Nebelgestalt war."

Ich schlug mir mit der flachen Hand auf die Stirn. Toll gemacht, Lizzie! Dabei hatte ich Geoffrey doch versprochen, dass ich Johanna nicht in Gefahr bringen würde. Und jetzt ...
„Brown weiß, wie sehr du an deinen Freunden im Kloster hängst", flüsterte Patrick und sah skeptisch zu Johanna. „Immerhin hat er ja auch bei dir gesucht, als wir aus Ecuador verschwunden sind."
Wahrscheinlich hätte ich jetzt einfach nur „Es tut mir leid" sagen sollen. Aber ich konnte nicht, so sehr ich auch wollte. Kein Wort kam über meine Lippen.
„Brown weiß, wo wir sind", sagte ich und ballte die Hände zu Fäusten. „Wir müssen diese Sache, so schnell es geht, abwickeln."
Ich überlegte. Wir konnten das schaffen. Wir hatten ja eigentlich schon so viel getan! So viel Unmögliches. Wieso sollte es jetzt plötzlich scheitern?
„Ok, Johanna, du fertigst jetzt so schnell es geht Kopien an. Wir wissen nicht, wie schnell Brown hier aufkreuzt und das alles einkassiert." Ich drückte ihr den Stapel Blätter in die Hand. „Pass gut darauf auf!"
Sie nickte.
„Wir beide schauen mal, was es von Brown ein bisschen Neues gibt", sagte Patrick und sprang schwungvoll vom Bett. „Vielleicht gibt es ja eine Gelegenheit, bei der wir irgendwie auf sein Grundstück kommen."
„Klar und ..."
„Oh mein Gott!", unterbrach mich Johanna und lachte auf.
„Johanna, ich hoffe das ist jetzt kein neuer Anflug von Gotteslästerei."
„Ach, red doch keinen Unsinn! Ich bin einfach nur blöd!"
Ich zog eine Augenbraue hoch.
„Blöd?", wiederholte Patrick.
„Ja! Mann, bin ich schwer von Begriff."
„Äh, Johanna? Alles klar?"
„Alles bestens!"
Sie strahlte von einem Ohr zu anderen.
„Ich hab doch ein bisschen über Brown recherchiert."
„Und?"

Johanna lächelte und legte eine kleine Kunstpause ein.
„Komm schon, Johanna. Spann uns nicht auf die Folter!"
„Ende September? Fällt euch zu unserem Datum nichts ein?"
Ich kniff die Augen zusammen. Auf was wollte sie jetzt wieder hinaus?
„Genial", sagte Patrick und lachte.
Na, toll! Und wieder war ich die Einzige, die keinen Plan hatte und nicht wusste, von was die anderen gerade sprachen.
„Weiht ihr mich bitte ein?", fragte ich genervt.
„Lizzie, du wirst doch wohl ein bisschen was über Brown wissen, oder?"
Ich zuckte die Achseln.
Klar, meine Pflicht als Nebelgestalt wäre es eigentlich gewesen, meinen Herrn in- und auswendig zu kennen, jeden seiner Schritte vorausahnen zu können, jedes noch so kleine Detail ... Unwirsch schüttelte ich den Kopf. Tja, das wäre meine Pflicht gewesen. Aber so etwas hatte ich ja noch nie besonders ernst genommen.
Offengestanden begriff ich von Tag zu Tag mehr, wieso mich John gern als eine „dumme" Nebelgestalt bezeichnete.
Ich schaute abwartend von Patrick zu Johanna und wieder zurück.
Na, kommt schon! Ihr wisst doch, dass ich da nicht alleine drauf komm.
Genervt schlug ich die Beine übereinander.
„Also?"
„Er hat Geburtstag", sagte Patrick und grinste. „Am 22. September."
Geburtstag ... Ich kniff die Augen zusammen. Toll, freute mich ja sehr für Brown. Und was brachte uns das? Sollte ich ihm eine Glückwunschkarte schicken?
„Aber wie alt Brown ist, weißt du sicherlich", meinte Johanna schnippisch. Ich spürte, wie ich rot wurde. Verdammt, mir war nie aufgefallen, wie große Wissenslücken ich tatsächlich hatte.
Patrick grinste.
„Jaja", brummte er. Ich wollte gar nicht wissen, was er damit sagen wollte.
„39", erklärte Patrick mir.

„39? Jetzt echt?" Wow, ich hatte Brown schon immer für jünger eingestuft, als er tatsächlich war. Vielleicht sogar für 35. Aber jetzt knappe 40?
„Das heißt, er feiert nächste Woche einen runden Geburtstag."
„Und was macht man an so einem runden Geburtstag?"
Ich zuckte die Schultern.
„Na ja ... Ich nehme an, man feiert."
Zufrieden nickte Johanna.
„Soweit ich Brown inzwischen kenne, ist er ein Publicitymensch. Du kannst also davon ausgehen, dass er im großen Stil seine Party abhalten wird."
„Und mit etwas Glück ..."
„Kommen wir da auch rein", unterbrach ich Patrick und grinste. Der Plan gefiel mir. Also – soweit man schon von einem Plan sprechen konnte. Eigentlich war es ja mehr eine unausgereifte Strategie.

Johanna brauchte keine halbe Stunde, um die Kopien anzufertigen. Der Computerraum des Klosters war rund um die Uhr geöffnet und Johanna täuschte ja schließlich immer noch vor, dass sie an einem wichtigen Artikel für die Schülerzeitung arbeitete. Immerhin schrieb Johanna noch für den Kummerkasten, obwohl sie offiziell nicht mehr zur Schülerzeitung gehörte.
In der Zwischenzeit informierten Patrick und ich uns über den Ablauf von Browns Geburtstagsparty.
„Auf Browns Anwesen wird ein großer Ball veranstaltet. Einlass ist ab 20 Uhr", sagte Patrick und zeigte mir einen Artikel aus irgendeiner Zeitschrift.
„Und wie kommen wir an die Karten?"
„Eintrittskarten können zugunsten eines wohltätigen Zwecks erworben werden."
„Wie großzügig", schnaubte ich.
„Das ist unsere Chance, Lizzie!", meinte Patrick. „So kommen wir in Browns Nähe und an dem Tag werden so viele Menschen auf das Grundstück gepresst, dass wir nicht einmal auffallen werden."
Kritisch legte ich die Stirn in Falten.

„Da werden Sicherheitsvorkehrungen sein. Seine Security ..."

„... ist allgegenwärtig und wird ihn sicherlich nicht aus den Augen lassen. Aber einen Versuch ist es wert, oder? Und was sollen wir sonst machen?"

Ich schüttelte unwirsch den Kopf. Das war zu einfach. Es konnte gar nicht gut gehen.

„Die lassen uns da sicher nicht rein! Wir bräuchten Eintrittskarten und die bekommen nur die Obersten Zehntausend!"

„Falsch", unterbrach mich Johanna. „Da war doch gestern erst ein riesen Bericht in der Zeitung. Es sollen auch die einfachen Bürger kommen können."

Patrick lächelte. „Keine Lust, mal wieder mit mir auf einen Ball zu gehen?"

Ich konnte mir ein Grinsen nicht verkneifen.

„Natürlich hab ich Lust. Aber ich fall da auf, wie ein ..."

„Schau dir das an!"

Erstaunt brach ich ab und las die Zeile, die Patrick markierte.

„Das ist ein Maskenball", flüsterte ich.

Das gab's doch nicht! Ich hatte wirklich einmal – einmal! – so viel verdammtes Glück. Maskiert würde uns keiner erkennen.

„Lizzie, mach den Mund zu. Ich schau schnell nach, wo man die Karten bekommt."

Als Johanna wiederkam, schrieb ich mir gerade die Adresse auf, bei der es Eintrittskarten zu kaufen gab.

„Ich hab zehn Kopien gemacht. Was jetzt?"

„Verschicken. An ein paar Zeitungen. Der Rest erledigt sich dann von selbst."

„Glaubst du, die schlucken das?", meinte Johanna skeptisch. „Ich meine, Brown ist doch voll der Zeitungsliebling."

„Das ist der Skandal", sagte ich. „Wenn das rauskommt, gibt das einen höllischen Aufstand. Und da will sich jede Zeitung seinen Teil vom großen Kuchen krallen."

Johanna gähnte.

„Seid mir nicht böse, Leute. Aber es ist fast fünf Uhr. Ich schlaf jetzt, bevor ich in drei Stunden wieder raus muss."

Sie warf sich, noch mit Schuhen und allen Klamotten, auf ihr Bett und zog sich die Decke über den Kopf. Fünf Minuten später hörte man nur noch ein schwaches Schnarchen.
Eine Weile saßen Patrick und ich uns schweigend gegenüber und beschrifteten die Umschläge. Also – eigentlich beschriftete Patrick die Umschläge und ich pappte nur etwas ungelenk die Briefmarken drauf. Mein rechter Arm steckte ja immer noch in der Schlinge, die mir Johanna um den Hals gebunden hatte.
Ich sah auf die Uhr. Fünf Uhr morgens. Und ich war noch kein bisschen müde.
„Wir könnten die Kuverts gleich wegbringen", schlug ich vor.
„Jetzt noch?"
Ich zuckte mit den Schultern.
„Na ja, wieso nicht?", fragte Patrick und stapelte die Briefe. „Ich nehme mal an, du weißt besser, wo der nächste Briefkasten ist."
„Du willst dich doch wohl nicht ernsthaft auf meinen Orientierungssinn verlassen?", neckte ich ihn.
„Gern mach ich das nicht."
Er half mir in meine Jacke und öffnete das Fenster.
„Nach dir."
Draußen war es schon wieder etwas heller. Der Himmel wechselte langsam vom tiefsten Schwarz in ein dunkles Blau.
Ich lehnte meinen Kopf entspannt an Patricks Schulter, während wir gemeinsam über die Straße schlenderten. Nur hin und wieder kam uns ein Auto entgegen, aber im Großen und Ganzen schlief die Stadt bisher noch.
„Findest du das eigentlich eine gute Idee?"
„Äh, was?", fragte ich und sah auf. Verdammt, irgendwie musste ich zwischendrin in eine Art Halbschlaf gesunken sein.
Patrick schüttelte grinsend den Kopf.
„Guten Morgen auch, ich meinte das mit Johanna."
„Johanna?"
„Dass sie mit will zum Maskenball!"
Ich hob fragend die Schultern. Was sollte daran nicht ok sein? Klar, ich hatte versprochen, sie nicht in Gefahr zu bringen und jetzt schleppte

ich sie in die Höhle des Löwen, ohne dass sie sich wehren könnte, wenn wir enttarnt würden. Aber ich würde an ihrer Stelle auch dafür kämpfen, dass ich mitgehen könnte und nicht in meinem Zimmer rumsitzen müsste.
„Du kannst sie ja davon abbringen, wenn du willst."
„Wenn ich es schaffe!"
Ich nickte.
„Genau das ist das Problem. Lass sie doch! Das wird ganz einfach. Wir schleichen uns rein, keiner erkennt uns, wir verstecken in Browns Arbeitszimmer die Unterlagen und hauen dann wieder ab."
„Sollte zur Abwechslung mal alles glattlaufen", warf Patrick ein.
„Hey, ich bin der Schwarzseher hier! Und da vorne ist übrigens schon der Postkasten."
Ich wies auf den roten Kasten, der neben der Eisdiele stand.
„Dann ab die Post", sagte Patrick und reichte mir das erste Kuvert.
Zustimmend nickte ich, aber bevor ich es einwarf, hielt ich noch einmal kurz inne. Ein Schaudern überlief mich. Auf was wartete ich noch? Beruhigend atmete ich tief ein, dann öffnete ich den Spalt und warf den ersten Umschlag in die Dunkelheit. Acht weitere folgten.
„So, jetzt haben wir noch eine Kopie für uns und das Original für Brown", Patrick grinste und griff nach meiner Hand. Ich schaute zu ihm auf. Es war wie immer: das zerzauste, blonde Haar und das breite Grinsen auf den Lippen. Und mein klopfendes Herz.
„Na, komm. Wir haben noch viel vor."

Die folgenden Tage überspringe ich jetzt einfach mal. Kam nichts allzu Interessantes. Wir bekamen drei Karten, liehen uns unsere Kostüme und besprachen Pläne. Es kam, wie bei jeder Mission, zu der uns Brown geschleift hatte: Bis es endlich soweit war, konnte ich das ganze „Und anschließend musst du das machen ... Und vergiss nicht dies und das" nicht mehr hören. Ich freute mich schon darauf, wenn das vorbei sein würde.
„Wo ist das Puder?"
„Keine Ahnung, aber ..."
„Und das Rouge?"

„Woher soll ich das wissen? Du bist hier zu Hause", beschwerte ich mich und wich Johanna aus, die gestresst an mir vorbei lief und dazu murmelte: „Hier muss es doch irgendwo sein? Oder doch nicht?"
Ich zwängte mich Schicht für Schicht in mein rotes Kleid, während ich meine Schuhe einlief. So langsam passten sie mir. Der Kostümverleiher hatte mir zwar eigentlich hochhackige Schuhe empfohlen, aber der wusste ja auch nicht, dass ich *lautlos* durch die Gänge huschen und einen Politiker übers Ohr hauen würde. Deshalb schlüpfte ich in Johannas alte Ballerinas, was nicht heißen sollte, dass man von diesen Schuhen nicht auch Blasen bekommen konnte.
Unsere Kostüme waren sehr einfach gehalten. Johanna und ich trugen normale Kleider und Masken über den Gesichtern. Patrick ging als Phantom der Oper mit schwarzem Frack und der weißen Maske.
Unbeholfen versuchte ich, hinter meinem Rücken eine Schleife zu binden. Jetzt hätte ich Patricks Hilfe wirklich gebrauchen können. Doch der hatte sich in Sicherheit gebracht, als Johanna damit begonnen hatte, verzweifelt ihre Sachen zusammenzusuchen und dabei alles und jeden zu verdächtigen, er habe absichtlich ihren Schmuck, ihr Haarband, ihre Schuhe und was sie sonst noch brauchte, versteckt, um sie in den Wahnsinn zu treiben.
„Ah!", schrie Johanna und trat wütend gegen das Bett. Ich zuckte zusammen.
„Alles klar bei euch?", fragte Patrick, als er aus dem Bad kam, bereits fertig frisiert und eingekleidet. Und er sah gut aus, auch wenn das halbe Gesicht unter der Maske verborgen lag.
„Hilfst du mir?", fragte ich und drehte ihm den Rücken hin, sodass er für mich die Schleife binden konnte.
„Was ist mit Johanna?", zischte er mir ins Ohr.
„Sie ist aggressiv, aber das ist normal, wenn sie ausgehen will."
Patrick grinste.
„Dann bin ich mal beruhigt, dass du heute die Ruhe behältst!"
„Pah!"
Ich schnalzte verächtlich mit der Zunge. Wegen einem Maskenball machte ich mir schon lange nicht mehr ins Hemd. Beunruhigend war nur das ganze Drumherum.

Meinem Arm ging es inzwischen schon um einiges besser, doch ich musste immer noch einen Verband tragen. Trotzdem war ich wieder voll funktionstüchtig und steckte mir jetzt geübt die Haare zu einem komplizierten Knoten hoch.
Klar, eine Perücke wäre angemessen, immerhin war mein feuerrotes Haar nicht unbedingt das unauffälligste. Doch die Security konnte schlecht jedes Mädchen mit roten Haaren aus dem Verkehr ziehen.
Eine gute halbe Stunde später machten wir uns auf den Weg. Ein Taxi brachte uns zu Browns Anwesen, da sich Johanna (und ich mich eigentlich auch) geweigert hatte, in diesem Aufzug in einen Bus zu steigen.
Johanna presste die Nase an die Scheibe, als wir einige Zeit später bei Brown vorfuhren.
„Wow", flüsterte sie. „Das Teil ist ja riesig."
Ich nickte und funkelte hasserfüllt durch meine Maske. Wahrscheinlich sah ich aus wie ein aufgebrachter Pfau, doch der Anblick dieses Hauses ließ sehr gemischte Gefühle in mir aufsteigen.
Patrick bezahlte den Fahrer, während wir aus dem Taxi kletterten und langsam Richtung Eingang tapsten.
„Wir müssen erst durch die Sicherheitsmeile kommen", zischte ich Johanna zu. „Metalldetektoren, Kameras, Taschendurchsuchung."
Doch Brown schien nicht damit zu rechnen, dass ihm heute jemand gefährlich werden könnte. Die Durchsuchungen waren auf ein Minimum reduziert.
Ich wunderte mich selbst, wie leicht wir von einer Station zur nächsten geschleust wurden. Viele der Security, die unsere Taschen durchsuchten, erkannte ich wieder. Aber so gründlich sie auch waren, niemand kam dahinter, dass Johanna die Papiere in ihrem Dekolleté versteckte.
„Findest du das nicht ein bisschen … na ja, du weißt schon?", hatte ich sie gefragt.
„Ich nenne so etwas professionell", hatte sie zwinkernd entgegnet und ich hatte nur die Augen verdrehen können.
Typisch, Johanna.

Trotzdem fühlte ich mich unwohl, als ich durch den Metalldetektor ging (selbstverständlich nicht ohne zuvor meine Kette abzulegen). Die Kameras prickelten auf meiner Haut wie kleine Nadeln.
„Gleich haben wir es geschafft", raunte mir Patrick zu, als er mich weiter schob und dabei immer süffisant lächelte.
Endlich betraten wir die erleuchtete Eingangshalle und sie war wirklich nicht wiederzuerkennen. Der Raum war mit Girlanden und Luftballons geschmückt, über die kalten Wände hatte man Wandbehänge angebracht.
„Hier gefällt es mir", sagte Johanna und grinste unter ihrer Maske hervor.
An der Rezeption war jetzt die Garderobe, in der Mitte hatte man eine Tafel mit Sekt und Orangensaft aufgebaut. Viele drängten sich bereits weiter in das Treppenhaus oder in den kleinen Aufzug, der praktisch durchgehend überfüllt war. Überall hingen Pfeile mit der Aufschrift „Dritter Stock – Ballsaal".
„Was ist im dritten Stock normalerweise?", fragte Johanna und drängte sich zwischen Patrick und mich, als wir das Treppenhaus betraten.
„Empfangsräume, Besprechungszimmer ..." Ich zuckte die Schultern.
„Die Zimmer können allerdings jederzeit verbunden werden", erklärte Patrick. „Ich schätze, sie haben das ganze Stockwerk zu einem überdimensionalen Saal umgebaut."
Ich nickte zustimmend und widerstand der Verlockung, mich in ein anderes Stockwerk zu schleichen und mich noch einmal in meiner kleinen Wohnung umzusehen.
„Ich versteh euch echt nicht", sagte Johanna wieder. „Hässlicher Kasten. Also wirklich, Lizzie. So kann man das hier wirklich nicht bezeichnen."
Na ja, sie war ja immerhin hier nicht über Monate durch die Gänge gehetzt worden. „Hol dies, mach das!" Johanna hatte sich auch nicht in den Zwischengängen verlaufen, während sie vollkommen aus der Puste von ihrem Krafttraining zurückgekommen war. Sie hatte über diese Geländer noch nie Parcours laufen müssen: An den Wänden entlang, über eine Treppe rollen ... Ich vermisste diese Zeit ganz sicher

nicht. Am Anfang hatte es noch Spaß gemacht, aber irgendwann ging einem das auf die Nerven.

„Hier lang", sagte ich und schubste Johanna voran.

„Mann, bin ich aufgeregt!"

Als wir den dritten Stock betraten, klappte mir der Mund auf, ohne dass ich ihn wieder schließen konnte.

„Wow!"

Ich erkannte die langweiligen, streng gehaltenen Besprechungsräume nicht wieder.

Das Personal hatte die Tische und Stühle weggeräumt, die gesamt Etage geschmückt, eine Bühne aufgebaut, auf der jetzt eine Band ihr Bestes gab, im hinteren Bereich ein Buffet aufgebaut ... Ich wusste gar nicht, wo ich als erstes hinsehen sollte.

„Cool! Ich finde das hier echt toll", meinte Johanna schnippisch und grinste.

„Haltet die Augen offen", riss mich Patrick aus meinen Gedanken. Das Lächeln auf seinem Gesicht war verschwunden. Wie bei unseren Missionen, die wir in Browns Namen unternommen hatten, verschwand das übliche Grinsen und Patrick setzte seine strenge Miene auf.

„Richtig, wir suchen Brown."

„Und wenn wir ihn gefunden haben?", fragte Johanna. „Kann ja eigentlich nicht allzu schwer sein. Ich meine: Da werden ja immer eine Menge Leute rumstehen, um ihm zu gratulieren."

„Wir mischen uns jetzt einfach mal unter die Menge und fallen nicht auf. Wir brauchen den richtigen Moment. Vielleicht, wenn Brown eine Rede hält", erklärte Patrick.

Ich nickte. Dann wären alle Augen auf ihn gerichtet.

„Ich schieb mich mal in die Richtung", sagte Johanna und wies Richtung Bühne. „Kommt ihr beide allein zurecht?"

Patrick und ich grinsten gleichzeitig.

„Klar!"

„Was ist, Eisprinzessin?", fragte Patrick dann neckend, als Johanna in der Menge verschwunden war und legte mir eine Hand um die Taille. „Lust auf ein Déjà-vu?"

Ich lächelte.
„Du meinst, auf noch einen verpatzten Tanz?"
„Ja?"
Lachend schüttelte ich den Kopf.
„Natürlich!"
Ich ließ ihn mich auf die Tanzfläche führen und reichte ihm dann die Hand.
„Pass auf meinen Arm auf", warnte ich ihn. „Und wehe, du lässt mich wieder fallen."
Eigentlich meinte ich das ironisch, aber Patrick blieb unverändert ernst. Er sah tief in meine Augen und flüsterte:
„Keine Sorge. Ich lass dich nicht mehr los."

Leute, die man nicht treffen wollte

Ich liebte seine Stimme. Seine Art zu tanzen. Sein Lächeln ...
Eigentlich alles, wenn wir schon dabei waren.
„Das Kleid steht dir", sagte er dann und grinste zaghaft.
„Danke."
Bald war ich wieder ganz im Rhythmus. In letzter Zeit bekam ich ziemlich viel Übung im Tanzen.
„Siehst du schon jemanden, den du kennst?"
Vorsichtig spähte ich über Patricks Schulter.
„Nein, ich glaub nicht."
„Da vorne ist John", flüsterte Patrick mir ins Ohr und drehte mich einmal um 180 Grad, sodass ich jetzt das sah, was er zuvor gesehen hatte. „Neben der Eingangstür. Siehst du ihn?"
Ich kniff die Augen zusammen, doch es war gar nicht schwer, John zu finden.
Wie ein Fels stand er dort an der Tür. Groß und unbeweglich. Er war auch der Einzige, der sich nicht verkleidet hatte. Alle anderen Security trugen wenigstens bunte Hüte, hatten Strähnen in den Haaren oder irgendein anderes, kleines Accessoire. Alle außer John, der seinen üblichen Anzug trug und seinen Kopf auf die breiten Schultern presste, während sich hektische Pusteln auf seinen Wangen bildeten.
Ich presste fest die Lippen aufeinander.
John. Mein Staatsfeind Nr. 1.
Zwischen uns war schon immer eine Art Hassliebe gewesen. Ich hatte es immer genossen, ihn aufzuziehen und John war sicherlich nicht der netteste Mensch, den ich hier getroffen hatte.
Trotzdem hatte ich ihn immer irgendwie gemocht. Er war so blöd, dass es schon wieder lustig war.
Dachte ich zumindest immer ... Er hatte Brown für mich verraten. Also: Vielleicht auch für sein Gewissen, als er die Mappe über meine Eltern gelesen und rausgefunden hatte, dass Brown für ihren Tod selbst verantwortlich war. Bis sich in Ecuador rausgestellt hatte, dass John nicht nur ein doppeltes Spiel spielte. Erst hatte er Brown verraten, dann wieder uns.

Und er hatte Mr. Thomas, einen Menschen, an dem ich sehr hänge, wissentlich in Gefahr gebracht. Wegen ihm wusste Brown, dass ich illoyal war und hatte die Jagd auf mich eröffnet.
Wütend ließ ich mich von Patrick weiterführen.
„Was ist los, Eisprinzessin?", flüsterte er besorgt.
„Nichts", meine Stimme war eiskalt. *Aber mit John habe ich auch noch ein Hühnchen zu rupfen!*
„Lizzie, ich glaub ich spinn!"
Erschrocken fuhr ich aus meinen Gedanken.
„Was ist los?"
„Der Mann, gleich hinter dir!" Patrick drehte mich wieder und ich sah ... Ich schluckte. Einen Glatzkopf mit großem rotem Drachen. Gregor Valentinie? Das gab es doch nicht!
Aber wieso nicht? Klein und im roten Anzug stand er da zwischen den anderen Menschen, schüttelte Hände und lächelte dabei freundlich. Er erinnerte mich an einen kleinen Teufel. Sollte ich jemanden im Teufelskostüm sehen, würde ich ihm seine Hörner abschwatzen und Valentinie aufsetzen. Die Idee war wirklich sehr verlockend.
Ich verabscheute Valentinie immer noch, obwohl er ja gar nichts mit dem Tod meiner Eltern zu tun hatte. Außer vielleicht, dass er die ganze Zeit über Brown Bescheid wusste und niemandem ein Wort gesagt hatte. Ich meine: Brown hatte ihn auch schon einmal anonym angezeigt! Und trotzdem spielten die beiden noch die besten Freunde, die sich gegenseitig auf ihre Geburtstagspartys einluden. Johanna hätte mich schon längst mit Schimpfwörtern beworfen und vor die Tür gesetzt.
Plötzlich ertönte ein lauter Ton. Patrick und ich fuhren bereits herum, als die übrigen Menschen den Schall noch gar nicht wahrgenommen hatten.
Fantômes de la nébuleuse eben. Wollte ich nur noch einmal erwähnen.
Die Band hörte auch auf zu spielen und langsam verklangen die übrigen Gespräche auf der Tanzfläche und rund herum.
„Meine sehr verehrten Damen und Herren!", rief der Sänger ins Mikrofon. Ich presste die Lippen fest aufeinander. Das musste er sein,

der Augenblick, in dem Brown seine Ansprache hielt. „Ich darf Sie alle recht herzlich begrüßen! Zum 40. Geburtstag unseres allseits beliebten Polizeipräsidenten Mr. Brown!"
Die Menge jubelte, doch Patrick konnte mein Zähneknirschen sicherlich über den Lärm hinweg hören, denn er drückte beruhigend meine Hand.
„Ruhig Blut, Eisprinzessin", sagte er und zwinkerte. „Wir kriegen ihn."
Um uns herum nahm der Tumult zu. Alle begannen zu klatschen und zu pfeifen, als Brown die Bühne betrat. Der Polizeipräsident hatte sich als Pirat verkleidet. Zerrissene Strumpfhosen, ein gestreiftes Oberteil, ein Hut und ein Plüschpapagei auf der Schulter. So wirkte er ganz und gar harmlos, sogar für seine Verhältnisse. Mir fiel jedoch gleich auf, dass noch etwas nicht stimmte.
„Seit wann trägt Brown eine Brille?", fragte Patrick.
Die Brille! Das war es!
Genau, die war neu und sogleich wirkte Brown um einiges älter.
Er machte eine Bewegung mit der Hand, um die Masse zum Schweigen zu bekommen, doch die grölte unbeirrt weiter. Grinsend rief er etwas ins Mikrofon, doch nicht einmal ich verstand es.
Langsam wurde es wieder still.
„Willkommen, sehr verehrte Damen und Herren, zu meinem 40. Geburtstag. Es bedeutet mir wirklich viel, dass so viele meiner Einladung gefolgt sind." Wieder wurde vereinzelt applaudiert. „Ich hoffe, dass ich noch einige Zeit als Ihr Polizeipräsident an Ihrer Seite sein kann, doch ich will den Abend nicht mit vielen langweiligen Worten beginnen. Deshalb wünsche ich Ihnen allen jetzt erst einmal einen schönen Abend, amüsieren Sie sich. Ich hoffe, dass sich mir noch die Gelegenheit bietet, möglichst jeden persönlich zu begrüßen."
Dann übergab er das Mikro schon wieder an den Sänger.
„Hä? War's das schon?"
Ich fluchte. Eigentlich hatte ich damit gerechnet, dass Brown sich Zeit nehmen würde, um die Leute vollzuquasseln. Doch bevor Brown die Bühne verlassen konnte, regte sich etwas im Publikum.

„Du Mistkerl!", kreischte jemand und ich sah, wie sich eine hagere Gestalt durch die vorderen Reihen kämpfte und dann im Bruchteil einer Sekunde auf die Bühne hechtete und Brown zu Boden warf. Das alles geschah so schnell, dass weder die Security, noch sonst jemand, reagieren konnte. Ich riss die Augen auf.
„Patrick!", schrie ich und schüttelte den Kopf. Das konnte gar nicht sein. Die Person auf der Bühne begann mit den Händen auf Brown einzuschlagen, bevor eine ganze Armee an Security bei ihm war und die Frau von ihm wegzog.
Aber ich wusste ganz genau, wer sie war. Das lange, braune Haar, dieser blanke Hass, die übermenschlich schnellen Bewegungen ... Ellen Brooks. Was um alles in der Welt machte die hier?
Panisch drängte ich mich durch die Massen, trampelte gegen Menschen, die noch immer geschockt auf die Bühne schauten.
„Was ist das für eine Verrückte?"
„Helft dem Armen und holt die Frau da runter!"
Ich beschleunigte meine Schritte. Inzwischen rannte ich schon beinahe.
„Ellen!", kreischte ich. „Ellen!"
Die Security kettete Ellens Arme mit Handschellen zusammen und zog sie von Brown weg, der sich die Hand auf das blutende Gesicht presste. Wie es aussah, hatte sie ihm die Nase gebrochen. Ich spürte die Schadenfreude in mir aufsteigen. Es schien so, als wäre heute definitiv nicht Browns Tag.
Ich drängte mich in die erste Reihe und sah zu Ellen, die man gerade mit aller Kraft von der Bühne trug.
„Mein Gott, die Frau hat vielleicht Kraft", sagte ein kleiner, kauziger Mann mit Zylinder neben mir. „Möchte ich nicht gegen diese großen Kerle kämpfen!"
Ellen starrte hasserfüllt in die Menge.
Ich konnte sie verstehen. Wir wussten ja, wozu Brown fähig war. In ihren Augen mussten die Leute, die ihn bewunderten und anfeuerten einfach nur geistesgestört sein. Ihr Blick ging von einem zum anderen, bis er an mir hängen blieb. Ich hörte auf, auf und ab zu springen und nickte ihr kurz zu.

„Mach ihn fertig", zischte Ellen. Sie wusste, dass ich sie hören konnte.
„Du machst niemanden fertig!", hörte ich den Security neben ihr sagen. „Du wanderst jetzt ins Gefängnis."
Ich sah, wie Ellen grinste. Vermutlich würde sie noch nicht ganz aus dem Raum geschleift sein, bis sie sich wieder befreien würde. Dann verschwand sie aus meinem Blick. Zwei Sanitäter kümmerten sich um Brown. Er krächzte irgendwas zum Sänger und ließ sich dann auf die Beine helfen und wegführen.
„Also, Mr. Brown sagt, dass es ihm trotz des kleinen Zwischenfalls gutgeht und er keine gelangweilten Gesichter sehen will. Wir machen gleich weiter! Meine Herren, schnappt euch eure Dame und ab auf die Tanzfläche!", sagte der Sänger aufgekratzt und bedeutete dem Rest der Band weiterzuspielen.
Die Menschen um mich herum murmelten noch etwas. Manchmal konnte ich Wortfetzen wie: „Der Arme" oder „So ein tapferer Mann. Denkt jetzt immer noch an uns!" hören.
Doch eigentlich suchte ich jemand anderen. Mein Blick fiel auf Valentinie, der zu Stein erstarrt zwischen den Leuten stand, die sich langsam wieder erholten. Sein Blick war absolut kalt und ich konnte keine Regung auf seinem perfekt aufgesetzten Pokerface sehen. Trotzdem war ich mir sicher, dass es in ihm brodeln musste. So einen Angriff hatte er sicherlich nicht eingefädelt. Das musste ihn genauso überrascht haben, wie alle anderen auch.
„Lizzie!" Patrick rüttelte an meiner Schulter. „Da bist du ja. Johanna hat mir die Papiere gegeben. Es wird jetzt vermutlich nicht leicht werden. Die Security wird die Bewachung der Privaträume noch einmal verstärken!" Er schaute sich um, dass uns niemand belauschte und hielt dann vorsichtig das Päckchen in die Höhe.
Ich nickte. Klar, Ellens Auftritt hatte uns aus der Bahn geworfen und das alles ganz sicher nicht vereinfacht. Aber wir mussten es trotzdem zu Ende bringen. Das war unsere einzige Chance!
„Na, wen haben wir denn da?"
Patrick und ich wirbelten gleichzeitig herum. Hinter uns stand ein schlanker Kobold. Ganz in Grün, mit langen, dreieckigen Ohren und einem künstlichen kleinen Bart.

Ich biss mir auf die Lippen. Jetzt der auch noch! Das war wirklich nicht mein Glückstag. Nichts als Leute, die ich nicht sehen wollte.

„Hallo, Marvin", höhnte Patrick und zog mich an sich. „Was sollte das gerade von Ellen?"

„Damit habe ich nichts zu tun", sagte Marvin kalt und kratzte sich an dem falschen Bart. Er musterte Patrick, besser gesagt Patricks Arm um meine Taille. „So so."

Ich kniff die Augen zusammen.

„So so? Was soll das heißen?"

Marvin zuckte mit den Schultern.

„Dann hast du dich gleich dem Nächsten an den Hals geworfen?"

Mir klappte der Mund auf.

„WAS?"

Ich spürte die Wut durch meinen Körper strömen und ballte die Hände zu Fäusten, doch jemand war schneller als ich. Patrick stürzte an mir vorbei und krachte gegen Marvin, der stolpernd zu Fall kam. Ich schrie auf.

„Patrick!"

Die Menschen um uns herum sahen sich um. Langsam müssten sie sich an die Schlägereien gewöhnen! Ich stürzte auf die beiden zu, die wie ein Knäuel zusammen über den Boden rutschten, fest aneinander gekrallt.

„Hört auf!", kreischte ich. Als ich auf die beiden zu stürzte, erhaschte ich einen kurzen Blick auf Valentinie. Jetzt hielt sich sein Pokerface nicht mehr. Ich sah das blanke Entsetzen in seinem Gesicht. *Tja, heut läuft es auch für dich nicht so goldig, was?* Vermutlich würde er es sich von jetzt an zweimal überlegen, bevor er seine Nebelgestalten irgendwohin mitnahm.

„Patrick, lass ihn los!"

Ich versuchte, Patrick von Marvin wegzuziehen.

„Macht Platz, Security!", schrie eine bekannte Stimme. Ich sah auf. Scheiße. John bahnte sich gerade einen Weg. Marvin, Patrick und ich auf einem Fleck. Damit waren die Wachmänner sicherlich überfordert, besonders, wo sie auch noch eine wütende Ellen am Hals hatten. Doch wenn John uns hier erwischte, war alles vorbei.

„Verdammt, Patrick! Wir müssen hier weg! John kommt!"
Panisch zog ich an Patricks Schulter, doch es war zu spät.
„Hierher!", kreischte eine alte Frau und winkte. „Hierher!"
Auch Patrick und Marvin sahen auf. Beide sprangen auf, doch die Leute um uns herum ließen sie nicht durch.
Patrick wirbelte herum.
„Da!" Er warf mir das Paket mit den Erpressungen zu. „Lauf!"
„WAS?"
Hatte er gerade gesagt, ich sollte laufen?
„Hau ab!"
Ich wollte etwas sagen, aber dann begriff ich. Ihn ließ niemand durch. Die Leute würden die beiden Unruhestifter hier festhalten.
Aber ich konnte rennen! Ich konnte es noch schaffen, wenn ich mich beeilte.
Angsterfüllt starrte ich auf die Blätter in meiner Hand. Dann nickte ich.
„Pass auf dich auf", zischte Patrick. In der nächsten Sekunde war John da, gefolgt von einer Horde anderer Security. Ich sah den Schock in seinen großen blauen Augen und wie sich die ohnehin schon roten Wangen dunkellila färbten.
„Smith und Gustafsson!", kreischte er.
Ich drehte mich um und begann zu rennen. Jetzt war keine Zeit mehr, um irgendjemanden zu helfen. Patrick vertraute mir. Genau wie Ellen. Ich musste es jetzt tun.
Die Gelegenheit war vermutlich die letzte, die sich bieten würde.

Immer wieder sah ich mich um, während ich die Treppen hinauflief. Doch soweit ich das erkennen konnte, verfolgte mich noch kein Security. Aber das war nur eine Frage der Zeit. Wenn John Patrick und Marvin hatte, war ihm sicherlich klar, dass auch ich nicht weit sein konnte.
Ich lehnte mich gegen die Tür, steckte den Kopf durch den Spalt und schaute mich misstrauisch um. Zwei Männer in schwarzen Anzügen standen unweit entfernt und redeten gerade etwas in ihr Funkgerät.
„Rote Haare, höchst gefährlich ..." Die Worte reichten mir.

Ich wusste genau, um wen es gerade ging. *Lautlos* schob ich mich aus dem Treppenhaus und huschte an ihnen vorbei durch den Gang. Lange hatte ich nicht mehr Zeit.

„Hey!", hörte ich plötzlich einen Mann rufen und fluchte. So viel zu übermenschlichen Kräften, die einen praktisch unsichtbar werden ließen! „Stehen bleiben!"

Aber damit kam er zu spät. Ich begann zu laufen, bog rechts ab, lief den weißen Flur entlang, schob die Tür am Ende des Ganges auf und verschwand in die Damentoilette. Hinter mir konnte ich hören, wie zwei Wachmänner die Verfolgung aufnahmen. Eilig stolperte ich über die hellen Fließen, direkt auf die Putzkabine zu. Mit einem geübten Tritt schlug ich die Tür auf, schnappte mir den Schlüssel von der Wand und schloss die Tür auf, die auf der anderen Seite der Kabine war. Der separate Eingang, damit die Putzfrauen schneller an ihre Sachen kamen. Wenige Sekunden später stolperte ich in einen anderen Gang, der dem ersten wie ein Ei dem anderen glich.

Doch ich kannte mich hier aus.

Ich begann zu laufen, bog am Ende dieses Mal rechts ab und hechtete zum Wintergarten. Hier war ich das erste Mal gewesen, als Mr. Thomas mich zu Brown gebracht hatte.

„Wo ist sie hin?", hörte ich eine Stimme in einiger Entfernung und grinste. Die hätte ich damit wohl abgehängt. Wer konnte schon ahnen, dass sich diese gefährliche Rothaarige hier so gut auskannte? Ich wusste, dass man zu Browns privaten Räumen nur durch den Wintergarten gelangte. Konzentriert biss ich mir auf die Unterlippe, während ich mit einer Haarnadel im Schloss herumstocherte. Irgendwann hatte man mir beigebracht, wie man damit Türen öffnete. Und heute würde mir das endlich etwas nützen.

Mit einem leisen „Klack", an dass ich mich inzwischen schon gewöhnt hatte, schwang die schwere Holztür auf.

Ich lächelte, als ich den Wintergarten betrat. Alles wie immer.

Die Pflanzen, Browns bevorzugter Liegestuhl ... Wie an diesem ersten Tag, an dem Henry Finning, Patricks ehemaliger Herr, das Zimmer verlassen hatte, bevor Mr. Thomas und ich eingelassen wurden. Die Tür, die er dazu benutzt haben musste, lag an der Wand rechts von mir. Links befand sich eine schwere Eisentüre. John hatte uns einmal widerstrebend das Passwort gesagt.

„Für den Fall, dass Sie Mr. Brown einmal zu Hilfe eilen müssen", hatte er hochnäsig erklärt, mir dann die Zahlenfolge viel zu schnell gesagt, genervt gestöhnt, als ich ihn bat, sie noch einmal zu wiederholen. „Ich hoffe allerdings, dass es nie soweit kommt, dass er sich auf Sie verlassen muss. Sonst wäre es wirklich schlecht um ihn bestellt."

Doch ich hatte mir den Code gemerkt. Und das war die Hauptsache.

Ich tippte die Zahlen auf den Bildschirm.

Manchmal hatte ich versucht mir vorzustellen, wie Browns Wohnung wohl aussah. Immerhin war meine schon luxuriös. Wie musste sich der Polizeipräsident erst selbst verwöhnen?

Aber der Gang vor mir erinnerte eher an ein altes Schloss, als an die strenge Struktur des übrigen Anwesens oder an ein modernisiertes Haus. Dunkle Farben sorgten für eine erdrückende Stimmung.

Ich lauschte.

Aus einem Zimmer auf der rechten Seite hörte ich das schwache Geräusch eines keuchenden Atems und einen leisen Fluch. Grinsend dachte ich an Ellen, wie sie aufgebracht auf die Bühne gesprungen war. Wenn sie wüsste, wie schwer Brown das getroffen hatte, würde sie sich sicherlich freuen.

Ich betrat das erste Zimmer und knipste das Licht an. Volltreffer, das hier musste Browns Arbeitszimmer sein. Ein großer, gewundener Schreibtisch prunkte in der Mitte des Raumes. Noch einmal lauschte ich Richtung Brown, doch er schien immer noch damit beschäftigt, seine Wunden zu lecken.

Jetzt oder nie!

Ich kniete mich vor den Schreibtisch und begann an allen Schubladen nacheinander zu rütteln, um diese zu öffnen. Leider ohne Erfolg. Normalerweise müsste ich mir an dieser Stelle Sorgen wegen meiner Fingerabdrücke machen, aber das praktische am Nebelgestaltsein war, dass ich in keiner Akte auftauchte, außer vielleicht in der inoffiziellen, die die Herren benutzten, um für die Sicherheit ihrer Schützlinge zu sorgen. Aber wenn die Polizei hier auftauchen würde,

würden sie ja keine Ahnung haben, dass jemand sein Unwesen getrieben hatte, der nicht in der normalen Datenbank vorkam.
Ich tastete am Rande der Schreibtischplatte entlang, bis mein Finger gegen etwas Metallisches stieß. Ein Schlüssel, den Brown an den Schreibtisch geklebt hatte. Und der Schlüssel passte perfekt in das Schloss der obersten Schublade. Ich zog ein paar Briefe hervor, die Brown scheinbar privat an ein paar Freunde verschickt hatte.
Und ... Ich hielt inne. Das Fach hatte einen doppelten Boden! Noch einmal schaute ich auf und vergewisserte mich, dass Brown noch immer weit davon entfernt war, mich zu finden. Dann nahm ich dieses Geheimfach näher unter die Lupe. Doch – zu meiner Enttäuschung – lagen darin nicht mehr als ein paar Fotos. Fotos von der Zeit, in der Brown noch im Kloster gelebt hatte. Und später von den Jahren des Studiums.
„Wieso versteckst du ausgerechnet solche Fotos?", flüsterte ich und schaute sie mir genau an. Keine verschlüsselten Nachrichten auf den Rückseiten. Was war daran so besonders? Ich schüttelte den Kopf und lehnte mich mit dem Rücken gegen das Stuhlbein hinter mir. Brown war nicht dumm. Wenn jemand seinen Schreibtisch durchsuchte, das Fach sah und sich in der Sicherheit wiegte, nun doch endlich einen Beweis gegen ihn gefunden zu haben, sah er nichts als ... Fotos aus der wilden Jugend des Polizeipräsidenten vor sich. Und niemand würde ihn dann noch mal verdächtigen.
Vielleicht setzte er ja darauf! Aber selbst wenn jetzt noch nichts Interessantes in der Schublade lag, das änderte sich gleich. Ich zog das Paket mit den Papieren hervor, öffnete es, fächerte die Blätter durch und legte sie dann feinsäuberlich geordnet in das Fach.
Geschafft.
Das war alles, was ich tun musste.
Plötzlich hörte ich hinter mir schleifende Schritte. Ich brauchte zu lange, um zu begreifen, was los war.
„Elizabeth Brooks", sagte Brown, er zog meinen Namen spöttisch in die Länge. „Was für eine Ehre, dass ausgerechnet du bei mir einbrichst."

Rettung in letzter Sekunde

Ich drehte mich zu ihm um und betrachtete ihn, wie er spöttisch im Türrahmen lehnte. Sein Gesicht hatte er wieder gewaschen, doch auf dem gestreiften Piratenoberteil konnte ich immer noch ein paar Blutspritzer sehen. Er trug immer noch die runde Brille, doch seine sonst so tadellose Frisur wirkte erschreckend zerzaust.
„Hallo, Brown", krächzte ich. Ich spürte, wie mein Puls schneller ging. Verdammt, verdammt, verdammt! Wieso hatte ich auch nicht einfach schnell die Papiere auf den Tisch gelegt und war dann verschwunden? Ich sah mich um. Brown stand mitten in der Tür. Selbst wenn ich an ihm vorbei kam: Er wusste, wo ich die Papiere versteckt hatte und würde sie einfach vernichten. Und alles wäre umsonst ...
Ich zog mich vorsichtig an der Tischkante hoch.
„Bleib da, wo du bist, Brooks", sagte Brown drohend. „Eigentlich hatte ich gedacht, dass ich dich, Smith und deine Großtante inzwischen in Ecuador losgeworden bin."
„Tja, wie man sich doch täuschen kann."
Ich sah mich um, auf der Suche nach einem Gegenstand, der mir helfen konnte. Unauffällig lehnte ich mich gegen den Schreibtisch, ließ meine Hand suchend über das Holz gleiten, bis sie das kühle Metall gefunden hatte. Langsam legte ich meine Finger um den Brieföffner.
„Und neulich kreuzen doch wirklich drei Teenager auf dem Friedhof bei dem Grab meines Vaters auf, das ich hab bewachen lassen."
„Echt? Unglaublich!"
„Seltsam, die Beschreibung hat mich an jemanden erinnert. Ein großer Junge mit blonden Haaren, ein Mädchen mit rotem Haar, das es unter ihrer Kappe versteckt hat. Und beide waren so unglaublich schnell!"
Ich sah, wie er die Hand in die Westentasche gleiten ließ und ich traute mich wetten, dass er darin kein Tick-Tack suchte. „So schnell, dass sie den Kugeln ausweichen konnten. Nur das Mädchen muss wohl gestreift worden sein."
Ich biss mir auf die Lippe. Das war gar nicht gut.
„Hat wohl wehgetan, was?", fragte er und nickte zu dem Verband, der sich dünn unter meinem Ärmel abzeichnete.

„Ja, hat es!", zischte ich.
Vorsichtig schob ich mich um den Schreibtisch herum. Ich musste nur nah genug an Brown herankommen.
„Bleib da, wo du bist!", wiederholte Brown.
Aber ich ging zielstrebig weiter.
„Sie haben meine Eltern umgebracht."
„Die sind genauso weit gegangen, wie du. Ist es nicht krank, auf einen Friedhof zu gehen und dort in eine Gruft einzubrechen?"
„Ist es nicht krank, seinen Vater umzubringen und in dessen Grab die Beweise für die eigenen Verbindungen ins Drogenmilieu zu verstecken?"
Er lächelte.
„Woher wusstest du das Passwort?"
„Von meinen Eltern."
Brown kniff die Augen zusammen.
„Tja, dann haben wir wohl jetzt ein Problem. Du kannst mich leicht ins Gefängnis bringen und ich habe keine Lust, den Rest meines Lebens hinter Gittern zu verbringen."
Ich verstärkte hinter meinem Rücken den Griff um den Brieföffner.
„Wenn Sie noch einen Menschen umbringen, kommen Sie damit nicht davon", versuchte ich ihm zu drohen, doch meine Stimme nahm einen piepsigen Klang an.
Brown lachte.
„Noch einen Menschen? Ich bitte dich, Elizabeth. Du bist nur irgendeine x-beliebe Nebelgestalt ohne Herrn."
Ich sah, wie er Anstalten machte, etwas aus seiner Westentasche zu ziehen, aber ich war schneller. Bevor er mich hätte abwehren können, stürzte ich mich auf ihn. Ich weiß auch nicht mehr genau, was ich mir dabei eigentlich gedacht hatte. Ob ich ihn bewusstlos schlagen oder töten wollte. Auf jeden Fall reagierte ich schnell. Gemeinsam schlitterten wir über den Fußboden und krachten unsanft gegen die Wand. Bei der Wucht des Aufpralls verlor ich meinen Brieföffner.
Ich fluchte und sah mich um. Die Klinge lag nur einen Meter entfernt, doch bevor ich meine Hand ausstrecken konnte, trat mich Brown fest in die Magengegend. Ich keuchte auf.

„Aufpassen, Brooks. Du hättest wohl besser deine Trainingseinheiten absolviert, als deine Nase in die Angelegenheit anderer Leute zu stecken."

Ha, er dachte sich vielleicht, dass das so einfach war! Mich bekam man nicht klein. Zumindest nicht so schnell. Mit einer geschickten Bewegung rollte ich mich zur Seite und versuchte wieder auf die Beine zu springen, doch Brown packte mich am Knöchel und riss mich zurück, sodass ich den Halt verlor.

„Lass mich los!", kreischte ich und begann, wild mit den Beinen zu strampeln. Alles, was ich bei Mr. Thomas in jahrelanger Übung gelernt hatte, schien plötzlich nutzlos. Ich war wie gelähmt.

Wo um alles in der Welt blieben meine blöden Superkräfte? Nie da, wenn man sie brauchte! Typisch.

Ich trat mit meinem freien Bein fest gegen Brown, sodass er mich loslassen musste und gequält aufschrie.

Wo ist der verdammte Brieföffner?

Brown fluchte und sah mich mit einer Mischung aus Hass und Abscheu an. Scheiße. Panisch begann ich, rückwärts davon zu krabbeln. Wieso machte ihm das alles gar nichts aus? Verdammt, ich war eine Nebelgestalt! Doch Brown war schneller. Mit einem Satz sprang er wieder auf die Beine.

Fluchend rappelte ich mich auf. Wieso kam ich gegen Brown nicht an? Er war doch kaum einen Zentimeter größer als ich und bei Weitem nicht so gut trainiert!

Ich startete einen letzten Versuch und ließ mein Bein zu einem harten Tritt gegen seine Rippen hochschießen. Aber er blockte den Schlag ab, packte den Fuß wieder mit beiden Händen und so krachten wir erneut auf den Boden. Ich schlug hart mit dem Kopf auf. Für einen Moment sah ich nur Sterne vor meinen Augen und hörte ein lautes Summen in meinem Kopf.

Benommen wischte ich mir das rote Haar aus meinem Gesicht und sah zu Brown, der jetzt direkt vor der Tür, nur einen guten Schritt entfernt, kniete. Und an seiner Seite ... Ich riss die Augen auf. Konnte das sein? Verschwor sich wirklich alles gegen mich? An seiner Seite lag etwas Silbernes. Der Brieföffner! Über Browns Gesicht glitt ein

hämisches Grinsen, als er meinem Blick folgte und die Klinge vorsichtig aufhob.
Schluchzend schüttelte ich den Kopf.
„Wer?", krächzte Brown und lachte. „Wer kommt dir zur Hilfe? Wo sind sie jetzt? Deine kleinen Freunde. Haben die etwa genauso viel Angst vor mir wie du?"
Am liebsten hätte ich jetzt etwas Mutiges gesagt. Zum Beispiel: Ich hab doch gar keine Angst vor Ihnen! Doch meine zitternden Beine verrieten mich.
Ich presste meine Lippen fest aufeinander. Ein kalter Schauer lief über meinen Rücken. War's das? War das meine Geschichte? War alles umsonst gewesen?
„Elizabeth Brooks", flüsterte Brown und richtete sich auf. Sollte ich laufen? Konnte ich es überhaupt schaffen? Wollte ich überhaupt noch?
Ich schloss die Augen. Oh, Patrick. Es tat mir so leid. Aber ... Plötzlich durchriss ein lautes Krachen meine Gedanken. Erschrocken riss ich die Augen auf, starrte zitternd auf die Stelle, an der mein sicherer Tod auf mich wartete und sah ... und sah ... John?
Verwirrt schüttelte ich den Kopf? Seit wann litt ich an Halluzinationen?
Das Adrenalin rauschte immer noch durch meine Adern und ließ mich zitternd zusammenkauern. War das Adrenalin schuld? Woher war dieses krachende Geräusch gekommen? Und was machte John hier?
„Äh, was?"
Ich presste meine Hand zitternd gegen meinen Kopf. War bei dem Sturz etwas schief gelaufen?
„Miss Brooks! Wo ist er?"
„WAS?"
Verdammt, wenn das der Himmel war, dann wollte ich die Hölle gar nicht sehen. Was war passiert? Hatte mich Brown erwischt? War ich ... Ich hielt inne, als ich vor John am Boden einen bewusstlosen Menschen sah. Einen bewusstlosen Menschen im Piratenkostüm.
„Oh mein Gott", flüsterte ich. Was war hier gerade passiert?

Es dauerte, bis ich begriff. John hatte die Tür aufgestoßen und sie mit voller Wucht gegen seinen Chef geschlagen. Und John ... Was zur Hölle tat John überhaupt hier?
Im Moment beugte er sich über Brown und fühlte dessen Puls.
„Er lebt noch", sagte ich. „Ich höre sein Herz."
„Sehr gut. Haben Sie die Beweise?"
„Bitte?", kreischte ich, so aufgebracht, dass ich meiner Urgroßmutter damit ganz schöne Konkurrenz machte. Was ging hier vor?
„Haben Sie die Beweise, Miss Brooks?", wiederholte John seine Frage.
„Also wirklich, für eine Nebelgestalt sind Sie verdammt schwer von Begriff."
Jetzt ging das schon wieder los. Konnte er mit dem Nörgeln nicht warten, bis ich wieder ganz bei Sinnen war?
„John, du sprichst nicht von den Beweisen, an die ich jetzt denke, oder?"
„Die Beweise gegen Mr. Brown? Doch, genau von denen. Mr. Smith hat mir alles erzählt."
„WAS?"
„Wo sind sie? Haben Sie sie bereits untergebracht? In seinem Arbeitszimmer?" John nickte in den Raum zu seiner Rechten.
Ich verstand nur Bahnhof.
Verdammt noch mal, wieso endeten meine Geschichten immer mit John? John, der heillose Verwirrung stiftete. Gab es denn kein besseres Ende?
„Ich habe sie untergebracht", flüsterte ich. Was sollte ich jetzt auch anderes sagen? „Aber du bist unser Feind, John!"
„Hatten wir das nicht alles schon einmal?", fragte John bissig und setzte den bewusstlosen Brown auf. Er fuhr sich durch das kurze, blonde Haar, als müsse er nachdenken.
„Ja, aber da hast du uns ja wieder verraten und zu Brown gehalten und ..."
„Das war meine Tarnung!"
„WAS?"
Moment. Hieß das ...? Ich schüttelte den Kopf. Konnte jemand schnell die Zeit anhalten? Lizzies Hirn braucht wieder, bis es startet.

„Das war alles deine Tarnung", wiederholte ich dann ungläubig. War das zu fassen? Er hatte das alles nur inszeniert? Hatte Brown von dem Verdacht abgebracht, auch er sei in das alles verstrickt?
„Wir haben keine Zeit mehr", sagte John entschlossen und ging jetzt auf mich zu. Er packte mich an der Schulter und schleifte mich hinter sich her.
„Hey!"
„Draußen steht ein Mann von der Polizei und eine Reporterin, die wir nicht loswerden. Der Polizist hat einen Haftbefehl ... für den Polizeipräsidenten. Die anderen hielten das für einen schlechten Scherz, aber mir war klar, dass Sie dahinter stecken müssen."
Dass ich dahinter stecken muss? Sollte mich das jetzt kränken?
„Äh, ja. Patrick und ich haben ..."
„Ihre Beweise gleich an alle Zeitungen versandt, die in England Rang und Namen haben. Sehr umsichtig", unterbrach mich John und zog mich weiter hinter sich her.
Vor Browns Wohnung hörte ich aufgebrachte Stimmen.
„Einen Moment, ich öffne Ihnen sofort", sagte jemand. „Dann werden Sie sehen, dass alles in Ordnung ist. Ich weiß ja nicht, wer Ihnen das gesteckt hat, aber Mr. Brown ist ganz sicher kein Erpresser!"
„Darf ich Sie in meinem Artikel zitieren?"
„Einen feuchten Dreck dürfen Sie! Sie wissen schon, dass das Verleumdung ist? Den Polizeipräsidenten zu beschuldigen ..."
„Entschuldigung, aber die Beweise, die der Polizei nach Zusammenarbeit mit der Presse vorliegen, sind erdrückend."
Als ich begriff, was hier gerade lief, breitete sich ein Grinsen auf meinen Lippen aus. Dann hatte es doch funktioniert?
Die Polizei ermittelte gegen den Polizeipräsidenten persönlich?
„Hören Sie mir gut zu, Miss Brooks", sagte John und öffnete das Fenster vor mir. „Jetzt können Sie beweisen, dass Sie in Ihrem Training etwas gelernt haben."
„Was?"
„Sie werden jetzt aufs Dach klettern und dort bleiben, bis sich alles gelegt hat. Eine 16-Jährige ohne Namen bei einer dubiosen

Verhaftung mit schwerwiegenden Folgen. Es wird heute so schon genug Chaos geben."

Mit einem letzten Ruck verfrachtete mich John aufs Fenstersims. Unter mir sah ich meterweit nichts als Luft. Für einen kurzen Moment hatte ich Angst, ich könnte stürzen, doch John hielt mich noch immer fest im Griff.
„Ich weiß, dass Sie das schaffen. Was Sie in den letzten Wochen geleistet haben ist wirklich erstaunlich. Halten Sie also noch eine Stunde die Füße still und wir haben das alle ausgestanden."
Ich nickte.
Verdammt, passierte das gerade wirklich?
Unser Plan funktionierte, und zwar dank John?
„John", krächzte ich, als der Security sich schon wieder zum Gehen wandte. „Danke."
„Passen Sie auf sich auf. Ich werde Smith ausrichten, dass es Ihnen gut geht und er sich in Sicherheit bringen soll."
Mit diesen Worten drehte er sich um und stapfte mit erhobenem Haupt davon. Im Hintergrund hörte ich einen erschrockenen Aufschrei, als der Polizist und die Reporterin den bewusstlosen Brown entdeckten.
Ich schluckte. Am besten verschwand ich, bevor ich mit demselben Aufschrei gesehen wurde. Vorsichtig balancierte ich zur Regenrinne und schaute nach oben.
Zwei Meter. Das musste doch zu schaffen sein. Ich drehte mich noch einmal um und lächelte. War das zu fassen? Wir hatten es geschafft!

Epilog

Ich schlug grinsend die Beine übereinander. Unter mir begann die Menge langsam etwas unruhig zu werden und ich konnte nicht bestreiten, dass mir das gefiel. Was würde das doch für eine Überraschung geben, wenn die Polizei Brown vor Hunderten Menschen in Handschellen abführte. Ein Skandal wäre das! Polizeipräsident in Handschellen. Die Zeitungen würden sich vermutlich ebenso sehr freuen, wie ich.

Doch bisher ahnte noch niemand, was hinter den zugegezogenen Vorhängen in Browns Arbeitszimmer gerade vor sich ging. Nur ich wusste, was dort in der obersten Schublade lag und darauf wartete, entdeckt zu werden. Und ich konnte mich kaum noch auf meinem Aussichtsplatz am Dach halten, so aufgeregt war ich inzwischen.

Es war kurz vor Mitternacht und der Großteil der Gäste hatte sich schon in der breiten Einfahrt des Anwesens versammelt. Auf dem Plan stand immerhin noch ein prächtiges Feuerwerk.

Der Sänger der Band verkündete gerade, dass Brown wohl noch immer etwas benommen sei und sich bitte alle einen Augenblick gedulden sollten.

Oh, armer, armer Brown!

Mein Grinsen verbreiterte sich. Ich war in meinem Leben noch nie so schadenfroh gewesen.

„Schade, jetzt sieht Brown sein Feuerwerk gar nicht", bemerkte hinter mir eine vertraute Stimme spöttisch.

Ich drehte den Kopf und lachte auf.

„Wieso war mir klar, dass du dich nicht in Sicherheit gebracht hast, wie John mir verklickert hat?"

Patrick zuckte mit den Schultern und nahm seine Maske vom Gesicht. Grinsend hob er zwei Cocktailgläser in die Höhe.

„Ich dachte mir, dass du doch sicherlich einen schönen Platz für das Spektakel reserviert hast."

„Redest du von dem Feuerwerk oder von Browns Verhaftung?", spottete ich und unterdrückte ein weiteres, böses Kichern.

Patrick drückte mir eins seiner Gläser in die Hand.

„Und wie steht es zur Zeit?"
Ich zuckte die Achseln und rutschte vorsichtig weiter, damit Patrick sich neben mich auf die Dachziegel setzen konnte.
„Scheint so, als würden die ersten Gäste schon was wittern", meinte ich.
Vielleicht begriffen die ersten, dass das Dutzend Fernsehkameras vor der Tür das hellerleuchtete Fenster im obersten Stockwerk filmte und nicht die Party, die ja eigentlich im Mittelpunkt stehen sollte. Unsere Briefbombe musste also eingeschlagen haben.
Jetzt lösten sich von dem Platz die ersten Scheinwerfer und die Lichtkegel glitten an der Hauswand entlang. Die Band trällerte noch immer vor sich ihn, aber niemand hörte mehr zu. Spätestens als drei Polizeiautos mit Sirenengeheul in den Hof einbogen, klang beunruhigtes Rufen und Brabbeln zu uns herauf. Ich kicherte vergnügt vor mich hin.
„Jetzt wird's interessant", flüsterte Patrick und legte mir einen Arm um die Schulter. „Alle Augen bitte auf die Tür richten! Die Vorstellung beginnt in wenigen Sekunden."
„Trommelwirbel!"
Ich reckte den Hals, um einen Blick auf die Eingangstür zu erhaschen, die gerade aufschwang.
Brown in Handschellen zu sehen war ein unglaublich toller Anblick. Hoffentlich war Ellen noch irgendwo in der Menge. Ihr würde das jetzt sicherlich auch großen Spaß bereiten. Ich sah mich um, sah allerdings nirgends eine verfaulte Tomate oder etwas Ähnliches, das ich jetzt auf Brown werfen könnte. Und wie klein er plötzlich wirkte in dem verdreckten Aufzug, mit dem eingezogenen Kopf, zwischen zwei großen Beamten. Trotzdem irgendwie mickrig. Für solch einen Skandal bloß zwei Beamte?
Hämisch kichernd nippte ich an meinem Cocktail. Ich freute mich schon auf die morgigen Titelblätter.
„Hör auf so böse zu grinsen, Eisprinzessin", sagte Patrick und stieß mir lachend in die Seite.
Plötzlich ertönten erschrockene Rufe vom Publikum.
„Was ist jetzt ...?"

Ich lachte. Jemand hatte aus Versehen das Feuerwerk gezündet. In der nächsten Sekunde rauschte die erste Rakete mit einem ohrenbetäubenden Zischen in den Himmel und alle fuhren herum. Mit einem Knall explodierte die Rakete und ein buntes Funkenmeer breitete sich über dem Himmel aus.
Eigentlich war jetzt der Moment, in dem die Menge aufjubeln musste, doch anscheinend waren immer noch alle außer sich über die Gewissheit, dass ihr Polizeipräsident mit Drogen handelte und Falschgeld produzierte. Zumindest schien niemandem mehr zum Feiern zumute zu sein.
Nur Patrick und ich grölten, stampften mit den Füßen und prosteten uns zu.
„Ach, so gefällt mir das Leben."
„Bist du dir da sicher, Lizzie? Jetzt sind wir herrenlos! In nächster Zeit warten viele Probleme auf uns!"
Ich zuckte die Schultern.
„Und wo ist da der Unterschied zu sonst? Wird doch bestimmt spaßig!"
Patrick schüttelte ungläubig den Kopf, verkniff sich aber seinen Kommentar.
Trotzdem hatte er recht. Ich würde wohl auch in Zukunft noch jede Menge Möglichkeiten haben, mein Leben ins Chaos zu stürzen. Macht doch nichts. In der Zwischenzeit durfte ich mich ja mal in meinem Sieg sonnen.
Drei weitere Raketen schossen an uns vorbei und erleuchteten die dunkle Nacht.
Ich legte meinen Kopf an Patricks Schulter und streckte mein Glas in den Himmel.
„Alles Gute zum Geburtstag, Mr. Brown!"

Danke an...

... meinen Lektor Josef Riederer, der mit mir wirklich keinen leichten Job hat. Ich weiß deine Kritik wirklich zu schätzen!

... meine Mutter, die wieder solange am Computer rumgespielt hat, bis sie unter anderem ein wunderschönes Titelbild und noch vieles, vieles mehr gezaubert hat. Vielen Dank für deine Unterstützung!

... Patricia Knorr-Triebe, die Verlegerin, die „Lizzie Brooks" jetzt schon zum zweiten Mal ins Programm nimmt.

... den Zitherclub Erbendorf, der sich sofort bereit erklärt hat, bei meiner ersten großen Autorenlesung mitzuwirken.

... alle die mir ein paar Autorenlesungen verschafft und mich dabei unterstützt haben.

... unglaublich viele Menschen, die mir mit viel Kritik und aufmunternden Sprüchen Mut gemacht haben. Ohne euch hätte ich es wohl nie geschafft, die beiden Bücher zu veröffentlichen.

... alle Leser, die sich noch mal auf eine zweite Runde „Lizzie Brooks" eingelassen haben.

Ronja Staufer wurde 1996 in Erbendorf in der Oberpfalz (Bayern) geboren.
Geschichten erfinden und schreiben gehörte schon sehr früh zu ihren liebsten Beschäftigungen. Mittlerweile sind noch weitere ungewöhnliche Hobbys dazugekommen: Zither spielen, tauchen und Imkern.
Daneben bleibt ihr immer noch genug Freizeit, die sie mit ihren Freundinnen verbringt.

Mit ihrem Erstlingswerk "Unsichtbar" startete sie 2011 die "Lizzie-Brooks"-Reihe, die jetzt mit "Lautlos" fortgesetzt wurde.

www.lizzie-brooks.de

Lizzie Brooks - Unsichtbar

228 Seiten, Softcover, DIN A5
ISBN 978-3-942427-17-3

13,90 €

www.bestoffverlag.de